U0069772

唐福睿——著

目錄

本故事為力求真實而參考諸多已公開發表之文獻紀錄，
然原創之情節與人物設定均屬虛構，不能代表特定人或團體之實際狀態與立場。

「二十世紀戰爭將消亡，絞刑架會廢除，仇恨會湮滅，邊界線會取消，教條會廢止；人們會活下來。」

—— 維克多・雨果（一八七九年八月三日）

“In the Twentieth Century, war will be dead, the scaffold will be dead, hatred will be dead, frontier boundaries will be dead, dogmas will be dead; man will live.”

—— Victor Hugo (1879.8.3)

▲編輯說明：

本書以「*」標註者均為阿美語對話。

印尼語、爪哇語、阿拉伯語分別以「#」隨頁標註。

海濱命案

一

1

民國七十一年九月十八日午夜，十歲的佟寶駒看著父親佟守中全身是血地從黑暗中走來，手上揣著沾滿血汙的西瓜刀，扶著用船板權充的家門，氣喘吁吁地望著他，用阿美語短促地命他滾開。

家門外傳來騷動。想必佟守中自正濱漁港一路走來，已經驚動了不少鄰居。

佟寶駒一家三口委身的是一座由舢板廢料搭建成的屋舍，約莫二十一坪的空間，隔成四間房，共住約十四人，大多是來自花蓮的阿美族親友。此時他們都醒了，紛紛走出房門。

佟寶駒看著父親的惡鬼模樣，嚇得腳步無法移動半吋。他聽見母親馬潔在身後，哀哀地叫了一聲：「Looh[*1]，你怎麼了？」

馬潔臉色慘白，搶過西瓜刀丟在地上。警笛聲在遠方響起。佟寶駒盯著刀上逐漸失去光澤的血，失了神。

一陣強風搖動整間屋舍，電力突然中斷，黑暗的世界裡，只剩佟守中哀淒的喘息。

佟寶駒抱著母親大哭起來。逃離的念頭第一次在他小小的腦袋裡出現，卻再也沒有消失過。

這裡是八尺門。

2

民國五〇年代，基隆漁業蓬勃發展，正濱漁港對於勞力的需求遽增，開始有人力仲介業者至花東地區，招攬阿美族人從事近海或遠洋漁撈工作。

正值青壯時期的佟守中便是其一。他原籍花蓮玉里，在民國六十年左右帶著老婆馬潔和襁褓裡的佟寶駒，移居基隆，便再也沒有離開過這個地方。

離鄉背井的阿美族人為了節省租屋費用，一部分在和平島龍目井後方的退伍軍人宿舍附近搭起一排矮房子，並將該地稱為阿拉寶灣。阿美語的意思是容易迷失的地方。

另一群人則在與和平島隔著八尺門水道相望的山坡地，就地取廢棄的船板材料，從西側臨海腹地沿著山勢搭建違章屋舍。全盛時期將近兩百多戶，黑漆漆的瀝青屋瓦相連，一路向東邊

1 佟守中的阿美族名，音近「魯渥」。

延伸進入兩座山丘中間的谷地。後稱為八尺門聚落，也就是佟寶駒一家人的落腳處。

八尺門名稱由來為何？佟寶駒並不清楚。他猶記幼時父親每次酒後都會不停地開著同一個玩笑，說那是因為阿美族人各個都有八尺長，然後要脫他褲子檢查，看看他是不是阿美族的好男兒。

事發當晚的聚會，參與者皆是蝸居於八尺門的阿美族親友。佟守中談及前陣子意外落海身亡表弟的後事，情緒激昂，酒下得特別猛。尤其是想到船公司竟未予保險，加上抽佣、預借薪資，連本帶利計算後，連少得可憐的撫卹金都抵消殆盡，身為船長的佟守中更是憤恨不平。

佟守中搓著只剩半截的右手食指，拍桌道：「這隻去年斷掉的，他們也沒有處理！」*

聚會在不了了之中解散。酒喝光，燈熄滅，所有人就著酒意沉沉睡去。佟守中卻一直沒有進房。他在餐桌前坐到了鼾聲四起後，掄起西瓜刀向外走，順著蜿蜒的小徑，向山坡下的正濱漁港前進。

當晚海風略帶涼意，酒退一半的佟守中開始畏寒，加上因逞兇念頭而爆發的腎上腺素，身體不住地發抖。將近十年的討海歷練，他那雙就連一百二十公斤大目鮪也能輕易翻動的手，竟快要握不住西瓜刀。

船公司鐵捲門半掩，裡面傳出陣陣拚酒的喧譁聲。佟守中發現身體安靜了下來。一陣海風從和平島的方向吹來，他好像聽見八尺門山坡上那些不穩固的屋頂和門板正微微地擺動摩擦。

他望向家的方向，卻無法在夜色中辨識出家門前那盞小燈。

一個身影走出來，嘴裡叼著剛燃起的菸，和佟守中相望了一眼。那是船公司的會計組長。

「啊呀。」組長發出乾啞的聲音。

佟守中朝他的胸膛和脖子砍了兩刀。血噴到眼睛裡，導致他看不清楚第二個衝出來的人是誰。總之，也砍了兩刀。

更多的血。

佟守中按原路跑回家，擦著臉上的血，身體又開始發抖。他走進家門，喊開佟寶駒，同時掏出口袋僅有的幾枚銅板，要馬潔再去買幾瓶酒來。

在佟寶駒往後的生命裡，犯罪對他不再是新鮮事。各種慘絕人寰的事他都見過，但這次不同，這是唯一一次，他近得可以聞到血的味道。

每當回憶起那天晚上，佟寶駒總是清晰地記得，佟守中在事發前，一個人佝僂地坐在餐桌前，面對著散落的酒瓶，念念有詞。

「難道我們不是人嗎？」*

3

該說是幸運嗎？那兩個人後來都沒有死。佟守中被以連續殺人未遂起訴，法院最終判決十年徒刑定讞。

判決這樣寫道：「……於案發前與親友態飲高粱、米酒數瓶，導致行為時判斷能力較常人為低，應屬精神耗弱，此有三軍總醫院鑑定報告在卷可稽。復被告所受教育尚淺，自幼成長於花蓮山地部落，沾染酗酒惡習，不能適應都市生活，且因親族意外身故事件大受打擊，其情尚堪可憫……。」

佟守中入獄前一夜，幾位親友替他踐行。他們在八尺門水岸邊，潮溼的礁岩碎塊上升火煮食。馬潔沿海撿拾海菜和岩螺，放進冒著熱氣的湯裡，味道不錯，但佟守中卻一口也沒吃。

無語沉默中，有位族人突然喃喃說起下個月有艘船要出去。話雖沒說破，但大概是希望佟守中諒解。其他幾位也附和起來，畢竟欠公司太多，不還也不行。

除了跑船，我們還能做什麼？

漁港圈子小，場面弄得尷尬，對誰都不是好事。

日子還是要過。

判決已經非常體恤我們的處境了，意氣用事本來就不太好。

佟守中望著翻湧的黑色浪花，沒有回應。

佟寶駒怔怔地望著營火，那些對話在腦海中發酵。他對叔父們的同情，漸漸轉為對酗酒、粗暴以及自憐等等劣根性的怨懟。尤其當他意識到族人為了在港邊求取生存而妥協，甚至站在船公司的立場反過來責問父母，這股怨恨情緒蔓延滋長，成為對整個部落的不諒解，和對自己出身的厭惡。

佟守中坐牢期間，馬潔在港邊的剝蝦工廠打零工，手在汙穢的水中被蝦子額角刺傷。由於超時工作，導致身體疲勞虛弱，加上不願花錢就醫，最終導致蜂窩性組織炎引發敗血症而痛苦地死去。

佟寶駒拒絕同情自己。他沒有掉眼淚，躲在和平之后天主堂的雜物間裡念書。八尺門聚落拆遷那年，他苦讀考上大學，頭也不回地離開那個永遠陰雨的山坡。

4

民國七十七年李登輝總統巡視基隆，決定改善八尺門的居住環境。三年後，在基隆市政府的主導下，八尺門聚落拆遷重建，原址規劃為海濱國宅社區，由原住戶優先承購，同時將國有地變更指定為原住民保留地，成為臺灣政府安置都市原住民違建聚落的首例。

建設耗時約三年。海濱國宅落成後，四散的族人重回定居，改稱此地為「奇浩」（Kihaw），意為海灣。八尺門這個名稱，漸漸為世人所遺忘。

然而無論名稱如何改變，景物如何興替，這個地方對於佟寶駒而言，已然沒有值得留念的事物。離開三十餘年，他僅僅在有必要時才會回來探視佟守中，其中又有一半的動機是正濱漁港的碳烤吉古拉。

除此之外，就只剩下每週六下午，在和平之后天主堂的讀書會。那是他與本堂神父的約定。從他念大學開始，就固定每週回到這裡，帶著不分年齡的孩子們念書，解答他們的問題。雖然不是萬事通，但原住民孩子的問題通常不複雜。他們真正需要的其實只是一個堅強的心志。

不過佟寶駒這次回到基隆，是為了別的事。

基隆地方法院採光並不好，終年給人一種陰鬱的感覺。

家事法庭為不公開審理，所以旁聽席空無一人。佟守中坐在聲請人席。歲月與海水在他臉上留下深刻印記，長年搬運漁獲進出冷凍庫的後遺症，便是那偏斜的脊椎與永遠塌陷的臂膀。

年輕女法官看著坐在相對人席的佟寶駒，試著和緩地將事情說得容易明白：「聲請人佟守中，也就是你父親，請求即日起自他死亡為止，你要按月給付新台幣三萬元扶養費用。你有什麼想法嗎？」

*「你腦袋有問題嗎？」佟寶駒完全沒有理會法官的問題，怒氣沖沖地質問對面的父親。

*「我給你的錢還不夠啊？」

*「那點錢也好意思說！」

「兩位請用國語溝通好嗎？」法官顯得有點侷促：「書記官沒辦法記錄。」

「你又去喝酒了？還是打麻將？」佟寶駒絲毫沒有停下來的意思：「和那群廢物打麻將也能輸錢？真丟人啊。」

*「沒出息的東西，跟你要一點錢在那邊嘰嘰歪歪。你和那些死白浪有什麼差別？」

「兩位？有話好好說，用國語說好嗎？」

「你為什麼不乾脆喝死算了？」佟寶駒終於改用國語。

「誰先死還不知道啦。」佟守中嘴角泛著泡沫，中氣十足。

「好了！我不是要你們用國語吵架。現在開始，我問誰，誰才能說話。」法官搖搖頭：「相對人佟寶駒，你是做什麼的？月收入大約多少錢？」

佟守中插嘴：「他是律師，很有錢。」

「你閉嘴好不好？法官是在問我……」

「好了！」法官瞪著佟寶駒，觀察眼前這位穿著褪色 POLO 衫，灰白頭髮狂亂，鬍渣分布不均的中年大叔：「相對人你是律師？」

佟寶駒不甚情願地回：「公設辯護人。」

「哪個法院？」

「高院。」

「您做多久了？」

「二十多年吧。」

法官知道佟寶駒的資歷後，便直接了當地問：「對於聲請人請求，您有什麼意見？」

「依據民法第一一一八條之一，我要請求免除扶養義務。」佟寶駒冷冷地指著佟守中說：「這個傢伙，年輕時幾乎都在坐牢，賺了錢就去喝酒，從來沒有照顧過家庭。」

佟守中並未有一絲羞愧，反而露出滿不在乎的表情，望向別處。

法官嘆了一口氣。她草草了解一些基本事實後，便要求雙方試行和解，改定庭期，打發他們回家。

佟寶駒走出基隆地院大門時，天正飄著毛毛細雨，氣溫又更低了。他想廟口夜市差不多要開始營業了，這個時候人潮還不多，應該吃點東西暖暖肚子再回臺北。彰化銀行前那間「麗葉麻辣臭豆腐」是個不錯的開始。

[*]「你開車來嗎？」佟守中出現在他身後，語氣雖然不如方才那樣尖銳，但仍一副桀驁不遜的態度。

佟寶駒嘆了口氣：「*你要去哪？」

「*回家啊。」佟守中問：「*你還是那台破車嗎？書念那麼多也沒有比較有用。」

佟寶駒不願再繼續無止境的爭執，忍著把罵人的話吞下去。

佟寶駒開上台二省道，貼著海岸線，往和平島方向前進。沿路的舊式公寓經年承受海風和陰雨，好像三十年未有改變，也將以這樣的姿態永遠存在，為蜿蜒狹窄的道路增添抑鬱氣息。

車子轉進正濱漁港，隔著港灣，鮮豔奪目的彩虹屋映入眼簾。佟寶駒差點撞上一群穿越馬路要爭取最佳拍照位置的遊客。

「Holy 媽祖！」佟寶駒大吼。

「*他們應該把另一邊塗成地中海的顏色。」佟守中冷冷地說：「*咖啡店可以再多開幾家。」

5

海濱國宅在民國八十四年完工，為求行政管理方便，居住單位之配置採原漢分離。下方靠海的一般國宅配予漢人（舊時下部落），原住民國宅則座落於山坡上（舊時中部落及上部落）。上部落的公寓群圍繞形成一個廣場，東側建有「奇浩部落聚會所」，作為日常集會活動之用，當然也是每年七月底豐年祭的舉辦地點。

佟守中的家位於中部落處，門前是一條狹窄的上坡路。由於找不到停車位，佟寶駒只能順著路往上，在廣場找位置暫停。

車才剛熄火，一名中年男子帶著笑容靠近。他穿著運動外套，拉鍊半開，露出底下的警察制服和微凸小腹。一見佟家父子便高舉手上的滷味與啤酒，熱情招呼。

「Looh，一起啊。欸還有 Takara。」

Takara 是佟寶駒的兒時暱稱，來自「寶」之日文讀音。過去因為日本統治的影響，許多原住民耆老都會使用日文，阿美語中也留下很多受日文影響的字詞。雖然只有熟識的朋友才知道這個綽號，佟寶駒卻似乎無動於衷。

佟寶駒望向他手指的方向，看見某公寓的大門外，一群族人就著摺疊桌吃喝吆喝著。桌上擺滿各種酒瓶、飲料及小菜。佟寶駒很清楚那種聚會的形式與毫無意義，揮手拒絕：「Anaw，下次吧。」

Anaw 繼續勸說：「很久沒看到你耶，來啦。」

佟守中轉向佟寶駒，假意輕聲地說：「不要過去，人家會以為你打算跟他們做朋友。」

佟寶駒擠出微笑，勉為其難地跟上父親的腳步，維持表面關係。

6

聚會氣氛正熱，眾人高聲笑談，好不歡快。

佟寶駒走近後，認出其中兩人是他兒時的朋友。

坐在中央的鄭峰群，阿美族名 Kaniw，膝上抱著兩歲的女兒，手舞足蹈地講述某件低級笑料。他年近五十，五短身材、體態微胖，講起話來聲音洪亮。眼神銳利但帶著笑意。長年的風雨在他臉上刻劃出深淺不一的溝紋，卻沒有稍減他充滿活力的神采。

鄭峰群身邊坐著彭正民，阿美族名是 Lekal。他全身散發著截然不同的討海氣質。皮膚黝黑、身形挺拔，神情蠻橫兇惡。頭上戴著髒舊的魔術頭巾，過緊T恤以及牛仔短褲凸顯著沉默的侵略性。

Anaw 將滷味和酒擺上桌，眾人歡呼。佟守中不待邀請，逕自坐下。佟寶駒則站在一旁，思考如何不被發現。

「Anaw～執勤喝酒，那個是什麼……瀆職喔。」鄭峰群假意責備。

Anaw 拉上外套拉鍊，模仿酒醉暈倒：「什麼執勤，神經病喔，神說我們都是醉人。」

鄭峰群雙手合十：「難怪你每天都在贖醉。」

眾人又是一陣笑。佟守中兀自拿起一瓶啤酒，一口氣幾乎乾盡。

*「老船長，不夠晃喔。」鄭峰群打趣地說。

佟守中斜著眼光，語帶不屑：*「小船長。」

彭正民臉色丕變。鄭峰群微笑，舉起手上的酒杯，示意他壓下脾氣。

Anaw 則趕緊打圓場，指著鄭峰群說：*「Kaniw 這趟滿載耶。」

*「機器抓的啦。」佟守中絲毫不改輕蔑態度。

現場氣氛頓時有些尷尬，但鄭峰群滿不在乎地搖搖頭，不打算和他一般見識，反而轉向佟寶駒。

「Takara，好久不見。」鄭峰群說：「終於決定要回來跑船了嗎？」

眾人聽出諷刺，又一陣笑聲。

「我不適合那種工作，哈哈哈。」佟寶駒生硬地笑。

*「哪種工作？」鄭峰群問。

「太辛苦了，我沒有那麼……猛。」

鄭峰群指著旁邊的圓凳：*「來，坐。」

「我等等還有事。」

*「你還會說族語嗎？」彭正民突然一句話，戳破佟寶駒的笑容。

「看情況。」佟寶駒放棄假裝，臉色沉了下來。

彭正民舔舔嘴唇，向旁邊狠狠吐口水，正要繼續說些什麼，佟守中突然站起來，抓著啤酒罐兀自走開。佟寶駒見狀，也趁機轉身離開，留下氣氛凝結的眾人。

佟寶駒回到車上，發現雲霧更重了。他知道再沒多久，雨就會以無聲的方式飄打這片山坡。他一秒鐘也不想再待，趕緊發動引擎。

這個地方、這些人總令他感到無來由的悲哀。

他沒想到，這是最後一次見到鄭峰群。

7

高級住宅區的電梯，寬敞乾淨。

連晉平端詳鏡子裡的自己，摸摸醺熱的臉頰，還有極短平頭。他相貌端正、身材精壯、比例標準，雖然只穿著素面襯衫與牛仔褲，仍散發著尊貴家世的氣質。

連晉平拍拍自己的臉，試圖驅趕醉意，然後看向手錶，確認時間。在他印象裡，自己二十五年的歲月中極少如此晚歸。今晚是因為律師訓練結訓，父親連正儀才破例讓他前往「聲色場所」。

「那是很正常的夜店。」他這樣說服父親。

「夜店還有正常的嗎？」

「反正不是 Gay Bar 或制服店。」

連正儀帶著狐疑地眼神看著他。連晉平明白父親的眼神。擔任法官將近三十年，父親不可能不知道這些場所各自意味著什麼，但自己這樣的唐突態度，多少聽起來沒有說服力。

「去的都是律訓同學，不過就是群書呆子，能玩多瘋？」連晉平接著解釋道。

連正儀沒有多說什麼。這個世代的年輕人能玩出什麼把戲，他不能說只是略知而已。要做一個稱職的法官，熟知法律只是基本。法官的職權在「認事用法」，意味著「認定事實」必須先於「適用法律」。對他而言，這些社會事已然瞭若指掌。

然而社會事變化多端，要能從千絲萬縷的線索中理出頭緒，憑藉的無非是極其細膩的心思與對公平正義的執著。多年以來，連正儀對審判品質的自我要求，讓他在法界平步青雲。擔任最高法院刑事庭的庭長近十年，破解離奇的案件、看穿狡詐的被告已是家常便飯。他對於連晉平這個獨子，倒是信心多於擔憂。

連晉平在家門前，從背包裡翻找鑰匙。突然內門打開，連正儀出現在門後。他穿著高級體面的家居服，神情剛毅，深邃的法令紋壓著嘴角，即使笑起來也難擺脫刻板的表情。

「爸……還沒睡？」

連正儀打開外門，看著連晉平的極短平頭，一時啞口無言。

「同學說早晚要剃，就……」

連正儀聞到一股味道，露出質疑表情：「喝醉了？」

「沒有。」

「以後還是少去這些地方。你以後是要當法官的人，」連正儀看看手錶：「都快十一點了，下次早一點回來。」

連晉平恭順地點頭，趕緊溜回自己房間。

8

連晉平的房間寬敞，四處可見運動相關的海報與物品，書桌和書櫃上則堆著法律書籍、文件。整體雖然稱不上整齊，但並不凌亂，反而有一種切實的生活感。

他坐在堆滿書卷筆記的桌前稍事休息，還沒從今晚結訓的狂歡中冷靜下來。以前在學校時，就經常從學長姐那邊聽說律訓的有趣傳聞。如今終於親身體驗，確實令人難忘。

為期一個月的律師訓練雖然有考評機制，但實際不甚嚴格。使得這群準律師們得以重溫校園裡那種放浪不羈的生活，堪比向青春告別的歡樂成年式。

對於臺大畢業、應屆考取律師、司法官雙榜的連晉平而言，追隨父親腳步成為法官是他的生涯規劃。律訓只是獲得律師證書的必經過程，也是完成碩士論文、服兵役以前，最後一次放輕鬆的機會。

今晚可以說是律訓的完美句點，唯一讓他介懷的是自己始終沒有勇氣更進一步邀請李怡容跳舞。

李怡容是父親在最高法院同事的女兒。她和連晉平同年，政治大學應屆雙榜，也順利考取臺大研究所。不過連晉平念的是刑事法組，她則是經濟法組。

雖是父親安排認識，但李怡容不論外型、談吐都有十足魅力，確實令連晉平傾心。他特意申請與她同梯次律訓，為的就是藉機再靠近她一些。今晚兩人幾次聊天，愉快又輕鬆。連晉平盤算，是該更進一步了。

一輪美好幻想後，酒精退去的連晉平感到涼意。一月份的濕冷透過窗戶滲進房間。他拿起衣物準備梳洗，並習慣性地打開電視。沒多久，一則新聞快報吸引他的注意力。

「今夜七點多，基隆和平島附近的海濱國宅發生駭人兇殺案。一名年約二十歲的印尼籍漁工 Abdul-Adl，因不明原因，持刀闖入船長鄭峰群家中，將一家三口殺害。其中包含年僅兩歲的女童。

更令人害怕的是，嫌犯於行兇後，竟毫無懼色，手持兇刀、全身是血地散步至和平島觀光漁市，引起路人側目報警。所幸在眾人通力合作之下，將他壓制在地，警方隨後趕到並將他逮捕歸案……。」

模糊不清的監視器畫面中，一名身著紅色足球衣的瘦小人影搖搖晃晃地走過街邊。連晉平仔細觀察，卻無法從畫面中辨識出嫌犯手持兇刀與全身是血的細節。

「死者的友人與家屬聞訊後，聚集在警局外不斷叫囂，要求兇手出面負責。現場情況一度相當緊張。後經正濱派出所所長出面調解，群眾情緒才稍微緩和。目前警方正連夜偵訊，希望能盡快釐清兇手的犯案動機……。」

新聞畫面中，彭正民手持球棒不斷揮舞，激動地在鏡頭前大爆粗口。他身旁一群人與警方發生推擠，場面混亂。

雖然基於刑法專業，連晉平總是對於重大刑案特別關注，但今晚實在太累了。他關上電視，披著浴巾，疲憊地走向浴室。

9

深夜的博愛特區冷冷清清。為了五天後總統大選而預備的蛇籠和拒馬，置放在街燈照不到的角落，在這波寒流的冷雨中，像是成排而坐的士兵，低頭不語。

一輛黑色公務車駛離法務部，由重慶南路轉凱達格蘭大道，目標是位於信義路的執政黨中央黨部辦公大樓。

車上坐的是法務部長陳青雪。她望著窗外向後飛逝的臺北燈火，下意識地用手順順俐落的短髮。雖然她將滿五十歲，但剪裁合身的長版套裝展現出良好體態，清淡的妝容未刻意掩飾年歲，反而恰當地展現她醇美的本質，優雅的舉止更在溫柔與權威中取得完美平衡。

從德國漢堡大學取得人權法博士的她，自幼便充滿正義感與悲憫心。自高中開始，便熱衷於社會運動，並確認了自己對法律的熱情。在民國八〇年代政治風氣保守的時刻，她的高調言行雖然招惹不少麻煩，但總能以過人的政治手腕而大事化小。

一年多前她剛就任沒多久，臺灣社會在一個月內發生十四起殺人命案（其中包括十二天內接連曝光的三起分屍案[2]）。為了盡快取得政策上的共識，總統宋承武曾連夜召集內政部、法務部、衛生福利部及警政署研究成因與對策。

當時與會眾人因為日益沸騰的輿論，皆急於提出新的刑事政策規劃，然而陳青雪卻獨排眾議。她認為這些都是獨立個案，既不具犯罪學模仿犯的關連性，亦非現行法制有何不可挽救的漏洞。倘若為了這些偶發事件而貿然更動法制，不僅沒有實質意義，也會傷害精神衛生法制的整體規劃。況且根據法務部的犯罪趨勢關鍵報告，臺灣社會近十年不論在犯罪率、犯罪人數，甚至是故意殺人罪的案件量，都有逐年遞減的趨勢。

「民意的本質既模糊又非理性，與司法追求人權的終極目標，有著根本性的衝突。」陳青雪這麼說服總統：「政府必須堅守一貫的明確立場，否則被民意反噬只是遲早的問題。」

後續事態的發展也正如陳青雪所預測。在幾次府方堅定的發言後，關於這些命案的不理性討論也漸趨緩和。

不過這次事件接近總統大選，勢必非得顧慮民意不可。

距離一月中的大選只剩不到一個禮拜，在民調拉鋸的緊張狀況下，這次的殺人案，與目前待決的三十九位死囚，想當然會再度成為選舉議題。尤其兇手又是一名逃逸的外籍漁工，在野黨可以攻擊的範圍從移工狀態、漁業監管甚至包含新移民政策，其複雜程度顯然難以想像。

前幾任總統在任內都至少槍斃三十位死囚。宋承武執政將近四年，僅執行過一件——那是在陳青雪上任以前的事了。宋承武為了爭取國際組織的能見度，施政一直都盡力符合兩公約的人權標準[3]。不過，這次在龐大連任壓力下，還能堅持多少？

行兇也要看時機，陳青雪腦海浮出這樣的謬論。公務車此時正通過黨部大樓的崗哨，直駛進入地下停車場。

---

2 臺灣於民國一〇七年五、六月間，連續爆發多起殺人案，密集與兇殘程度史所未見。

3 兩公約乃聯合國公民與政治權利國際公約（ICCPR）與經濟社會文化權利國際公約（ICESCR）之統稱。前者第六條要求成員國限制死刑之實施。臺灣於民國九十八年通過「兩公約施行法」，正式將之內國法化，賦予法律效力。

10

陳青雪走進會議室時，總統已經在裡面等她，身旁還有競選總幹事蔣德仁。

宋承武雖有倦意，但表情沉靜祥和：「是否應該繼續執行死刑？你覺得我們該怎麼應對？」

「我們重視的是輿情。」蔣德仁向陳青雪補充說：「選舉已經進入最後階段。」

蔣德仁濃眉大眼、氣宇不凡，但多年的權謀以及過度的酒精使他蒙上一股陰鬱氣質。陳青雪一向不欣賞他的作風，因為他的腦袋裡就只有勝選，沒有任何中心思想。不過她必須承認，蔣德仁過去的幾番運作，總能讓危機化為轉機。

「老闆，如果每次一有殺人案件，就必須順從民意、重新檢討政策，那簽署兩公約的意義何在？」陳青雪維持著態度。

「目前現實就是人民沒有共識，死刑是合情合法，反對廢死還是佔大多數，這才叫做民主。在這個關頭，沒有人會在意兩公約說什麼。」蔣德仁說。

「死刑存廢不是民主問題，是人權問題、是憲政問題。人人皆曰可殺，難道法官就不需要審判了嗎？」

「憲政問題？大法官早已表明態度，死刑並不違憲。」

「大法官是決議不受理，不是合憲解釋。就連已經失效的法律都曾經作出合憲解釋，大法官也是會出錯的。」[4]

「選舉不是做學問，你能在這個位置……」蔣德仁思考了一下措詞：「我必須直說，這會關係到你的去留。」

「我只需要一個說法。」宋承武抬起手示意蔣德仁稍緩：「部長，這個時刻，我們必須實際一點。」

蔣德仁的顧慮並沒有錯，除非陳青雪能夠想出一個兩全其美的方法，不然宋承武不會甘冒敗選的風險無條件支持她。行兇也要看時機。陳青雪心裡又想起這句話。

「您必須維持一致的立場，堅守兩公約和人權的立場，但不用過度強調以廢死為終極目標。」陳青雪說。

「部長，這樣和之前有什麼差別？」蔣德仁質疑道。

陳青雪從公事包中拿出一份資料交給總統。

4 民國七十九年之釋字二六三號解釋，認為懲治盜匪條例唯一死刑之規定合憲。然於民國八十八年，蔡兆誠律師研究相關法制史後，主張該條例係限時法，早該於民國三十四年四月八日失效。倘此說成立，直至該條例於民國九十一年二月一日由立法院宣布廢止前，不知已有多少冤魂因該條例而死。

「這是目前三十九名待決死囚的資料，其中三十二人有非常救濟程序進行中，按現行《審核死刑案件執行實施要點》，本來就不應該執行。至於其他七人……我們可以公開表示，均已調取相關卷證，並盡速審核。」

「這種拖延戰術，能有多大的說服效果？」蔣德仁說。

「立法院在本月初修正《監獄行刑法》，授權法務部重新檢討修正《死刑執行規則》。」陳青雪回應：「立法院既然認為舊有規定不合時宜，政府就不該在還未制定新的程序前貿然執行死刑。立法院不就代表民意？這是我們在法理上的制高點。」

蔣德仁雙手抱胸像是在思考，但找不到更好的理由反駁。

「另外，我建議對於這次事件，應該統一命名。目前媒體普遍將之稱為滅門慘案，實在過於聳動。」陳青雪展現她深思熟慮的專業：「我認為命名越中立越好，最好避免產生特定的指涉或聯想，像是『和平』島或『移工』這類詞彙。」

宋承武點點頭，表示頗有同感。

陳青雪逕自結論：「我們可以稱之為海濱命案。意義中立，而且海濱國宅不是一個大眾熟知的地點，比較沒有情感連結，威脅感會比較低。」

宋承武答好，蔣德仁便沒再多說什麼。

陳青雪知道自己以退為進的策略已然奏效，默默地鬆了一口氣。雖然選前的情勢日益嚴峻，但至少她為自己爭取到了更多信任。

廢除死刑被陳青雪視為自己的生涯聖盃，然而其中完全不存在一點沽名釣譽的成分。很多人批評她過於理想化，但她認為廢死並非不可能的任務，時機與政治才是關鍵。

只要宋承武連任，自己還在位置上，改革就不會停止。

11

八月下旬雖然接近秋天，但暑氣未消。連晉平頂著小平頭，身著替代役制服，在高等法院刑事庭大樓的樓梯間，望著窗外的毒辣陽光，恍如隔世。

回想一個多月前還在成功嶺受訓，如今身處完全不一樣的舒適環境，除了感慨事物變化外，更多的是對未知挑戰的興奮。

他通過論文口試後，因為時間趕不上今年的司法官訓練梯次，所以決定先服兵役。父親為了讓他服完兵役後可以順利接上次年的司訓，還特地透過關係，請託區公所兵役課優先處理他的兵單。

由於扁平足的關係，連晉平被歸類為替代役體位，只需要在成功嶺進行為期一個月的新兵訓練，便可以離開軍伍，按專長進入政府部門服務。

連晉平分發到高院的公設辯護人室已經大約兩個禮拜。雖然他具備律師以及司法官的資格，但畢竟尚未受職業訓練，也沒有任何實務經驗，當然不可能直接處理辯護業務。他的日常工作僅止於維持環境、整理公文卷宗和支援各種庶務雜事而已。

法院同事更因為他準法官的身分，鮮少交代繁重的工作，畢竟誰也說不準哪天這個替代役會不會成為自己的上司。只是連晉平對於這種過度禮遇的態度，經常感到不自在。

那個綽號寶哥的公設辯護人卻很不一樣。

「你是身體有什麼殘缺才來當替代役的啊？」這是佟寶駒對他說的第一句話。

「你姓連啊？和連戰有關係嗎？有就好囉！少奮鬥一百年。」這是第二句話。

然後是第三句：「以後你就叫蓮霧吧，比較好記。」

經過兩個禮拜的相處，連晉平並未對這個無禮的中年大叔產生一絲反感，甚至開始期待每天聽他「練痟話」[5]的時光。

今天接近下班時間，佟寶駒閒來無事，靠在窗台邊，望向與司法大廈相鄰的那塊中庭，露出詭異微笑：「你知道這裡在日據時代是刑場嗎？」

連晉平搖搖頭，不確定這個話題從何而來。

司法大廈係日據時代所興建，當時作為臺灣總督府高等、地方法院以及檢察局使用。嗣後日本戰敗，中華民國政府遷臺後，改作司法院使用至今。位於博愛路上的高等法院刑事庭則於民國五十七年興建，建築體與司法大廈相倚。兩棟建築物所包夾出來的小空地，便是佟寶駒所指的刑場。

這個傳說並非佟寶駒憑空捏造，畢竟曾經作為刑事審判、執行死刑之用的歷史建築物，常有繪聲繪影的傳說也不足為奇。

「我好幾次加班，都在午夜時聽到中庭傳出槍聲。」佟寶駒說。

「胡說八道。」書記官林芳語說。她對佟寶駒倚老賣老的態度很是感冒。

「我真的有聽到。」佟寶駒煞有介事地回應。

「你根本沒加過班。」林芳語埋首於卷宗之中，連頭都懶得抬起來。

佟寶駒露出賊笑：「我上次講完鬼故事以後，芳語整個禮拜都不敢留下來加班，男朋友還懷疑她是不是換工作了。」

「佟寶駒，你在亂說什麼？」

「啊，你沒有男朋友。」

「你老光棍還敢說我。」林芳語將一份公文甩到佟寶駒臉上，害他差點從椅子上摔下來。

連晉平看著兩位前輩鬥嘴，有點不知如何是好。

5 臺語，siáu uē，瘋話。

佟寶駒看看時鐘，收拾個人物品，走向門口，開朗地向他們揮手致意。

「此地不宜久留，切記，刑場、槍聲！」佟寶駒擠眉弄眼地邁出步伐：「今天晚上我要去爽囉，有人請吃飯，掰掰——」

連晉平聽著佟寶駒漸漸走遠的口哨聲，對林芳語露出尷尬的微笑。

12

若要說有什麼歌最能傳達基隆的氣味，當屬《港都夜雨》。很多人誤以為港都指的是高雄，其實這首歌是在民國四〇年代，基隆最繁華鼎盛的時期，由港邊俱樂部的一名樂師所譜。詞曲精準地傳達了基隆多雨迷濛的場景，還有當時漂泊無依的跑船男子心聲。

降 Key 後的《港都夜雨》對佟寶駒來說並不困難，但他最在意的是咬字。

「啊～漂流萬里～港都夜雨寂寞暝」這句歌詞在首音轉接歌詞後，要順暢無誤地用標準臺語唱出「夜雨」和「寂寞暝」，對他是一個挑戰。即使如此，他還是最常點這首歌。因為或多或少，在基隆的成長經驗中，這首歌可以稍稍掩飾他的原住民色彩。

「啊～海風野味～港都夜雨落抰離……。」

「寶哥讚喔！正港臺灣男兒！」包廂內的眾人此起彼落地吆喝，席間幾位傳播小姐也跟著應和。

這些年近五十的中年大叔皆已有酒意。領帶要麼歪斜地掛在敞開的襯衫上，要麼早已隨意塞進公事包內。待佟寶駒最後一句唱完，眾人起立，誇張地鼓掌歡呼，好像青春期的國中男生競相宣告自己的手淫次數，那樣高漲又澎湃。

「寶哥每次唱這首攏很有味，每次唱完我攏自嘆弗如。這款才叫正港的臺灣男兒！」領頭的林鼎紋高舉酒杯，以動作催促眾人對飲：「今天是我們事務所歡迎寶哥正式加入的大日子。這個番仔，跟他講了好幾次都不願意，虧我三顧茅廬、七進七出、七擒七縱，才把他給收服！」

林鼎紋自詡諸葛亮，將佟寶駒比喻為南蠻孟獲的暗示，引眾人露出曖昧表情。那些紅潤的臉皮，增添了這個政治不正確的玩笑力度。

林鼎紋見眾人領會，假意地正色道：「一般人不知道，公設辯護人是什麼？對我們這種專營刑事的事務所來說，那是寶啊！」

「所以才叫寶哥啊！」某人附和道。

「你們不懂啦，有誰比公設辯護人更懂法官的心、檢察官的意？我們寶哥可是大臺北地區最資深的公設辯護人喔。這次能說動他放棄鐵飯碗，加入我們的行列，不是摳摳多多那麼簡單，還得憑我和他二十多年的交情……。」

林鼎紋說的也沒錯。佟寶駒和他從大學時便稱兄道弟。林鼎紋雖然性格機巧，但也有忠實的一面。若非當初準備司法考試時，林鼎紋不吝於分享他的補習班講義和猜題，佟寶駒也絕無機會能在大學剛畢業、經濟窘迫又毫無奧援的情況下考上公設辯護人。

公設辯護人這個工作對於佟寶駒而言的重大意義在於穩定的收入，使他能夠脫離帶有宿命意味的低端就業輪迴——他絕大多數的親屬，即使已是都原二代，仍然在泥作、貨運司機或清潔隊工作中流轉。

佟寶駒的成功經驗並未帶給奇浩部落多少啟發。因為他所經歷的是一段難以複製的特殊際遇。除了父親早年入獄令他一夕長大外，部落因為國宅興建計畫而暫時四散，使他得以逃離那個互相拖帶的人際網絡。靠著半工半讀的努力和原住民加分的機制，當然還有一點運氣，考取輔仁大學法律系。

雖然校系排名並非頂尖，但畢竟能轉換環境，結交具有潛力的同學，最終使他獲得翻身的機會。

對於佟寶駒而言，公設辯護人可以說是最適合自己的工作。除了人人稱羨的公務員資格外，又不為一般大眾所注目。工作內容不如法官或檢察官那樣的繁雜和沉重，案件通常也沒有懸念。照著法官的審理步調走，完全沒有結案壓力。

林鼎紋招募佟寶駒則出於精準的商業布局。像他這種資深的公設辯護人，比起放寬律師錄取率後大量增加的菜鳥律師，對於事務所形象，以及案件操作上都有不可言傳的絕妙效果。

佟寶駒之所以願意答應林鼎紋，除了因為服務將滿二十五年，可以取得退休金的保障外，律師優渥的酬勞和自由的生活也是重要考量。

此外，公設辯護人制度逐漸式微是另一個原因。自從民國八十八年全國司法改革會議，決議以法律扶助或義務律師制度加以取代後，國家便不再招考公設辯護人。畢竟公設辯護人在職務上與院檢對立，身分上卻仍受院方的管考，運作的獨立性屢受質疑。

倒不如在其他制度取代自己以前，將優勢轉化為更實際的利益。不僅可以不用再忍受法院中那隱形的階級外，也可以好好掌握自己的時間，開始享受人生了吧。佟寶駒帶著這樣的想法，決定於今年領完年終獎金後，申請退休，轉任律師。

今晚便是林鼎紋舉辦的慶功宴。除了資深合夥人外，也邀請了幾位在律師界頗有知名度的人物。酒過三巡後，佟寶駒覺得自己牌子好似大了起來。

「都是林大律師跟我掛保證，以後每個禮拜都有這種好康，不然我怎麼可能會答應吼……。」佟寶駒貌似正經地說。

眾人注意到佟寶駒不小心流露出的原住民口音，紛紛開始模仿，身體和手也順勢地朝傳播小姐身上招呼去。一群人你推我擠地，將氣氛帶到最高潮。

「現在的客戶各個都那麼番，當然要以夷制夷呀！」林鼎紋終於拋出他準備已久的笑點，眾人又擠出那種曖昧調皮的指責表情，卻掩飾不住大大的笑意。

「難怪你安排這些月亮妹！」佟寶駒指著身邊的傳播小姐大聲嚷嚷：「可是我還是最愛台妹吼～」

眾人開始起鬨唱起張震嶽的《我愛台妹》。佟寶駒的歌聲特別地響亮，還帶著點Echo。

歡唱在深夜結束。佟寶駒帶著醉意回到位在內湖的住處。那個老舊的電梯公寓雖然不大，卻是他一生打拚的小小成果。

佟寶駒為了搶在電梯關閉前進入，一個踉蹌幾乎跌個狗吃屎，也讓電梯裡的女子嚇了好大一跳。他抵抗酒意站穩腳步，才發現那是對門鄰居的外籍看護。

佟寶駒並非敦親睦鄰的那種人，只記得對門住著一名獨居老婦，有一個兒子姓許。這些年來老婦人的外籍看護換過幾個，眼前的這位是半年前才出現的新面孔。佟寶駒之所以記憶較深，是因為她頗具姿色。

這名看護總是戴著穆斯林頭巾，有著深棕色的膚色和細緻深邃的五官。她通常身著平素的T恤和牛仔褲，外面套一件過大的丹寧夾克，但仍掩蓋不了凹凸有致的身材。

今晚佟寶駒因著酒意，延續宴飲的亢奮，不假思索地向她搭訕。

「你好喔。」

她並沒有打算回答，警覺地對佟寶駒點點頭。

「你好喔。說中文嗎？Do you speak Chinese?」佟寶駒因為自己滑稽的英文發音而不能控制地笑了起來：「不要怕吼！We are family. 來了臺灣就是一家人啦。我是律師，不是壞人，我在法院工作……好人，Good man! Good man!」

她望著緩慢上升的樓層數字，顯得有些不安。

「Don't afraid. 我是你的鄰居。Neighbor, do you understand?」佟寶駒的輕浮因為酒意更加猖狂：「What's your name？會說中文吧，不然怎麼當看護呢？不要騙吼！」

「佟寶駒。」佟寶駒指著自己的胸膛說：「My name, 佟寶駒。佟～寶～駒～」

電梯門打開，看護快步走出去。

「佟～寶～駒～」佟寶駒跟著她的腳步走出電梯，然後意識到自己即將開的玩笑，咯咯笑了起來：「A good horse. I am a good horse 吼！」

13

蔣德仁在電梯關門前走進來時，順手將某樣東西收進西裝外套口袋。動作雖快，但陳青雪看出那是一個隨身酒壺。

蔣德仁的飲酒習慣算是公開的祕密，但他位高權重，沒有惹出什麼事，也就不成問題。平時他身上厚重的古龍水香味，想必正是為了遮掩酒味。

電梯門緩緩關上，陳青雪禮貌性地點頭示意。

半年前的總統大選，宋承武最後以些微差距勝出。蔣德仁在選後被拔擢為總統府祕書長，陳青雪則繼續留任。兩人之間已經沒有競選時暗藏的急切氛圍，反而對彼此都留下能力不錯的印象。

「部長，恭喜回任。」蔣德仁說。

「恭喜升官，祕書長。」

「死刑一致決。」

「什麼？」

「不要老是談理念，多用折衷這兩個字。」蔣德仁若無其事地說。

陳青雪在還沒搞懂狀況前，電梯抵達預定樓層。蔣德仁翩然地邁出步伐，沒有給她追問的機會。

陳青雪今天來到總統府，是為了簡報及確認新任期的施政規劃。她坐在簡報室等待時，手機收到一則快訊。那是海濱命案的最新消息。

「半年前血腥殘忍的海濱命案，今日上午在基隆地院宣判，印尼籍被告 Abdul-Adl 被判處死刑，判決的主要理由在於被告手段殘忍，犯後毫無悔意，且審理過程中始終不願配合陳述，更翻異其詞。合議庭認為被告罪無可逭、顯無教化可能……。」

陳青雪對此並不意外。這只是一審判決，未來變數很大，對今天報告內容也沒有實質影響。

「基隆地院發言人表示，由於判決結果是死刑，按刑事訴訟法之規定，不論被告本人意願，法院都必須依職權上訴。該案將在近期移送至臺灣高等法院。法界人士均表示，除非有新的事證，按照目前被告不願配合的態度，二審維持死刑的機率很高……本案之所以引起高度關注，是因為與三十年前的湯英伸案件非常相似。」[6]

確實很像。三十多年，什麼都改變了，也什麼都沒變。那種對於殺戮的執著，依舊炙熱而濃烈。陳青雪思量著。

宋承武與蔣德仁走進簡報室，前者親切地問道：「部長，用過晚餐了嗎？」

陳青雪微笑點點頭，並將手上文件遞出：「這是今天的報告，以及近期社會矚目的重大案件整理，包括剛剛判決的海濱命案。」

陳青雪接著簡述報告內容。通篇並未提及最敏感的「廢死」議題，卻用了極大篇幅強調國

6 湯英伸為阿里山鄉間之鄒族原住民，於十八歲時隻身到臺北打工賺錢，卻遭受工作介紹所及雇主欺壓剝削，連續工作九天，每天工作十七小時，更被雇主扣留身分證不許離去。最終失手殺死雇主一家三口。湯英伸是臺灣戰後四百多位死刑犯中最年輕者，被槍決時還未滿二十歲。

民法官法「死刑一致決」的規定。

「死刑一致決」意味著參與審判的九位法官（職業法官三人、國民法官六人）都必須全體同意，死刑才能成立。比起現行制度，三名法官只要過半數同意，死刑門檻將大幅提昇。這是陳青雪最重視的政策。

「死刑一致決？部長，那不就是實質廢除死刑嗎？」蔣德仁不客氣地說。

陳青雪想起方才電梯中，蔣德仁的一番指教，心中疑惑不減反增。這傢伙到底什麼意思？

「死刑的正當性，本來就應該來自於更審慎的程序要求。」陳青雪說。

「這比停止執行還敏感。」蔣德仁繼續反駁。

「整體社會對於廢除死刑既然還無法取得共識，一致決就是……」陳青雪突然理解蔣德仁的用意，轉向總統接著說：「死刑一致決就是目前最折衷的方式。」

宋承武點點頭，決定採納。陳青雪鬆了一口氣。

接著話鋒一轉，宋承武問起海濱命案。

陳青雪客觀地分析：「事實本身很明確，證據也充足。除非有新的事證，不然二審的攻防會是在精神和心理鑑定。」

「我是問你個人的看法。」宋承武說。

「我認為量刑有問題。」陳青雪簡短地說，一語包含萬千含意。

會議結束，陳青雪刻意跟隨蔣德仁走進電梯。

「謝謝。」陳青雪在門關上後小聲地說。

蔣德仁點點頭，沒有太多反應。

一陣沉默後，陳青雪向蔣德仁伸手示意。蔣德仁想了一下，才知道陳青雪指的是他西裝內袋裡的隨身酒壺。雖然有些猶豫，蔣德仁還是決定將酒壺遞過去。

陳青雪毫不遲疑地對嘴喝下一口，用舌頭舔舔嘴唇，仔細品嚐那滋味。她最後滿意地點點頭，像是在認可蔣德仁的品味。

14

每天下午三點，連晉平都會拉著推車在院內不同單位巡迴，收發公辯室的公文。今天他一走進書記官室，義股書記官便面帶笑意地招他過去。

「這些是給寶哥的。」義股書記官指著放在桌腳的一落卷宗：「希望他老人家喜歡。」

連晉平翻開卷宗，頓時明白他笑容的含意。

「寶哥和劉檢，萬年不敗的搭配，絕對不會讓你失望。」義股書記官補充道。

書記官說的劉檢，指的是劉家恆檢察官。他與佟寶駒的恩怨情仇在法院內早已不是新聞。

誰也不記得起因為何，大概就連他們自己也不甚清楚。兩人的職務身分本來就互相對立，在專業上意見相左並不奇怪，但畢竟仍是法院同事，為何每次對庭都要搞到劍拔弩張？沒有人理解箇中原因。

不過此時連晉平對他倆的八卦完全沒有興趣。他捧著卷宗，頭也不回地走回公辯室。公辯室莫約三坪大小，裝潢陳舊，雖然堆滿各式卷宗與書籍而略顯擁擠，卻在龐雜之中散發一股歷史溫潤感。

此時佟寶駒腳蹺在桌上，正用手機看著ＮＢＡ轉播。林芳語則專注於工作之中。公辯室內一股萬世昇平的祥瑞氣氛。

連晉平神情嚴肅地推門進來。

「如果司法官訓練有教人怎麼笑就好囉。」佟寶駒說：「民眾對司法的好感度應該可以剛好超過百分之二十五。」[7]

連晉平沒有理會佟寶駒的玩笑，將手上的卷宗放到他面前：「寶哥，可以讓我參與這個案子嗎？」

佟寶駒聽出其中一絲不對勁，瞄了一眼卷宗才了解怎麼回事。

「拜託了！」連晉平九十度大鞠躬。

「海濱命案？中籤王啦！」林芳語在旁邊放聲大笑：「人權鬥士佟寶駒，這次看你咯。」

「臭小子你想幹什麼？」

「我想參與這個案子。」連晉平堅定地說，身體沒有忘記在成功嶺的規矩，下意識地立正站好手指貼齊褲管縫線。

「等一下，你該不會是廢死聯盟的成員吧？」佟寶駒問。

「我有做過義工，這樣算嗎？」

「Holy 媽祖！還沒出社會講話就這麼迂迴，你到底支不支持廢死？」

「我認為死刑應該廢除。」

「你離我遠一點，扯上ＮＧＯ通常都沒什麼好事，尤其是你這種念太多書的。」

連晉平趕緊補充道：「我碩士論文的主題是司法精神鑑定，一定可以幫得上忙。」

「媽呀，廢死加上精神鑑定，這不是麥可喬丹加雷霸龍嗎？沒人打得過你。」

「身為辯護人，就應該為被告爭取……。」

「你想不想聽笑話？」佟寶駒打斷連晉平的說理，不等他答應，接著便說：「廢死聯盟曾經做過一項民意調查。臺灣民眾有將近七成對司法公平性缺乏信心，七成五認為臺灣法律只保障有權有勢的人，將近八成的人認為窮人比有錢人更容易被判死刑……。」

---

7 根據民國一〇六年臺灣民意基金會的民調數據，臺灣人對公僕的好感度，法官以二十四．五%敬陪末座。

佟寶駒刻意停頓，然後拋出笑點：「但是有八成五的民眾支持死刑。」
「那不是笑話，是事實。」
「就是因為是事實才好笑。」
「你想表達什麼？」
佟寶駒把卷宗丟到連晉平面前：「隨便你，想看就拿去，沒有什麼比毀滅憤青理想更讓人快樂的事了。」
連晉平看著眼前的卷宗，使命感油然而生。
「辯護彎歐彎，把卷看熟。」佟寶駒把腳蹺回桌上，繼續看ＮＢＡ轉播：「你看完以後跟我 Beef 一下。」
「是 Brief 吧。」林芳語面帶笑意地說。

15

即使已經臺大研究所畢業，連晉平並沒有真正地翻閱過法院卷宗。雖然他專攻刑事法，但其實就連起訴書也很少看過。基於保護當事人隱私，一般人僅能從網路上公開的判決全文，去推敲卷宗內的資料。

連晉平曾經聽父親說過，卷宗原本能提供許多判決內無法言述的細節。光從資料編排與書狀的次序，就可以推知過去法庭活動的消長動態。「懂得識讀卷宗……不論是形式或實質意義上的卷宗，才能成為好法官。」連正儀這麼分享著他的經驗。

連晉平將海濱命案的卷宗捧在手上，覺得比想像中要輕。他預期殺人刑案應該更有分量一些，沒想到起訴書更輕薄，僅有三頁紙。

按起訴書記載，被告為印尼籍的 Abdul-Adl，出生於民國八十九年七月二十六日，目前在押。連晉平回想電視上被告的瘦弱身影，怎麼看都不像是一個能夠在遠洋漁船上與海拚搏的二十歲青年。

連晉平開始閱讀犯罪事實。

「Abdul-Adl 為萬那杜籍（Vanuatu）之遠洋鮪延繩釣船（平春十六號）之境外聘僱漁工[8]，於民國一〇八年一月十六日自新加坡外海登船，至九月十八日結束航程，隨船入境臺灣。工作期間受船長鄭峰群指揮撈捕漁獲、修整裝備，卻對渠之調度心生不滿，多次拒絕執勤並產生言

8 「境外聘僱制度」以農委會漁業署為主管機關，不受勞基法保障，對於漁工之權益極為不利，但因仲介費較低，很多外籍漁工仍趨之若鶩。依據一〇九年漁業署估計，臺灣漁業共聘有一萬九千名境外漁工。

語及肢體衝突，於返臺後離船逃逸無蹤。[9]

嗣於一〇九年一月二十五日晚間八時左右，Abdul-Adl於基隆市中正區正濱路一一六巷九弄五號三樓鄭峰群住處，基於殺人犯意，持預藏之生魚片刀，由後刺傷鄭峰群背部，再砍殺頭部兩次、頸部一次及胸部五次，造成頭、頸銳創，背、胸刺創引起血胸、肺塌陷，致呼吸衰竭及出血性休克而死亡。鄭峰群配偶鄭王鈺荷聞聲自臥房趕至，Abdul-Adl復基於殺人犯意，砍殺鄭王鈺荷左上臂五次、刺入胸部、腹部各一次，造成左上臂切割傷合併肌肉斷裂急性出血、右肺、橫膈及肝臟刺創引發血胸、腹血，致心因性休克、出血性休克而死亡。

Abdul-Adl復聽聞臥室內傳出鄭峰群兩歲之女鄭少如哭鬧不休，害怕犯行曝光，遂進入臥室，強行將鄭少如拖行至浴室內，發現有一儲滿水之水桶，基於殺人犯意，將其頭部按壓至水桶內直至溺斃。

Abdul-Adl於行兇後，持刀徒步往和平島方向逃逸。經沿路民眾目擊報警，嗣於基隆市中正區和一路二巷和平島觀光漁市入口附近為民眾所圍困，由後續趕至之警方逮捕歸案。」

連晉平接著瀏覽證據清單，其中就屬兇器、被告自白以及現場鑑識與驗屍報告最為重要。

本案沒有現場目擊證人，但有兩位證人提供了關鍵旁證：漁船大副彭正民證述漁船作業期間被告與船長產生之嫌隙，證明被告有殺人動機；警察Anaw證述於案發前目擊被告攜帶長形刀狀物體，在海濱國宅周邊徘徊，證明被告預藏兇刀、預謀行兇。

起訴法條為刑法第二七一條第一項殺人既遂罪。檢察官主張前後三次的殺人行為，犯意各別、行為互殊，應分論併罰，求處死刑。起訴書的最後一段話更是道盡對被告犯行的深痛控訴。

「……被告僅因工作嫌隙及薪資問題，竟以利刃兇猛砍殺，復稚子何其無辜，竟僅因害怕犯行曝光而痛下殺手，均見被告根深蒂固之殺意。況被告於案發後迄今，始終不願真誠面對死者家屬及社會大眾，不僅說詞反覆、對於關鍵案情保持沉默，並從未向死者家屬表達歉疚之意，其手段兇殘，行為惡劣，造成被害人家屬永遠無法抹滅之傷痛，其惡性重大，令人髮指，請參酌上情，對被告依法處以死刑，以懲其兇……。」

連晉平嘆口氣，這段用語讓他耿耿於懷：「僅」因工作嫌隙及薪資問題，「竟」以利刃兇猛砍殺，復稚子何其無辜，「竟僅因」害怕犯行曝光而痛下殺手……檢察官利用文字加強語氣，凸顯被告的兇殘與死刑的正當性，但實際上這些都是出於臆測、與客觀事實無關的情狀。利用起訴書將被告描繪成冷血惡魔，極有可能影響法官最初的心證。

就和新聞媒體的聳動報導一樣。

連晉平最後檢視原審的精神鑑定報告，坐實了他原先的猜測：不論是精神或心理鑑定報

9　據移民署國境事務大隊統計數據，本國籍漁船境外僱用外籍漁工於一〇〇年至一〇四年間，漏跳船年平均人數為四三五八人。地點以前鎮及東港漁港最多；漏跳船國籍人數則以印尼為最。

告，都只是聊具形式。他對此並不意外。臺灣司法本來就沒有一套標準的精神鑑定流程與規範。況且被告係以外國語接受鑑定，轉譯的過程究竟能反映多少真實，令人高度存疑。

綜合來看，這個案子的客觀事實幾乎沒有什麼懸念，尤其連殺兩人後又毫無理由地溺殺女童，判死可以稱作是合理的結論。辯護究竟該從何著手呢？連晉平毫無頭緒。

16

高院籃球社固定在每週四晚上聚會，實際上就是打球。類似的社團在法院很常見，下至通譯、法警，上至法官、庭長，任何人都可以參加。社團主題也非常廣泛，從動態的球類活動到靜態的讀經班都有。

高院籃球社大多是男性參加，以法警和青壯派的檢察官、法官為主。不定時也會參加或邀請其他法院的籃球社團進行友誼賽。雖然沒有明文規定，但對抗時通常都會以法院、檢察署來區分隊伍。

這經常讓佟寶駒的位置有點尷尬。公設辯護人有著獨立的考訓途徑，身分隸屬於院方，卻必須站在被告的立場辯護，勢必經常挑戰法官見解，並質疑檢方的偵查作為。加上佟寶駒特立獨行的作風，搞得院檢都不怎麼把這個麻煩人物看做自己人。

高院的公設辯護人只有兩位，會打籃球的只有佟寶駒，也沒辦法自成一隊。所幸自從替代役人力加入司法體系後，佟寶駒便獲得一群也不知該如何分類的年輕肉體相伴。

每當有新的役男報到，佟寶駒第一個問題總是：「打籃球嗎？」如果對方的答案是否定的，便會遭到他的奚落：「替代役不能打仗又不會打籃球還能幹嘛？」

連晉平雖然是扁平足，但並不影響他在籃球場上的表現。一米七五的身高稱不上優勢，但是靠著彈跳力和速度，在球場上經常吸引眾人目光。這也是佟寶駒非要他參加球賽的原因。

佟寶駒的理由是：「你是兵，他們是官，你只能加入我這隊。」

「你是什麼隊？」

「沒人要的那隊。」

連晉平沒有那麼高度的競爭意識。他只是喜歡打籃球而已。

兩人在更衣室換衣服時，佟寶駒一直說著什麼位置和戰術。連晉平忍了很久，才打斷他的籃球指導：「我們什麼時候去看 Abdul-Adl ？」

「誰啊？」

「那個印尼籍漁工。」

「你說怎麼唸？」

「阿布杜勒阿得勒。」

「Ab-du-l-A-dl-」佟寶駒還是不會唸。

「Abdul-Adl。」連晉平再示範一次。

「什麼亂七八糟的名字，以後他就叫阿布，誰也別跟我灰這個。」

「我們什麼時候去看他？」

「看他？看筆錄就好啦，你不是看卷了嗎？」

「看完了，可是應該要向當事人親自確認一下說法吧？」

「Holy媽祖，你做起事來挺有幹勁啊。問題是證據充足，他也承認殺人，你期待他翻供嗎？而且我告訴你，公辯室沒有預算請通譯，反正開庭時法院會安排通譯，到時候再抓空檔和他聊聊。」

「問題是……」

「不要怪我沒有警告你，」佟寶駒不耐煩地瞪了他一眼：「球場上不要談公事。」

結果開始談公事的卻是佟寶駒自已。

他一見劉家恆上場，就像狗嗅到獵物，緊咬不放。他是這樣開場的：「老劉，通姦除罪化，你不能再當徵信社的打手，打壓人民戀愛自由了，喔~怎麼辦呢？」

劉家恆高大壯碩，不苟言笑，雖然正氣凜然，但不由自主緊繃的眉宇，透露出過度認真的性格。他對佟寶駒的奚落充耳不聞，好似球場上根本沒有這個人的存在。

接著連晉平搶到一顆籃板球，快速長傳給佟寶駒。他雖然年近半百，但活力與衝勁果然名不虛傳。眼看一個小人物上籃就要得分之際，劉家恆從後面跟上，把球搧出場外。

「公辯，上籃和辯護一樣，軟弱無力，怎麼辦？」劉家恆一臉神氣，對著跌在地上的佟寶駒這樣說。

佟寶駒起身，經過劉家恆時故意頂他一下。劉家恆雙手反推，火藥味十足。眾人對於他倆的火花見怪不怪，繼續洗球入場。結果佟寶駒又在切入時，偷偷地給劉家恆一拐。眼見衝突爆發，眾人才趕緊把兩人架開。

球賽至此只能結束。

「工作要是這麼認真就好啦。」劉家恆離開球場時，刻意大聲奚落。

「Holy 媽祖勒。」佟寶駒喃喃自語。

回到更衣室，佟寶駒突然問連晉平：「你卷看得怎樣了？」

「看完了。」

「那個通譯叫什麼名字？」

「什麼？」

「那個印尼語的通譯，叫什麼名字？」

「我沒有特別注意……」

「那還叫看卷嗎？」佟寶駒說：「蓮霧，你真的 Super 遜。」

17

在準備程序前[10]，辯護人最重要的工作便是擬定訴訟計畫，包括提出可信的案件理論[11]、評估檢方的舉證，以及搜尋對被告有利的證據。

奇怪的是，眼看準備期日將近，佟寶駒絲毫沒有研究案件的意思。他只再問過一次通譯的姓名，就又回頭去看ＮＢＡ轉播。

連晉平確認過，卷內關於該名印尼語翻譯的資料非常少。他的名字是陳奕傳，年齡四十歲，土生土長的臺灣人，並附有高院、高檢署特約通譯培訓之合格證明。本案偵查期間與第一審審理皆由此人擔任通譯，每一次均依法具結[12]。不論資格與程序都沒有任何問題。

佟寶駒對案件的不聞不問，令連晉平十分焦慮，他決定打聽看看檢方那邊的狀況。

由於司法院、地院檢與高院檢都位於相鄰街區，在這些單位服務的替代役男若非法律系舊識，也大多是新訓同袍，再不然就是宿舍的室友或鄰房弟兄。他們隱然地在法院系統裡自成一帶人際網絡，對於小道消息自然會互通有無。

某位在高檢署服務的役男對連晉平說：「劉檢很重視這個案子，連續幾天加班，還把警察找來問話。不要說和公辯有恩怨啦，這種矚上重訴的案件跟升遷也有很大關係啊。」[13]新仇舊恨加上為了升遷而力求表現，劉家恆這次可不會大意行事。反觀佟寶駒卻老神在在，這讓連晉平不由得緊張起來，畢竟劉家恆奚落的話語猶在耳邊。難道佟寶駒對於工作真那麼隨便？

準備期日當天，旁聽民眾在法院外排成長長隊伍。

彭正民也在其中。他依舊戴著破舊的魔術頭巾，身旁還跟著幾位阿美族人。直到庭務員提醒，彭正民才把頭巾摘掉，露出雜亂糾結的頭髮。

即將開庭，佟寶駒穿著法袍，腳步悠閒地出現在走廊上。

「Takara，你怎麼在這？」彭正民有些意外。

「我也不想啊。大概是命運吧。」

---

10 刑事訴訟程序分為兩階段：準備程序與審理程序。前者係在確認所需調查證據之內容與次序，後者則是按前者之安排進行證據調查與罪刑辯論。

11 案件理論（Case theory）即係辯方主張的事實發生經過。

12 為確保證詞之真實性，證人於作證前朗讀結文並簽名之程序，稱作具結。具結後所為之證述若有不實，即應受偽證罪處罰。通譯依法準用證人具結之規定，其目的即在確保轉譯之真實性。

13 法院會以不同「字號」區別案件性質及內容，再附加「流水編號」後成為每個案件獨一無二的「案號」。被編列為「矚重訴」字號者，均屬社會矚目重大案件。此類案件上訴至二審後，字號便為「矚上重訴」。

「你這是做什麼的？」彭正民看著佟寶駒的綠色法袍問。

「混口飯吃的。」

「Kaniw[*] 被殺死了。」彭正民說。

佟寶駒猶豫了一下：「我知道，我有看新聞。」

彭正民感受到佟寶駒冷淡的態度，也不再說話，與他的夥伴們走進法庭。

連晉平在旁邊觀察著，很意外他倆相識，而且佟寶駒竟懂得阿美語？這麼一想，佟寶駒的輪廓確實有點原住民的味道。這之中究竟有什麼關連，連晉平一時之間無法判斷。

陳奕傳接著抵達庭外。他身著簡單俐落的西裝，頭小臉小，戴著一副金邊的細框眼鏡。向庭務員報到時，說話態度殷實懇切，給人溫文有禮的第一印象。連晉平原先聽聞這類的通譯大多由女性外籍配偶擔任，想像與眼前這位士紳模樣的先生有很大落差。

佟寶駒笑逐顏開地上前向陳奕傳致意：「陳先生，我是本件的公辯，敝姓佟，待會麻煩你了。」

陳奕傳禮貌性地與他握手：「沒問題，這是我該做的。」

「可以惠賜一張名片嗎？」佟寶駒問。

「怎麼了嗎？」

「你知道最近這種東南亞的被告越來越多，我們這邊經常需要好配合的通譯。」佟寶駒露出讓人很難拒絕的微笑。

陳奕傳猶豫一下，還是掏出名片遞給佟寶駒。

佟寶駒拿到名片以後，滿意地走進法庭，並對連晉平眨眨眼：「蓮霧啊，去找件外套披著，你這身替代役制服真的超拙，全部旁聽的人你最顯眼。」

法庭上除了法官和被告外，所有人皆已坐定。

劉家恆直挺挺地端坐在檢察官席上，帶著不容質疑的氣勢環顧全場。紫色法袍新燙過，內搭的西裝平整地撐起他的結實身形，些微露出的領帶則是靛藍主色搭配淺灰色菱格紋的名家樣式。案頭的卷宗顯然被有條不紊地整理與標示，旁邊還擺著一疊寫得密密麻麻的筆記。

劉家恆作足了準備。

佟寶駒則是把卷宗隨意堆在桌面，然後用心觀察著右手食指上一塊不知名的汙漬。

此時法庭外響起鐵鍊拖行的聲音，由遠而至。眾人看向門口，兩名法警前後戒護著被告Abdul-Adl步入法庭。

連晉平雖然心裡早有準備，但看見被告時依舊心頭一震。

「擺放過久的香蕉」這是連晉平對Abdul-Adl的第一印象：腐黑的外皮帶著蠟黃斑點，形狀因為過熟而塌陷乾扁。由於這種詭異的印象過於強烈，連晉平甚至萌生畏懼，緊接著卻是一種接近負罪感的情緒襲來。

Abdul-Adl 沒有跑船的那種粗糙狠勁，也沒有殺人犯的傾斜氣質。他更像是一道不知何物所生的陰影，沒有任何質量，好像角度一轉就會變形消失。若非他的眼睛還在輕微轉動，就連他還是不是活著都很難判斷。

法警將 Abdul-Adl 的手銬腳鐐解開後，他搓搓手腕，在佟寶駒身旁坐下。兩人不預期地四眼相接。佟寶駒不確定該表示什麼，僅點點頭。

#「Didelikno... Didelikno...」Abdul-Adl 用乾啞的聲音，輕聲地說。

佟寶駒望向陳奕傳尋求協助。

「他在說你好。」陳奕傳解釋。

#「Didelikno...」Abdul-Adl 又重複了一次。

佟寶駒趕緊模仿，結巴地回應：#「Dide... likno...」

審判席後方的門突然打開，法警高喊「請起立」。三位法官走出來，從容地入席坐定，準備程序於焉展開。

18

一切在佟寶駒開口說話以前都很正常。

法官方才坐定，便請陳奕傳具結，宣示「必為公正誠實之轉譯，否則將受偽證罪之處罰」。接著審判長按照程序確認被告人別，並請檢察官陳述起訴要旨。

審判長刻意放慢速度，讓陳奕傳有充分時間轉譯，但他顯然經驗老道，輕聲地在 Abdul-Adl 耳邊轉述現場狀況。

劉家恆陳述起訴要旨時，精確翔實地描繪犯罪事實，並著重科學證據，以驗屍報告和現場鑑定互相映證，強化檢方控訴內容的真實性。雖然在內行人眼裡看起來稍嫌做作，但他成功地透過這樣的表演，建立檢方的正義形象。

接著法官詢問被告是否承認犯罪事實。

陳奕傳才剛要翻譯，佟寶駒突然打斷：「庭上，被告這邊要聲請通譯迴避。」

法官原本以為是要聲請迴避自己，正覺得莫名其妙，仔細一想才了解佟寶駒是要迴避「通譯」，變得更加困惑。

「理由？」

「這名通譯執行職務有偏頗之虞。」

陳奕傳對突如其來的指控顯得非常訝異，但卻插不上嘴。

爪哇語。

「公辯，迴避通譯要由院長裁定，不是一時半刻可以解決的。我想臨時也找不到可以替代的人選，你現在提出……是要我取消今天的庭期嗎？」審判長問。

「那也是沒辦法的事吧。」

旁聽席開始騷動。

審判長繃著臉，不客氣地問：「你有什麼證據可以說明通譯執行職務有偏頗之虞？」

「沒有。」

劉家恆鼻子差點噴氣：「公辯，不要讓人看笑話好嗎？」

「庭上，您可以自己問他。」佟寶駒說。

「問什麼？」審判長問。

佟寶駒亮出陳奕傳給他的那張名片：「陳先生任職於一家叫做巨洋的移民顧問公司，職稱是講師？不知道為什麼有一種很可疑的感覺對吧。」

陳奕傳臉色鐵青，不可置信地看著佟寶駒。

「問題一，這家巨洋公司與介紹被告至漁船上工作的仲介公司有無業務往來或利益關係？

「問題二，陳先生曾經以通譯身分參與過哪些刑案？那些刑案的被告，是否都是這一家仲介公司的外勞？

「問題三，最初警詢時，是如何成為本案通譯？參與本案前後，有無私下與船公司或該仲介公司有關之人聯繫交往？」

佟寶駒堆滿笑容地看向陳奕傳：「您是老經驗了，應該知道具結的效力吧？」

陳奕傳顯得十分侷促，眼神飄移。

法官猶豫著，看向劉家恆，猜測他也正想著同一件事情：若這名通譯有問題，從偵查到第一審，全部筆錄豈不都要作廢？

佟寶駒轉向陳奕傳說：「或者您可以自行退庭，法院不能強迫通譯到庭，當然也不能罰您。」

陳奕傳張口，卻沒發出聲音。

佟寶駒雙手抱胸，靠向椅背，做出等待的姿勢：「這樣一來，大家也不用浪費時間等院長裁定……在場諸公的時間都很寶貴。」

陳奕傳後來語焉不詳地試著解釋：確實仲介公司有請他協助，但是他是基於協助被告的立場，因為被告來自於東爪哇島的小漁村，需要協助，因為有些方言不是那麼好懂，通譯不好找，所以為了協助，並沒有什麼不正當的利益關係，之前確實有一些案子也是有協助這家仲介公司，但是只是單純協助，因為自己懂印尼語，覺得有這個使命要協助這些外勞……。

連晉平最後必須低下頭，才能忍住不笑。由於場面太過經典，後來他還特地回去看筆錄，算出陳奕傳總共說了二十六次「協助」。

審判長最終禮貌性地請陳奕傳離開，並宣示改期。

「公辯，下次請自己尋找適合的通譯到庭。」審判長最後沒好氣地說：「法院對於通譯的背景和資格實在很難去查證，我相信由你去找，雙方都不會有意見。」

劉家恆繃著臉，什麼話也沒說。

19

「寶哥，你怎麼會知道通譯有問題？」退庭後，連晉平跟著佟寶駒走回公辯室。

「辯護彎歐兔，問對問題，比背對法條還重要。」佟寶駒見連晉平一臉疑惑，補充道：「你看他那套西裝，法院通譯買得起嗎？」

佟寶駒這招雖然看似投機，卻非毫無根據。

司法通譯制度一直是臺灣司法為人詬病之處，然而過去有轉譯需求的畢竟屬於少數人，改革通常不了了之。近年來由於外配、移工數量激增，尤以東南亞籍人士居多，總數高達八十萬人，司法通譯制度礙於法源、預算等問題，仍未能配合修正，導致機關間也只能各行其是，通譯人數嚴重不足[14]，人權問題與日俱增。

佟寶駒的推測非常實際，以現行通譯的報酬而言，每次出庭的酬勞不過五百、一千元，還得肩負偽證罪責任，絕不可能吸引專業人士全職參與。目前絕大多數的通譯，多為外配兼職，不僅沒有法律背景，甚至經常因為時數過長、需要日夜待命而興趣缺缺。像陳奕傳這類專業人士，若非有特殊目的，絕無可能從偵查階段便一路參與。

就移工的案子而言，最有利益糾葛的莫非仲介公司與雇主。一旦外籍漁工出事，船公司或仲介公司的翻譯便會環伺在側，與其說是協助移工，倒不如說是監督著仲介公司的貨物。第一線的警察通常基於情面與便宜行事，也不會加以刁難，甚至因為不用煩惱通譯問題，而樂得輕鬆。

佟寶駒當然明白這是現實的難題，在沒有預算、人員缺乏的情況下，本來就很難去計較利益迴避之問題。這次若非刻意要給劉家恆難看，他本來也無意找眾人麻煩。

「這只是拖延戰術對吧？接下來你有什麼打算？」連晉平語氣充滿期待。

「回家看球賽。」佟寶駒敷衍地說。海濱命案對他而言並沒有什麼特別之處。距離領取年終獎金只剩不到半年時間，時候一到他就要自請退休並轉任律師。這個案子顯然會活得比他

14 按民國一〇六年之統計數字，警政、偵查機關以及各級法院之通譯人數，總計僅約兩千人，其中尤以東南亞各國語言別之通譯最為缺乏，以移工人數最多之印尼為例，全臺灣約有二十五萬名印尼移工，及近三萬名印尼籍配偶，通曉印尼語之通譯卻僅有四七一名。

久，最後怎麼樣自然不關他的事。

「你要上哪去找通譯啊？」連晉平有一百個問題。

「是啊，真讓人沮喪，這時候就恨自己平常沒有多把幾個外勞。」佟寶駒拎起外套走出公辯室：「今天有今天的煩惱，明天有明天的煩惱，如果把今天的煩惱變成明天的煩惱，今天就沒有煩惱了。很妙吧？」

當晚，佟寶駒成了晚間七點新聞和政論節目的焦點人物。

媒體將佟寶駒在法庭上的表現大加渲染，並且捕風捉影地描繪仲介公司與漁船業主的背後陰謀。原本討論熱度稍退的命案，一夕之間又再度博得版面，而且更添戲劇效果。政論節目標題直接稱佟寶駒為魔鬼代言人。名嘴們對後續發展爭論不休，有些甚至危言聳聽地預言過去筆錄的瑕疵，將無可避免地導向無罪的結果。

連晉平在宿舍交誼廳看見新聞後，對於自己能親眼目睹整個過程而感到飄飄然。一群同袍圍繞著，聽他轉述在法庭上發生的事。說著說著，他發現自己竟然開始有點崇拜佟寶駒。

連晉平傳簡訊給佟寶駒，問他有沒有看到新聞，但就如同其他千百則簡訊一樣，佟寶駒一則也沒看。

他回家以後就倒在床上睡死了。

20

清晨六點半左右，基隆社寮高中的校警在操場邊，發現佟守中倒臥在地、意識不清。由於他是工友，所以校警很快認出他的身分，趕緊送醫。

雖稱作工友，但只是半職，工作內容也很單純，主要是協助棒球隊整理場地以及管理球具。他會在天剛破曉時起床，在學生到校前，將棒球場的紅土地整理好。他會先以投手丘為中心，用耙子慢慢地一圈一圈連續地向外梳理，再來才是打擊區。最後朝紅土地灑水，使平整的紅土更緊實。

如果當天有練習賽，他會再檢查地上的標線是否需要補畫。除非真的已經無法辨識，否則他通常會省略這個步驟。這並非他懶惰，而是社寮高中並非一級球隊，學校經費有限，不必要的耗費能省就省。

球隊會在傍晚開始練習，此時佟守中雖然沒有事情要做，但他通常會在球場邊看孩子們打球。等練習完後，再清點器具。如有破損之處，便一個人默默地就著路燈試著修補。

這份工作已維持將近十年。最初是由海濱國宅的鄰居介紹。他們過去常一起打球，而鄰居的兒子後來成了社寮棒球隊的教練。靠著這樣的關係，勉強取得了不足餬口但卻是他唯一有耐心持續下去的工作。

佟寶駒才到醫院急診室門口，就聽見佟守中大聲嚷著要回家。

急診室護士說，佟守中的暈眩是因為過量飲酒，導致血糖快速降低所致。佟守中有慢性糖尿病病史，必須戒酒並控制血糖，否則身體狀況會繼續惡化。最後她叮嚀佟寶駒按時帶父親回來追蹤，並且注意他的飲食。

「如果每次都是你的話，那我一定會按時帶他來啊。」佟寶駒很會篩選訊息。

佟守中才坐進車裡，便冷冷地說：*「你為什麼要那樣做？」

「做什麼？」

*「替那個死刑犯說話。」

「怎麼你也關心起司法動態啦？」佟寶駒語帶諷刺。

*「Lekal 說的，新聞也在報，全部人都知道了。」

佟寶駒豁然開朗。今晨被醫院電話吵醒，就直接趕來醫院，還沒時間接收新聞。他趕忙打開手機，才發現自己已經成為媒體焦點。不是很好的那種。

「Holy 媽祖，這些人寫得也太誇張。」

*「他殺了 Kaniw。」佟守中說。

「那是我的工作。」

「他是你的表哥，你們都是 La Yakiw 的。」

佟守中指的是阿美族的年齡階級（selal）。年紀相近的阿美族男性於成年時會被劃分至同一階級，並由耆老命名。階級成員不會輕易變動，彼此分工完成部落任務，是阿美族社會裡非常重要的組織單元。

佟寶駒與鄭峰群、彭正民屬於同一階級。由於該階級成員大多好打棒球，加上階級成立當年為臺灣的職棒元年，故被命名為 La Yakiw[15]。

「我又沒得選！如果可以選，我寧可去當狗。」

「狗不會咬自己人，你比狗還不如。」

佟寶駒懶得回嘴，加速上路。

21

海濱國宅的廣場，看得出來已經在為今年的豐年祭做準備。

15 阿美語「首次棒球」之意。

佟寶駒甫下車，便看見遠邊一群人聚集在臨時搭設的棚子底下。雖然大概是認識的人，但他完全沒有想要招呼的意思，打算送佟守中上樓就直接離開。

對方顯然不這麼想。一群人起身走向他。佟寶駒認出領頭的是彭正民，他身旁跟著一些青壯後輩，大多眼熟但叫不出名字。

*「Takara，這裡不歡迎你。」彭正民說。

「我雖然也不想來，但這是憲法保障我的自由。」

*「懂法律很了不起？是嗎？」彭正民說。

佟寶駒看對方人多勢眾，原本刻薄的話到喉嚨又吞了回去。

*「Kaniw 一家人都被殺死了，你沒來參加告別式就算了，還要幫那個外勞脫罪？」彭正民繼續說。

「那是我的工作。」

「你的工作比部落重要？」彭正民挑釁地說：*「我知道你為什麼恨跑船的，但害死你媽的不是我們……。」

佟守中才要開口叫彭正民閉嘴，佟寶駒已經一拳揮過去。雙方扭打在一起。

急診室護士看見佟寶駒又再度回到醫院，有點意外。

「我其實可以有更好的藉口回來看你，」佟寶駒用沾染血漬的衛生紙摀著鼻子說：「但這是我想到最快的方法。」

護士揮揮手讓他坐到椅子上去，將一疊文件交給他填寫。

佟寶駒用手比劃著自己的臉，帶著鼻音說：「對方更慘。」

「什麼？」女護士聽不清楚。

「對方更慘。」佟寶駒擺起架勢：「叔叔有練過。」

女護士翻起白眼，轉身離開。

佟寶駒的手機響起，他沒趣地接起來，是林鼎紋。

林鼎紋聽見佟寶駒的鼻音：「死番仔還在睡啊？」

佟寶駒忍痛清清鼻子：「我在潛水啦。」

「我看到新聞了。」

「新聞太誇張了啦。」佟寶駒擔心負面輿論會影響到事務所，連忙解釋：「這個案子差不多就那樣子，沒什麼好打的。這幾天我就會申請退休，拖一拖時間就過去了。」

「佟寶駒你是天才！」林鼎紋興奮地說：「我覺得你應該好好打這個官司。」

「什麼？」

「現在的律師只怕沒知名度，孤狗一下能夠出現你的名字，只要不是戀童癖，都是好新聞。

你這等於是在為事務所打免費廣告啊。」

「是嗎？」

「你現在要擺脫公務員思維，當律師，就得更衝一點。」

佟寶駒好像有點懂了。

「退休不急，事務所永遠會把位置留給你。先把這個官司打好，如果能翻案那就太棒了。」林鼎紋話鋒一轉：「不過，不要搞什麼精神鑑定啦，一審不是做過了嗎？有點偷懶的感覺。前陣子鐵路刺警案判決，現在大家對精神抗辯很感冒，跟麻瓜是說不清楚的啦。反正我們當律師，本來就應該在犯罪事實上和檢察官決一勝負才對嘛！」

雖然林鼎紋下指導棋的態度讓人厭煩，但是將來轉任律師還是要靠他關照，佟寶駒便不再反對。林鼎紋的想法並非毫無道理。海濱命案正在浪頭上，自己的一舉一動肯定被放大檢視。往好的方面想，可以為未來轉職鋪路，但壞處是，原本打算摸魚混到退休的如意算盤，看來是打不響了。

「我去哪裡找通譯啊？」佟寶駒說。

「你少花點時間潛水，就找得到啦。」林鼎紋一派輕鬆地說。

佟寶駒覺得自己不僅鼻子，好像連頭也痛了起來。

22

佟寶駒回到臺北已是深夜。他在公寓大門前掏鑰匙時，瞥見對街有奇怪的動靜。一臺中古豐田小客車靜靜搖晃著。突然間，後車門從裡面打開，某人欲下車，卻又馬上被拉回車內。

雖然只是一瞬間，佟寶駒認出那是對門鄰居的外籍看護。他腦袋裡閃過各種可能解釋，但只有一種說服他。

佟寶駒走向那臺車，聽見裡面有某種小型馬達運作的聲音。他敲敲車窗。

車窗緩緩搖下，一名中年男子幽幽地掃視佟寶駒。那個外籍看護在他身後，握著手持吸塵器，一臉驚恐地瑟縮在角落。

那是對門鄰居老婦的兒子。

佟寶駒露出燦爛笑容：「許桑，有菸嗎？」

許先生模糊地應答，隨後下車：「我們在清理車子。」

「我知道。」

「Leena，地板。」許先生隨口吩咐後，拿出菸替佟寶駒點上。

兩人就這麼並肩站著，在街邊吞雲吐霧。Leena 則蹲在車邊，開始用吸塵器清理踏墊。

「原來是吸塵器啊，我還以為是按摩棒呢。」佟寶駒打趣說。

許先生陰沉地看著佟寶駒，然後噗哧笑出來。佟寶駒曖昧地挑眉，用淫邪的表情回應。

「你說她是印尼人？」佟寶駒隨口問。

許先生點點頭，吐了一口煙。

佟寶駒突然想起什麼，走向 Leena，蹲下來看著她。

佟寶駒模仿 Abdul-Adl 在法庭上的那句話：#「Didelikno...」

Leena 停下手邊動作，眼神混雜著困惑與不安。

佟寶駒強烈地感覺到，那句話絕對不是「你好」的意思。

爪哇語。

二 精神抗辯

1

法院與所有的政府機關一樣，有著非常固定的作息時間表。午休時間從十二點開始，至一點半結束。不論是否有法庭仍在開庭，某個庭務員總會準時地將走廊上的燈關掉，製造午休的氣氛。

佟寶駒通常會在十一點半離開公辯室，前往高院員工餐廳用餐。因為那個時候人最少、菜最熱，電視機前的位置絕對沒人和他搶。

昨日和彭正民互毆的瘀血逐漸浮現在顴骨和眼窩上，紅腫的鼻子感覺歪了一邊。雖然佟寶駒點的醬油茄子、瓜仔肉和雞蛋沙拉都容易咀嚼，但臉頰還是隱隱作痛。

正當佟寶駒舀著免費的大鍋湯時，午間新聞播出他和彭正民互毆的新聞。

報導藉由一段手機拍攝的影片，指出佟寶駒與死者親友在命案現場大打出手。按畫面顯示，佟寶駒先出手，雙方才扭打在一起。

影片從角度來看，應該是彭正民那群跟班的其中一位所拍。由於現場混亂，多人以漢語、臺語交雜阿美語大聲叫囂，聽不清楚到底說了什麼。影片的最後，佟寶駒被彭正民壓在地上，流滿鼻血，好不狼狽。

佟寶駒手裡的湯涼了，身旁的人也開始注意到他。

主播難掩興奮地引用爆料者的話，揭露佟寶駒的阿美族身分，並提及他自小在案發地點長大，與死者鄭峰群不僅是同一個年齡階級，更有表兄弟關係。

佟寶駒把手上那碗湯扔進廚餘桶裡，走向高掛在天花板上的電視，踮起腳尖試圖關掉電視，但搆不到，改用跳的，好幾次都差一點。

旁邊的人開始制止他：「幹嘛關電視？其他人也要看啊。」

餐廳員工也出聲：「公辯，不要這樣。」

佟寶駒跳得更高，終於用力地把電源給拍掉。「Holy 媽祖，都不准給我看！」氣喘如牛的他落下一句話便走出餐廳，留下錯愕的眾人。

連晉平與一群同袍躲在法庭裡打屁時，從手機裡看到這則新聞。他這才明白為何佟寶駒與彭正民相識。不過為何佟寶駒和族人不合？如果這個案子與他如此切身相關，為何表現地滿不在乎？

「有些原住民不希望因為身分引起關注吧？」連晉平這樣推論。他並沒有比較親近的原住民朋友，無從確認這樣的想法是否普遍。畢竟他家世優良，自小生長於臺北，讀的都是第一名校，自然少有機會與原住民接觸。

他就像典型的這一代人，了解「歧視」兩字的意義與內涵，但卻不懂得如何處理。他們很少做出惡意的舉動，但卻難以擺脫不經意的偏見。他感覺有時候越刻意維護，就越加深了那種「中心、邊陲」的宣示；越刻意了解，就越容易讓人誤讀為對奇觀的凝視，往往落得左支右絀，最後乾脆不說破。

這些日子相處以來，連晉平大概猜得出佟寶駒的原住民身分，但他自己從未提起，周邊又完全沒有關於原住民的圖像或物品，所以連晉平從來沒問，怕是有所冒犯。

如今這個新聞一出來，又更加強連晉平心中這種印象：佟寶駒並非消極地保持低調，而是積極地不願讓人知道而刻意隱藏著。

佟寶駒一進辦公室就把電話線拔掉，還特別囑咐林芳語拒絕任何來電。他將海濱命案的卷宗拿起來擺弄了五分鐘，突然一拍腦門，大聲地說：「Holy 媽祖，這案子比聖母瑪利亞的處女膜還完美，根本沒有破綻吶。」

連晉平也深有同感。就犯罪事實而言，海濱命案目前唯一的瑕疵，大概就是通譯有疑似利益衝突之情形。然而此事至今並未被證實，因此過去的筆錄理論上仍可作為證據使用。雖然辯護人可以透過審理的錄音錄影，將過去筆錄重新翻譯，藉以爭執原有筆錄之正確性，但對於沒有什麼預算和資源的公設辯護人而言，這件事並不容易。

佟寶駒不想再看，闔上卷宗，蹺起腳問：「蓮霧你覺得呢？」

連晉平趕緊抓住他等了好久的機會：「事實部分，檢方的兇器、驗屍還有現場鑑識報告都有科學依據，確實很難攻破。既然我們不相信原本的通譯，那就不能再參考過去的筆錄，得親自跑一趟看守所詢問被告才行。」

佟寶駒痛苦地皺著臉，顯然很不想面對這件事。

「量刑的部分也很有問題。檢方始終未就殺人動機提出有力說詞。他們認為兇器是被告帶至現場的，所以有殺人預謀，但未能解釋行兇動機。

「雖然彭正民證稱雙方在船上工作時曾有衝突，但對於細節似乎避重就輕。畢竟他是大副，管理船員是職責所在，他的證詞顯然會有所偏頗。況且，距離被告下船逃逸無蹤將近半年時間，究竟有什麼深仇大恨驅使他回頭尋仇？這點判決內完全沒有交代。」連晉平繼續說。

佟寶駒抓抓頭，安靜地聽著。

「『平春十六號』設籍於萬那杜，但實際上為臺灣的雄豐船業所有。一審法院曾經試圖傳喚該船的外籍漁工，用以檢驗彭正民說詞，但船公司回覆當次航程的所有移工皆已資遣返回母國，」連晉平說：「因為是權宜船[1]，所以很多資料難以取得，法院也只能單方面接受這樣的說法。」

佟寶駒頗有興味地點點頭。

連晉平無奈地聳肩：「總之，在缺乏證據的情況下，要釐清真相太難了，我們應該把重心放在精神鑑定上，因為一審判死的最主要理由在於手段殘忍……。」

「連小女孩都不放過。求其生而不可得啊！」佟寶駒插入評論。

「可是精神鑑定結果一切正常，這不很奇怪嗎？一般人能有這麼殘忍嗎？」

「你這麼說也對，我認識跑船的沒一個正常。」

「精神鑑定不僅可以確認責任能力，量刑時也可以爭取減刑，對死刑犯而言意義重大。」

連晉平說：「很多研究顯示，在遠洋漁船上工作後，都會產生創傷後壓力症候群[2]。」

「可是案發時，距離他在船上工作，都已經四個多月了。」

「創傷後壓力症候群持續的時間因人而異，而且有可能會因為重新接觸到創傷因子而再度復發。」

「你說的創傷因子，該不會是指被害人吧？」

佟寶駒了解連晉平想將殺人行為與船上經歷做連結，雖然證明不容易，但確實是有力的論點。不過這等於是把殺人行為歸咎於被害人，勢必會招致批評。佟寶駒決定還是以轉職為首要考量，按照林鼎紋的建議去做。

「一審已經做過精神鑑定了，要法官同意再做一次，沒那麼容易。」佟寶駒引用林鼎紋的話，擺出誇張手勢：「我認為辯護人應該在犯罪事實上與檢察官正面對決才對！」

「犯罪事實是吧？」連晉平頗不以為然。

「犯罪事實。」佟寶駒再度擺出誇張手勢。

「那麼肯定得去一趟看守所。」連晉平毫不掩飾他的執著。

問題是，到哪裡找一個值得信任的通譯？

佟寶駒按照法院提供的通譯名單，聯繫了幾個人，但是他們聽完錄音後，都說不熟悉 Abdul-Adl 的口音和用語。佟寶駒原本以為是案件棘手，所以眾人避之惟恐不及。一問之下才發現，

---

1 權宜船（Flag of convenience）係指船公司將其擁有的船舶登記於他國籍，藉以逃避稅捐和其他檢查，以達大幅降低營運成本之目的。根據臺灣漁業署截至民國一〇八年四月之統計，臺灣共有二五六艘權宜船，其中有七十七艘設籍於萬那杜（Vanuatu）。

2 創傷後壓力症候群（PTSD，Post-traumatic stress disorder），係指人在經歷嚴重創傷事件後所產生的精神疾病。就統計數字而言，PTSD 與暴力行為間並無顯著關係，但對越戰退伍士兵的研究顯示，患有這類疾病的人經常處於極度焦慮、敏感的狀態中，與社會高度疏離，較為暴躁易怒、更具攻擊性，濫用藥品的情況也較多，更有可能因為困於往事，而啟動連鎖反應，出現暴力犯罪的風險。

將官方印尼語用作日常溝通的印尼人，只佔百分之十[3]。

在臺灣僅有的印尼通譯中，要找到完全理解 Abdul-Adl 的東爪哇方言，並非易事。理解這點後，陳奕傳所翻譯的筆錄正確性又讓人更加懷疑。通譯在這個案子裡的重要性不言而喻，卻找不到任何適當的人選。

佟寶駒思考著最後的選項。好吧，死馬當活馬醫。

2

Leena 出生於印尼中爪哇島的直葛市（Tegal），是家中長女。十九歲那年父親生重病驟逝，原本在大學念英文系的她為了籌措家計，決定放棄學業到臺灣做家庭看護工，期待幫助家裡度過難關。

透過仲介協助，她從銀行貸款約十萬元台幣，用以償付仲介、簽證及機票等費用。這個數字雖然接近印尼國民年平均所得，但仲介安慰她臺灣錢好賺，到臺灣工作後每月從薪水中攤還即可。

她計算過，臺灣每個月的薪資為一萬七千元台幣，扣除償還貸款、外勞服務費、體檢與健保等等費用，每個月大約可以存下五千元台幣。雖然為數不多，但是如果撐過頭一年，期待薪資略往上調整，慢慢將貸款還完後，每個月就可以存下一萬元台幣，對家裡而言是極大的幫助。

簽完約後，她拎著行李離開家，住進仲介公司宿舍，開始六百小時的職前訓練。訓練內容包括中文聽說能力、護理常識、家事照護技巧等。這些對聰明的Leena而言並非難事，甚至很快就覺得有些乏味。因此她常常幻想自己是在大學裡上課，只是選修的不是夢想中的英文系，而是護理系，或者中文系。

她的行李很簡單，最值錢的是手機和充電器，最珍貴的是一本葉慈詩選和夾在書頁間的家人合照。除此之外就是幾件衣服，甚至連厚一點的外套都沒有。

她喜歡文字，尤其是寫詩。若不是英文比較實用，她也許會念文學。她喜歡寫歌詞，偶爾唱上兩句，都會引起旁人側耳聆聽。然而她很少在外人面前唱歌，因為父親過世前交代她，好女孩要遵守古蘭經的戒律，頭巾戴好，別拋頭露面。

離開家四個月後，二十歲的Leena出發臺灣。她對臺灣的第一個印象是很乾淨，好像看得到的地面都鋪上了水泥。雖然和印尼一樣悶熱，但臺灣夕陽的邊緣看起來帶著一圈灰藍色的渲

3 印尼有一百多個族群，使用的語言多達七百種。印尼於一九四九年獨立時，並未採用人口規模較大的方言（爪哇語、巽他語），而是採用首都方言作為官方語言。不同地區的方言不僅可能無法互相溝通，也無法理解彼此的拼音文字。印尼總人口僅六十％會說官方印尼語，僅十％將之用作日常溝通。

染。她想起葉慈的詩。

Had I the heavens' embroidered cloths,
若我有天國的織錦
Enwrought with golden and silver light,
織以金絲銀線的光芒
The blue and the dim and the dark cloths
藍與晦暗的深色錦緞
Of night and light and the half light,
在明與暗或日夜之間
I would spread the cloths under your feet...
我願將之鋪在你足下開展

她的第一個服務對象是一名八十歲的老先生，地點在臺南市。老先生話多，精神也好，什麼事都要表示意見。Lenna 臺語不好，剛開始老先生對她非常不耐煩。幾個月過去，Leena 漸漸習慣老先生的強勢，甚至開始覺得輕鬆。因為只要照做就沒事。

老先生膝下有五個孩子，都很孝順，經常探訪。他們雖然有著不同性格，但對Leena都沒有過分的要求，甚至偶爾假日會接手，讓Leena放假去參加印尼筆會的活動[4]。他們逢年過節也會給紅包，甚至連開齋節也有。Leena知道臺灣人並不過開齋節，對此非常感激。她只覺得鮮紅的顏色有些不祥，幾次之後才克服這種偏見。

一年半後，老先生在睡夢中失去意識，呼吸漸漸微弱，走得很安詳。死前子女和孫輩們都在床邊，可以說沒有遺憾，但Leena還是哭了很久。雖然日子不輕鬆，但她已經適應這樣的生活，還有同社區的印尼朋友。

她很快地轉換新雇主，地點在臺北。坐上離開臺南的客運時，她又哭了，因為她發現自己從未知道老先生的真正名字。

新的服務對象是一名八十歲的獨居老婦人。她非常沉默，但神智清楚，除了行動緩慢，偶爾需要輪椅代步外，生活沒有太大問題。Leena發現印尼語的「祖母」（Nenek）發音就像中文的「奶奶」，所以都直接叫她Nenek，並稱呼她的兒子「老闆」。

老闆脾氣不好，對於母親耐性極低。偶爾回來探望，總是大聲埋怨著什麼。Leena雖然不

4 印尼筆會（Forum Lingkar Pena）乃由印尼作家赫爾維・蒂婭娜・羅莎（Helvy Tiana Rosa）於一九九七年於雅加達所創辦，分會遍佈印尼三十二省與海外五大洲十二國，全球共約一萬三千名會員。

甚理解，但透過奶奶的沉默，她了解反抗沒有意義。從老闆出現的頻率來看，Leena 覺得他回家的目的其實是為了指使她擦皮鞋還有洗車。

奶奶沒有其他家人，老闆也不願意偶爾幫忙，因此不准 Leena 放假。她依舊會在臉書上關心印尼筆會的活動，但不再有機會出門參加聚會。她安慰自己，來臺灣是為了賺錢，不能放假至少還有一天五百六十七元的加班費，偶爾還有機會在奶奶的皮包裡偷拿一張佰元鈔。

這不是什麼大錢，Leena 這樣說服自己，對臺灣人而言，不過是幾根香蕉的差別。她開始更積極地在菜市場比價，平衡收支。這些本來就是要付的，她想，沒有人會發現。

Leena 沒做過什麼壞事，所以當老闆發現她偷錢時，她甚至不懂得假裝無辜。老闆沒多說什麼，竟不懷好意地靠近，將那張一佰元塞進 Leena 的褲子口袋裡。慢慢地、緩緩地伸進去，再慢慢地、緩緩地抽出手來。

老闆拜訪的次數漸漸變多，冰箱裡開始多了啤酒。有時候他就這麼邊喝啤酒，邊望著蹲在地上擦鞋的 Leena，眼神在她的臀部和雙腿間游移。一時興起就朝 Leena 的褲子裡塞錢。

那天晚上，老闆在車上幾乎要動手扯 Leena 的衣服。多虧隔壁的古怪男子解圍，否則後果實在不堪設想。

因此當佟寶駒登門拜訪時，Leena 求奶奶讓他進來。出於一股直覺，她認為自己必須與外界有所聯繫。

佟寶駒在餐桌對面坐下，將手上禮盒推向許奶奶。

「這基隆仁一路的紅糟排骨……你吃過嗎？很有名…… 你和 Leena 一起吃。」

「那個，不能吃。」Leena 說。

佟寶駒這才想起來穆斯林不吃豬肉，笑容變得尷尬，趕緊轉換話題。

「你的中文，聽得懂嗎？」

「一點點。」

佟寶駒重複 Abdul-Adl 的那句話：「Didelikno... 聽得懂嗎？」

Leena 不安地點點頭。

「你為什麼懂？」

「媽媽說的話。」

「那是什麼意思？」

「藏起來……他們藏起來。」

「藏起來？什麼東西藏起來？」

Leena 搖搖頭表示不知道。

佟寶駒拿出一張報紙，整版是海濱命案的報導。Abdul-Adl 大頭照擺在醒目的位置，與命案現場照片並列。

佟寶駒指著 Abdul-Adl 說：「他殺人，需要翻譯。」

Leena 搖搖頭。

「Murder. Translate.」（兇手，翻譯。）佟寶駒拍拍自己的胸脯：「I am lawyer.」（我是律師。）

「我不會。」

佟寶駒轉向許奶奶：「阿嬤，我可以借用你的外勞嗎？」

Leena 堅持反對：「我不知道，法律，我那個不行，不懂。」

「翻譯就好，很簡單。」佟寶駒補充道：「不幫忙，他會死掉。」

Leena 搖頭。

「給她錢。」許奶奶突然打破沉默。

佟寶駒和 Leena 對於許奶奶的要求都感到訝異。

許奶奶看著佟寶駒，沒有什麼表情，緩慢卻堅定地說：「給她賺，和臺灣人一樣多的錢。」

Leena 低下頭，不再說話。

3

陳青雪戴著大草帽與太陽眼鏡坐在觀光遊艇的甲板上。她刻意壓低帽沿，隱身在觀光客之中。

船正好經過正濱漁港。導遊透過麥克風，大聲地介紹著地理環境：「大家現在左手邊看到的就是和平島，眼前這個就是八尺門水道喔。七〇年代基隆漁業最盛的時候，正濱漁港可是停滿了各式大型船舶的第一級漁港。」

陳青雪順著導遊的手勢，眺望著波光粼粼的港灣，還有遠方山坡上的海濱國宅。

自從上次總統多問了幾句海濱命案的事，陳青雪直覺不對勁。總統鮮少會主動關心個案，更不用提如此單刀直入地探問。加上蔣德仁煞有介事地在旁搭腔，顯然這個案子在政治上有更深的意義。

對陳青雪而言，海濱命案不是什麼特別的事件。一年總有幾件這樣的殘忍犯行。只是既然涉及死刑，又受到高層暗中關注，陳青雪知道自己必須有所準備。

果不其然，在陳青雪初步探查後，得知「平春十六號」可說劣跡斑斑，一直是國際漁業團體暗中觀察的對象。

根據陳青雪的情資，歐盟執委會在年初時曾秘密派員來臺訪視。其中一個調查重點便是「平春十六號」及其所屬之雄豐船業。雖然查無明確事證，但依舊提出示警，認為臺灣主管機關取締禁捕魚種、勞動條件檢查等事項，執法過於鬆懈。即使才剛解除黃牌不到八個月，如果違規情形再不改善，可能直接轉為紅牌，列入不合作國家，進行漁業貿易制裁。

為應付國際壓力，地檢署曾立案偵查「平春十六號」，不過最後因為事證不足，只能行政簽結[5]，不了了之。即使如此，國際的關注並未稍減。最新消息指出，美國勞動部基於相同理由，正考慮將臺灣漁獲列入「強迫勞動製品清單」[6]。若此事成真，臺灣將無法出口任何漁獲到美國，漁業將承受估計至少五百億的損失。

這些或許都是總統憂心的理由。不過陳青雪的第六感告訴她事情絕非僅止於此。她有心繼續往下調查，只是海濱命案與「平春十六號」之間的連結，目前還不甚清楚。

有趣的是，海濱命案進入二審後，陳青雪發現自己多了一份籌碼。

陳青雪和佟寶駒其實是舊識。

他們第一次相遇，是在全國法律系辯論比賽。那年陳青雪大四，代表臺灣大學在決賽對上由佟寶駒領銜的輔仁大學。由於前一年大法官第二六三號解釋剛作成，因此當年決賽的辯論題目便是最熱門的：「唯一死刑是否違憲？」

擔任反方結辯的陳青雪永遠記得作為正方結辯的佟寶駒，是如何在隊友節節敗退的情況下，用看似強辯的說詞諷刺反方論理的謬誤，再搭配那掩蓋不住的原住民口音插科打諢，引爆全場的笑聲：「大法官認定唯一死刑不違憲的唯一理由，是法官尚有量刑的裁量空間。按照這種邏輯，沒有一種刑罰會過重，沒有一種刑罰會違反罪刑相當原則，因為，我們中華民國的法官，各個知書達禮兄友弟恭長幼有序人格正常，絕對不可能量刑過重。」

佟寶駒突然提高音量：「我在此宣布，中華民國上訴審法院從今以後不得再就下級審的量刑指摘違法，因為，一旦量刑違法，唯一死刑就會違憲。阿港伯會找你去食茶米！[7]」

雖然最終敗北，但當年佟寶駒的恣意張狂，虜獲了全場的目光。

就陳青雪的認識，佟寶駒沒有不切實際的英雄自視——那專屬於半調子法律人的危險特質。佟寶駒過去雖然特立獨行，但最終安於公設辯護人的身分這麼多年，可見已經成為系統的一部分。

人只要被系統捕獲吸收，就很難再與之對抗。

陳青雪推測，佟寶駒在海濱命案裡不會有什麼意外之舉。一旦有必要，適時地介入並不困難。

5 檢察機關偵查時，如認犯罪嫌疑不足，得逕予「行政簽結」，暫時歸檔，但不代表案件已確定結束。嗣後若發現相關證據，仍得繼續偵查。

6 童工及強迫勞動製品清單（List of Good Produced by Child Labor or Forced Labor）係由美國勞動部所發佈。乃美國海關審查貨物是否涉及強迫勞動與童工風險之重要參考。

7 係指林洋港（時任司法院院長、大法官會議主席）。茶米，tê-bí，臺語，茶葉。

4

佟寶駒與連晉平走出高等法院大門時，Leena 已經在公務車旁等待。

「他叫蓮霧，」佟寶駒向 Leena 介紹，還不忘示範臺語唸法：「lián-bū。」

三人坐在公務車後座，Leena 夾在兩人中間。公務車駛離博愛特區，由艋舺大道接上華翠大橋，目標臺北看守所。

「入境臺灣以後，到他殺人……這四個多月，他去了哪裡？」佟寶駒提出疑問。

「沒人知道。」連晉平拿出卷宗，簡單確認：「阿布從未交代。」

按過去筆錄記載，Abdul-Adl 不論在地檢署或法院，都很少說話。懂法律的人說他在行使緘默權，但在一般人眼裡更像是迴避或隱瞞。從判決結論來看，就連法官也很難接受這種漠然的態度。

「是命案發生以後，船公司才坦承他是逃逸移工。」連晉平說。

「事前沒有通報？」

「沒有。」

佟寶駒頗有興味地挑眉，似乎對此有特別想法。

Leena 瞥見卷宗裡的檔案照。Abdul-Adl 看起來非常年輕。

「他幾歲？」Leena 問。

連晉平翻出 Abdul-Adl 的護照影本：「二〇〇〇年七月二十六日出生，案發時大約十九歲半。」

「十九歲？」Leena 說：「Younger than me.」（比我年輕。）

「How old are you?」（你幾歲？）連晉平問。

「Twenty-one.」（二十一歲。）

「I am twenty-five.」（我二十五歲。）連晉平露出友善的微笑。

「不要把妹。」佟寶駒瞪了連晉平一眼。

公務車由縣民大道經過板橋、府中商圈。沿路的風景從老舊傳統的萬華，到商辦大樓林立的新板特區，最後轉接信義路，進入以低矮公寓及工廠為主的土城區。

連晉平看著窗外漸變的景色，突然發問：「寶哥，湯英伸案發生的時候，你幾歲？」

「不知道。」佟寶駒答。

「當時你們部落有人聲援他嗎？」

「沒印象。問這個幹嘛？」

「這兩個案子很像……。」

「不要新聞說什麼你就想什麼，一個是外勞，一個是原住民，哪裡像了？」

「不是外勞，是移工。」

「說外勞又怎麼了？」

「歧視。就像喊原住民為山胞一樣。」

「所以阿布是『移工漁工』囉？繞口令嗎？」

「你可以說外籍漁工。」

「怎麼這邊又可以用『外』了呢？」

「不是不能外，是不能勞！」

「那可以叫外工囉？」

連晉平顯然快要受不了佟寶駒的玩笑，正經地說：「移工是現在官方的統一稱呼，以媒體對這件事的關注，任何措詞都很敏感。」[8]

「我對這些左派的東西沒興趣。」佟寶駒酸他：「不是每個原住民都是莫那魯道。」

「我不是那個意思。只是……那個船長，真的是你的表哥嗎？」

「我跟他沒關係。」

「可是你的身分……」

「如果我可以選，我就會選一個法官當我老爸！」

連晉平感受到佟寶駒拒絕溝通的態度，自知沒趣，不再回應。

Leena 感覺氣氛不對，卻不理解其中緣由。夾在兩人之間，不知道如何是好。

5

臺北看守所位於土城，又稱土城看守所，與新北地方法院隔街相望，主要收容判決未定讞的在押被告以及死刑犯。Abdul-Adl 原先被羈押於基隆看守所，案件上訴至高等法院後，便被移交至臺北看守所。

臺北看守所共有「忠、孝、仁、愛、信、義、和、平」八棟監舍，每一監舍各分三層，其中忠二舍、孝二舍用作監禁死刑或無期徒刑犯房。舍房通常一間分配兩名收容人，含開放浴廁的空間大約兩坪。由於重刑舍收容人無法參與工廠作業，因此每天除了律師接見、出庭、看診等特殊事由外，僅半小時放封時間能離開舍房外出運動。

Abdul-Adl 被關押於忠二舍，同房的舍友是一名死刑定讞等待執行的受刑人。雖然 Abdul-Adl 對舍監們而言是安靜守規矩的收容人，但舍友對他卻頗有微詞。尤其是他那種冰冷的態度以及每天固定五次的伊斯蘭禮拜。雖然禮拜儀式簡單又安靜，但舍房空間狹小，加上死刑犯迷

8 移民署因應各國慣用語，於二〇一九年五月正式將外僑居留證之居留事由欄位由「外勞」更名為「移工」。

信且容易躁動的情緒，對於不熟悉的宗教儀式和語言，總有裝神弄鬼的感覺。

剛住進忠二舍的頭幾天，Abdul-Adl 完全未進食。所方人員原本懷疑他故意找麻煩，後來才想起伊斯蘭信仰不食豬肉的戒律。問題是所方不可能特地為他準備清真食物，只能改換素食。即使如此，他也吃得非常少。

佟寶駒造訪這天，舍監在門外呼喊 Abdul-Adl 的編號時，他正在進行午後的晡禮[9]。舍監不待他完成，直接打開牢門，要求他盡快跟上舍房外準備律見[10]的隊伍。

臺北看守所的律見室和一般人想像不同，並無各自獨立隔離的座位。在約莫十坪大小的空間裡，三排桌椅以ＯＡ輕隔板相連，每個隔間僅容一人正常伸展。律師與收容人對面而坐，側耳便能聽見鄰桌說話的內容，整體看上去更像是某三流商品的客服中心。

佟寶駒三人侷促地擠在一個隔間中。穿替代役制服的年輕役男、戴著伊斯蘭頭巾的印尼女子，加上套著廉價襯衫與西裝褲的邋遢大叔，簡直像是隨時要來上一段相聲那樣引人注目。

律見室的門被打開，Abdul-Adl 跟著一群收容人被帶進來。他的模樣一點也沒變，即使站在一伙刑事被告之間，仍然帶著獨特的氛圍，像是一道緩慢移動、不具生機的影子。

這是 Leena 第一次見到 Abdul-Adl。她驚訝地發現 Abdul-Adl 完全不符合她對重刑犯的想像？眼前這個瘦弱的青年，竟讓她心底感到酸楚。她無法肯定是因為 Abdul-Adl 的悲慘外觀，抑或是對同胞投射的情感。

Leena 站起來，右手按著胸口用印尼語說：「Apa kabar?」（你好嗎？）

Abdul-Adl 注意到 Leena 的頭巾，但眼神隨即偏移，沒有回答。Leena 想起他在錄音中使用的爪哇島方言，於是用方言再問一次：「Piye kabare?」（你好嗎？）

Abdul-Adl 好像聽懂了，點點頭。

Leena 雙手合十：[#]「Assalam ualaikum.」（願真主保佑你。）

Abdul-Adl 像是有點回神，雙手合十，輕聲地回答：[#]「Waalaikum salam.」（也願真主保佑你。）

雙方都坐下後，Leena 介紹佟寶駒與連晉平，但 Abdul-Adl 並沒有太多眼神交流，只是默默聽著。佟寶駒接著命 Leena 開始翻譯，連晉平則從旁用英文補充解釋。

詢問過程並不順利。

佟寶駒先問 Abdul-Adl 對於一審判決的想法。只見他從口袋裡掏出判決正本，皺巴巴的判決上是密密麻麻的中文字。他說只知道自己被判了死刑，但對於判決內容一無所知。

---

9 伊斯蘭教徒每日五次的禮拜分別為：晨禮（Fajr）、晌禮（Zuhr）、晡禮（Asr）、昏禮（Maghrib）、宵禮（Isha）。

10 律見，即律師接見之簡稱。不論是看守所或監獄，律師接見都有獨立之空間與規定，與一般民眾探監有別。

阿拉伯語。

他們試著解釋，但 Abdul-Adl 的應對都很簡短，神情也飄忽不定，有時會突然斷線、喃喃自語，有時又不斷地重複同一句話。看得出來 Leena 已經盡力與他溝通，但對於法學用語的不理解，加上中文能力仍有侷限，使得整個過程更加吃力。

說到「精神鑑定」以及「教化可能性」的時候，Leena 滿臉疑惑。

連晉平分別用英文翻譯為「Psychiatry Assessment」、「Possibility of Rehabilitation」，但這些完全超出 Leena 的理解範圍。

「算了，那個我也聽不懂，不重要啦，問他認不認罪吧。」佟寶駒說。

Abdul-Adl 承認殺了船長夫妻，但對於小女孩的部分卻支支吾吾。因此佟寶駒詢問的重心便落在小女孩的死亡上面。

「他說，小女孩死，不知道。」Leena 翻譯。

「是不知道小女孩會死，還是不知道小女孩死了？」佟寶駒問 Leena：「他想讓小女孩死嗎？」

Leena 無法分辨這三個問題的意思有什麼不同。連晉平用英文解釋，聽起來卻更讓人困惑。他只好換個方法問：「Did he mean to drown her?」（他是故意把小女孩淹死的嗎？）

Leena 解釋 Abdul-Adl 的意思：「No，小女孩哭，他要安靜，放到水裡面。」

連晉平對佟寶駒說：「判決也是這麼寫的。」

連晉平接著問：「Did he know that could kill her?」（他知道那樣會殺死她嗎？）

Leena 說：「不是，他不要殺。」

連晉平選擇較中立的用語再問一次：「Did he know she will die by putting her in the water?」（他知道把她放到水裡她會死掉嗎？）

Leena 顯然不理解這些問題的差異：「不是，他不要殺。要安靜。」

佟寶駒想了一下，才明白連晉平為什麼要這麼問，因為這關係到故意或過失的認定。即使 Abdul-Adl 沒有殺人故意，但只要有預見死亡可能性，卻執意為之，仍會因為有「間接故意」而成立殺人罪。反之，則只會成立過失致死罪。兩者刑度天差地別。

佟寶駒對連晉平說：「問死亡結果有沒有違背他的本意？」

連晉平想了一下：「Is her death against his will?」（她的死亡違背他的本意嗎？）

Leena 聽完 Abdul-Adl 的回答，表情變得茫然：「他算時間，兩分鐘不會死。」

這個回答讓案情變得更為複雜。雖然這意味 Abdul-Adl 不想讓小女孩死亡，但是他確實預見到死亡可能性。如果朝過失致死方向辯護，就必須證明為何他確信「兩分鐘」不足以致死。一般成年人都不一定能夠憋氣兩分鐘，更何況是一個極度驚恐狀態下的小女孩。對於「相信兩分鐘內小女孩不會溺死」這樣的說法，明顯違背一般常理，聽起來更像是脫罪之詞。不僅會削弱「過失致死」的論點，更會加強「間接故意」的殺人想像。

「這個死外勞真變態。」佟寶駒對這個荒謬的說法相當不滿，不願再多問，便轉換話題：「問他為什麼要殺船長夫妻？」

Abdul-Adl 露出似笑非笑的表情，但沒有回答。

佟寶駒顯得有些不耐煩，再問：「兇刀是哪裡取得的？」

Abdul-Adl 的情緒開始不穩定。他用骨瘦如柴的雙手掩住臉，喃喃地說些 Leena 也無法理解的話。

佟寶駒這才注意到 Abdul-Adl 的右手食指僅剩半截。

「卷宗裡有提到他的手指為什麼會那樣嗎？」佟寶駒問連晉平。

連晉平搖搖頭。

Abdul-Adl 突然握住 Leena 的手，急促地說：「Kapan aku iso mulih?」

Leena 下意識縮回手，驚恐地看著 Abdul-Adl。佟寶駒和連晉平也警戒了起來。

Abdul-Adl 沒有進一步動作，只是面無表情地盯著 Leena。

Leena 吐了一口氣，才緩緩地說：「他問什麼時候可以回家。」

離開律見室後，他們按原路走回檢查崗哨。經過運動場時，佟寶駒突然指著右前方的高牆說：「刑場就在那後面。」

連晉平朝著那方向看去，高牆擋著什麼也看不到。Leena 跟在他們後面，連頭也沒有抬起來，整段路都不發一語。

走出看守所大門後，連晉平問：「寶哥你覺得怎樣？」

「實在無法溝通。那種態度，難怪會被判死。」

「那我們什麼時候去兇案現場？」

「你是不是以為會有加班費？」

「電影不都這樣演嗎？」

「你有看過公設辯護人當主角的電影嗎？」佟寶駒沒好氣地說：「而且還是原住民的啦。」

「我以為這個案子的主角是替代役男。」

「臭小子！」佟寶駒拍向連晉平的後腦杓。

這是佟寶駒第一次自稱原住民，連晉平感覺彼此關係好像更進一步，但他就是沒有辦法不去指正佟寶駒的謬誤：「你知道『的啦』這個語助詞是電影自創的嗎？根本沒有原住民那樣說話。那個叫古錚的配音員甚至不是原住民。」

「你現在又變原住民專家了嗎？」佟寶駒沒好氣地搖搖頭。

連晉平幫佟寶駒打開公務車的門。佟寶駒回過頭看見 Leena 站在路邊，招手要她一起上車。

Leena 搖頭拒絕。

「我自己坐車。」Leena 說。

「我們可以送你回去。」佟寶駒說。

Leena 搖搖頭，神情透露出疲倦：「我會坐公車。」

佟寶駒和連晉平這才發現 Leena 的情緒有些奇怪，但他們兩個都不是懂得如何安慰女生的人，一時之間不知道該說什麼，只能看著 Leena 轉身走向公車站。

6

佟寶駒與連晉平抵達基隆時已經接近傍晚。原本計畫直接前往命案現場，但下交流道後，佟寶駒決定先繞去忠二路買燒賣當晚餐。

前往海濱國宅的路上，佟寶駒嘴裡吃著燒賣，心裡一直覺得有什麼事情不對勁。

「也有可能是自閉症類群障礙。」連晉平說：「我認為阿布符合這樣的特徵。」

「自閉症？看起來不像啊。」

「那是刻板印象。」連晉平說：「自閉症的障礙程度的範圍很大，會受到後天環境影響，每個人都有不同的面貌，所以才用自閉症類群障礙來統稱。」[11]

「聽起來相當投機。」

「他的社交互動能力有明顯障礙，不能解讀他人的情緒，也難以用語言表達需求。」連晉平說：「國外針對謀殺三人以上的兇手做過研究，其中將近三成有極高可能性是自閉症患者。」

佟寶駒滿嘴燒賣：「我看過更誇張的表演。為了活下去，人什麼都做得出來好嗎？」

「自閉症的症狀外觀，很容易讓人誤會是對於罪行的迴避或蔑視。就連專業精神科醫師，有時候都很難察覺其中細微差異。更何況是針對使用不同語言、毫無病史資料的阿布。」

「自閉症不算精神病吧？」

「聯合國人權事務委員會認為，只要被告的心理因素構成社會生活障礙，就不得量處死刑。不一定要有精神疾患。」連晉平十分得意地貢獻自己所學：「不要忘了阿布可能還有創傷後壓力症候群的交互作用。」

佟寶駒語焉不詳地咕噥了一聲。越接近海濱國宅，腦袋裡不祥的預感越來越強烈。

連晉平知道一時之間無法說服佟寶駒，決定改變策略：「讓我試一試，先把答辯狀寫好，你再決定。」

---

11 「自閉症類群障礙」（Autism spectrum disorder, ASD）是在二〇一三年五月才出現的新診斷名稱，用以取代過去的廣泛性發展遲緩疾患（Pervasive developmental delay），包含自閉症、亞斯伯格症等等。主要原因在於這些癥狀僅程度上之差異，但都屬於同一種障礙類型。

從正濱漁港轉進正濱路一一六巷後，沿路出現整排立旗，上面寫著「基隆市一〇九年海濱地區豐年文化祭」。佟寶駒飆出一連串阿美語髒話，嚇了連晉平一跳。

「蓮霧，自從認識你以後都沒好事！」

他們在社區外停妥車，走向入口處，看見穿著警察制服的 Anaw 已經在前方等待。

「Anaw，你是不是都在睡覺？」佟寶駒說。

「不要這樣好不好 Takara，我以為你故意安排今天的嘛。」Anaw 說：「順便回來看看大家，對不對？」

「我回來幹嘛？」佟寶駒不打算放過他：「表演又不好看！」

八尺門聚落時期，部落就已經有舉辦豐年祭的習慣。最初是由女性自主發起的聯歡活動，男性則因為經常出海工作而無法常態性地參與。地點通常定在聚落外圍的造船廠空地。雖然沒有固定籌辦的組織與經費，規模與儀式無法與今日相比，但在佟寶駒的記憶裡，那是個陽光明媚與笑聲歡騰的盛典。對一個孩子來說，音樂、舞蹈還有海水，便是他們嚮往的一切。

佟寶駒對母親的印象，很大一部分停留在當年的豐年祭裡。母親會在豐年祭當天早上，準備她最拿手的 siraw 與 toron[12]，還有一種特製的野菜湯。混雜著不知名野菜，嚐起來酸苦清鹹。母親死後，佟寶駒就再也沒有嚐過那種味道。

海濱國宅落成後，佟寶駒曾經試著尋找過去舉辦豐年祭的地點，卻發現造船廠空地已經封閉，臨海處全被混凝土填實。過去的歌舞沒有留下一點線索。佟寶駒只能比對和平島的形狀與位置，勉強辨認母親曾經拉著他跳舞、縱情高歌的那塊園地。

自從海濱國宅落成後，豐年祭的面貌也跟著改變。除了地景變化、生活空間隔離、就業型態轉變等等因素，當然還有政府政策的積極介入。如今的豐年祭由男性主導，成為有組織、有政府經費的活動，儀式上更遵從古禮，以求貼近原鄉體驗並復興文化，但對佟寶駒個人而言，他不能說哪一種更能滿足他的靈魂。

海濱國宅落成的頭幾年，佟寶駒曾應人情之邀回來，卻發現自己在眾人熱衷的豐年祭活動中難以自處，在過強的音響中焦慮不安。他會唱的歌越來越少，舞步越來越慢，到後來開始找藉口不再參加。如今在場上跳舞的年輕人，不知道還有幾個記得他。

時間正值傍晚，豐年祭進入最高潮。廣場上，社寮高中棒球隊的孩子們穿著球隊制服，唱自己改編的流行歌跳起戰舞。漢人與原住民交雜的隊伍，在這個場合裡看起來毫不違和。佟守中坐在廣場北側的座位區，看著球隊的表演，鼓掌起來特別用力。

聚會所前方則是貴賓席，上面坐著政府官員、民意代表、附近社區頭目以及奇浩部落的代表們。彭正民也在其中，他身旁坐著一位年約六十五歲的男子。那位男子濃眉大眼、滿臉橫肉，

---

12 兩者皆阿美族傳統食物：siraw，醃肉；toron，糯米糕。

雖然西裝筆挺，但難掩草莽氣息。彭正民與他不時交頭接耳。

雖然佟寶駒打算低調迴避，但命案地點就在廣場北側，勢必得穿過活動現場。他與穿著警察制服的 Anaw 一同出現，很快就引起眾人目光。

彭正民在台上注意到騷動，發現竟是佟寶駒，馬上領著幾名族人趨前關切。佟守中此時也發現異狀。他遠遠站著，感受空氣中的衝突氛圍。

活動中斷，眾人開始靠近佟寶駒和連晉平。Anaw 見苗頭不對，連忙解釋：「這是例行性工作，與活動無關，不要想太多。」

「你回來做什麼？」彭正民問。

「查案子。」佟寶駒一臉不屑地回答。

Anaw 透過對講機，呼叫鄰近警力支援，並故意說得很大聲，讓在場的人都聽見，然後接著又喊：「退開退開，繼續活動，沒什麼好看的。」

族人的怒氣並不難理解。無論親疏，海濱命案對社區而言是一道傷疤，如今佟寶駒非要在難得的慶典上攪弄這段記憶，任誰都不會感到舒服。不過佟寶駒執行公務既然於法有據，警察也在現場，眾人一時之間也沒能做些什麼。

緊繃氣氛下，方才坐在彭正民身邊的那名西裝男子突然現身。他走向佟寶駒，伸手致意：「佟先生，我是雄豐船業負責人，敝姓洪，洪振雄。」

佟寶駒點點頭，並未伸手。雄豐船業？連晉平覺得耳熟，馬上想起那是「平春十六號」的所屬公司。

「很少在這邊看見你，多回來走動，不要為工作傷了和氣。大家都自己人。」洪振雄客氣地說。

「自己人？你那麼喜歡當原住民，怎麼不自己下去跳？要他們跳給你看？」

「您誤會了，我們公司支持海濱國宅和豐年祭很多年了，」洪振雄說：「雖然立場不同，但我們都是為了這裡好。」

Anaw 勸佟寶駒少說兩句。佟寶駒不情願地用手抹抹臉，不再說話。舞台的音樂還在繼續，遠方傳來警笛聲，漸漸有聲音勸回圍觀眾人。

佟守中坐回座位，滿不在乎地咂咂嘴。

7

就著廣場上多變的舞台燈光，佟寶駒和連晉平由玄關走進客廳，也就是鄭峰群夫妻陳屍位置。連晉平想起卷內的檔案照片，案發現場家具傾倒、血跡斑斑。如今在搖晃舞動的光線下，那些被隨意扶正、草率整理的家具雜物，已不再怵目驚心，卻盡顯悲涼。

連晉平為了重回犯罪現場，已經做了很多天的心理建設。他原以為現場會有什麼特殊味道，但實際上只有一陣淡淡霉味。他還特地準備了手術用的橡膠手套，就像電視演的那樣，但佟寶駒笑他還不如花錢買保險套，說不定比較有機會用到。

Anaw 發現電燈無法開啟，研判是總電源被切斷。他打開手電筒搜尋牆上的配電箱，說這裡有簡單清理過，不過繼承程序好像有問題。因為是兇宅，遺族似乎也沒有特別積極在處理。

由於視線不佳，連晉平的聽覺變得敏感。他好像聽見某處傳來一陣微弱的摩擦聲，像是有人在拍動衣物，又像是刻意隱蔽的神祕足音。接著是一陣流水聲。他說服自己那是牆壁內自來水管線的正常流動，但當他聯想到照片中溺死女童的模樣，就無法克制自己不去亂想。原本設定要勘查的事項，此刻都已經拋諸腦後。

佟寶駒並不信鬼神，但在這樣的場合裡，舉動多少帶著幾分崇敬。他被牆上一組照片所吸引。其中一張是鄭峰群與彭正民站在船艏，赤艷的陽光底下兩人光著上身，頭角崢嶸、意氣風發。其他大多是鄭峰群一家三口的生活照。佟寶駒注意到有幾滴血未被抹去，散落在他們笑意迎人的臉上。他別過頭去，不想再看。

燈被打開了。未適應強光的連晉平瞥見牆角站著一個人，他反射地倒退三步。佟寶駒和 Anaw 都被他的動作嚇了一跳，回神才發現那是一個掛滿衣帽的衣架。

三人沒有特別說話，默默地環顧四周。現場就像 Anaw 說的，已經被整理過，但也僅是隨意放回的程度。除了幾處未完全清除的模糊血跡外，一切就像還有人在裡面生活著。

他們在客廳走了一圈，沒有特別發現，便走進主臥房。主臥房的廁所是女童陳屍地點。檔案照片中那只鮮紅色的水桶已不在現場。連晉平望向女童躺臥的位置，不知道是不是心理作用，總覺得磁磚上隱約呈現一塊暗色陰影。

「這個廁所沒有對外窗，如果……他把女童關在廁所裡，外面也很難聽見哭聲。」佟寶駒說：「他其實不需要溺死她。」

佟寶駒提議去廚房看看。連晉平卻說按照卷內資料，廚房內並未發現指紋或其他跡證，因此排除阿布曾經進入廚房的可能性。佟寶駒沒有理會他，逕自走進廚房。

佟寶駒隨意打開櫥櫃瀏覽，裡面擺放著各式器具，乍看之下並沒有什麼特別之處。突然間他發現有幾把刀具看似眼熟。他取出後排列在流理台上，發現它們都具有同樣的材質與刀身設計。雖然係不同刀種，但從象牙質刀柄上刻的文字判斷，它們都屬於某個名為「鮮鋒」的刀具品牌。

連晉平走近看，也覺得眼熟，接著恍然大悟。翻開卷宗裡兇刀的照片，確認設計與材質均相同，同樣也刻著「鮮鋒」。

起訴書中雖認定兇刀是 Abdul-Adl 所攜帶，但為何鄭峰群的廚房裡有同廠牌、同系列的刀具？這樣的巧合機率有多高？或者另一種可能，兇刀是鄭峰群所有，那就表示阿布並非預謀，而是現場取得。

這在殺人行為的敍事上，能夠帶出完全不同的想像。若非出於預謀，理論上就非最嚴重之罪，按兩公約的精神，不能判處死刑。對於 Abdul-Adl 非常有利。

不過為何廚房內沒有 Abdul-Adl 的指紋？難道兇刀本來就在客廳？兇刀係生魚片刀，出現於客廳雖非全無可能，但需要更強的證明。

「難道檢警當初沒有搜查廚房？」連晉平問。

「有可能有，有可能沒有。」佟寶駒意味深遠地說：「都不奇怪。」

Anaw 感覺到兩人的目光，趕緊補充道：「不是我喔，我都在睡覺。」

「如果阿布不是預謀殺人，那他為什麼來到這裡？」連晉平問。

「或許應該問，鄭峰群看見逃逸的漁工，他會怎麼做？」佟寶駒推理道。

「暴力強迫？」連晉平懷疑地說。

「不大可能，按照鄭峰群的體型，要制服阿布並非難事。如果他有意主動使用暴力，阿布不會有機會造成那樣的傷害……，」佟寶駒繼續推理：「驗屍報告也說，鄭峰群的致命傷多在背部，研判他是從背後被突襲的。」

佟寶駒邊思考邊走回客廳，其他兩人也迅速跟上。

佟寶駒按照現場鑑定的示意圖，模擬 Abdul-Adl 行兇的路徑。他站在客廳的一角，邊走動邊想：「如果一開始偷襲的位置在這裡，鄭峰群背對著阿布……是在做什麼？」
三人同時看向五斗櫃上的室內電話機。
「如果是這樣的話……」佟寶駒伸出手，按下重播鍵。

廣場上的音樂與人聲迎向最後一波高潮。主持人正要抽出今晚最大獎：六十五吋的 4K 液晶電視。音樂節奏加重，人群鼓譟，一年一度的豐年祭在喜悅與希望中即將畫下完美句點。
「讓我們歡迎今晚最大獎的贊助廠商，雄豐船業的總經理，洪振雄先生來為我們抽出這位幸運兒。」主持人示意群眾鼓掌。
洪振雄正要起身時，手機突然響了，顯示來電是「鄭船長家」。他猛一抬頭，看向廣場北側上方，位於三樓的鄭峰群住處，內心突然一陣恐慌。
他沒有馬上掛斷，反而下意識地僵止，等待來電自己結束。
「洪先生？」主持人客氣地呼喊他。
洪振雄意識到眾人還在等待，只能強壓住萬般思緒，面帶微笑地上前，從抽獎箱中抓出一張獎券。
「佟守中，」主持人高舉獎券大喊：「Looh！Looh 在嗎？」
眾人環顧四周，卻沒有看見那名整晚沉默不語的老人。主持人鼓動群眾大喊佟守中的名字三次，如果不在現場就要立刻重抽。

洪振雄強裝鎮定，面帶微笑和群眾一起拍手叫好。

佟守中已經回到自己的住處。他一個人在房間裡，聽著眾人帶著戲謔口吻呼喊他的名字。他身旁的床有些特別。出於不知名的原因，佟守中將四條隔板釘在床沿四周，睡在裡面，就像睡在一個淺淺的抽屜裡。

眾人最後一次呼喊他的名字時，他關上燈，在黑暗中靜靜躺下。

8

彭正民看見一隻黑鳶飛過基隆車站舊址上方，朝白米甕砲台的方向翱翔而去。去年開始拆除的舊車站，如今僅剩骨架，被世人遺忘在鐵圍籬之後。

對討海人而言，陸地上所有的消失和出現，都是突然發生的。那個在虎仔山上的 KEELUNG 字板是如此，正濱漁港的那排彩色屋也是。他經常無法適應這些驟然發生的改變，但漸漸地強迫自己不去思考太多。因為無論如何，不會有人在意他的想法。

彭正民想起自己在二十年多前曾領著板模工班，承作車站入口的修繕工程。那是他第一次當領班。雖然只是一個二十出頭的小子，但憑著和幾位叔父打零工的經驗，帶著一伙阿美族兄弟，比預定時間提早完成工作。

當時他頗為自豪，還在花圃內側未鋪磁磚的隱密處，寫下了年分和名字「Lekal.1992」。原本以為自己可以永遠地吹噓這件事，但如今什麼也沒有了。

年輕時的板模工作並未如預期中順遂發展，除了因為景氣循環造成的房市起落以外，還有彭正民自己對於社交應酬的恐懼。他不喜歡說話，經常不知該如何表達自己的意見。更多次因為酬勞少於漢人，專業不受尊重，而與包商發生爭執，不歡而散。最後不僅關係破裂，連酬勞都沒拿到。他的內心漸漸被一股無來由的怒火佔據，經常頭痛欲裂，無法專心工作。

後來 Kaniw 介紹他上船工作，身心狀況才逐漸改善。在海上他不需要說太多話，也不用面對太多人。有時候海洋的聲音，超越了一切，反而讓他覺得平靜。

Kaniw 逢人便開他的玩笑，說他以前是專門把身體弄得髒髒的男模——男性板模工。他則回嘴說 Kaniw 是船上負責吹簫的——鳴放汽笛。

可惜那段好日子沒有維持太久。九〇年代的基隆漁業開始走下坡。當年港邊酒吧林立、歌舞昇平的大街，如今看起來狹窄陰暗。原本豪美的洋房，早已髒亂頹圮，成了見證歷史興衰的遺跡。

基隆在臺灣近代發展過程中被邊緣化了，彭正民常聽到這一類論點。不過他認為，會講這種話的人根本不懂基隆。

基隆是被整個世界遺棄的。

時間接近傍晚，太陽逐漸消失在和平島後方。晚霞底下，眾多遊客從客運站湧現。彭正民總覺得這些七彩的人們和基隆並不相稱。基隆是漁港，是弱肉強食的現場，是蠻橫血腥的境地。他無法代入歡慶的心情，因為陸地上的人對於世界過於無知。

彭正民獨自遠離人群，獨自轉進崁仔頂漁市旁的巷弄。他走過一段潮溼雜亂的防火巷，最後停在一間海鮮餐廳的後門前。

敲門後，一名看門小哥探出頭，瞧了一眼，讓彭正民進入。

餐廳後場燈光陰暗，廚房人員似乎都已經下班。小哥領著彭正民經過一排貨架，朝著光走，最後來到一張大圓桌前。

慘白的日光燈下，滿桌的海鮮反射著刺眼的光芒。

洪振雄正進食到一半，抬起頭看向彭正民，露出混濁眼白。嘴裡咀嚼著嫩白龍蝦肉，露出殘留檳榔渣的牙根。他的襯衫鈕釦解至胸口，粗大的脖子泛著暗紅膚色。

陳奕傳坐在洪振雄身旁，雙唇油膩紅潤，正細口慢嚥。他用餐時手懸在桌上，雖然看似優雅，但掩飾不了他的偏執潔癖。

彭正民對於陳奕傳在場並不訝異。他不清楚這個人的來歷，只知道他與公司高層的關係不錯，外語能力很強。雖然對外宣稱與公司並無利害關係，但知情的人都知道，那只是另一種風險控管的安排。要周旋在各國政府、仲介與國際漁業組織之間，船公司多少都需要這樣的說客。

洪振雄揮手示意彭正民坐下，用筷子指向面前那鍋湯。

洪振雄：「海龜，對男生好。」

彭正民望向鍋裡，認出海龜的尾巴。

洪振雄吞下一口黑鮪魚生魚片，手裡又夾起一條烏魚膘要往嘴裡送。

「你和阿群桶的簍子，現在想怎麼辦？」洪振雄冷冷地說。

彭正民帶著口音說：「你也有份。」

「我是叫你們安排，不是叫你把觀察員推落海。」

「他自己摔落去的。」

「阿群不是這樣講的。」

「他向你警告過了，那個阿豆仔金憨直，你硬要弄。」

「分紅的時候你怎麼沒有意見？要不是我，光憑你兩兄弟這幾年抓的，扣掉油料都不夠了。」

「阿群比哪個船長抓得少？大環境不好，誰都不願意。」

「海上的事情，我也沒為難過你們。但是讓人跑了，就是你們的不對。」洪振雄說：「還一次跑掉兩個。」

彭正民緊抿著嘴唇，不發一語。

陳奕傳打圓場：「這個外勞不要緊，他什麼都沒有看到。」

「是不知道還是裝傻？」洪振雄懷疑道。

「我幫他做了這麼多次翻譯，我不認為他在裝傻……。」

「我早就說那個外勞腦袋有問題，印尼那邊的仲介都亂搞，不會游泳的、神經病的也送上船。」彭正民說。

洪振雄仍有疑慮：「那個公設辯護人讓我感覺很不好，你不是認識？了解一下？」

「他只會查到你的手機，也不能證明什麼，你不用緊張。」

「不用緊張？阿群在被殺死之前打給我耶，我要怎麼解釋？他揪我去唱歌喔？」洪振雄語帶怒氣：「我身上那些案子，地檢署也只是行政簽結，幹你娘！如果有什麼證據被挖出來，結果怎樣你敢保證嗎？你在說什麼痟話……。」

洪振雄又吞下一口烏魚膘，冷冷盯著彭正民：「這些麻煩沒有解決，你也別想出海。」

彭正民壓下脾氣，為自己倒了一杯啤酒，幽幽地問：「阿群那通電話，說了什麼？」

「什麼都沒說，一下就掛斷了。」洪振雄舀起海龜湯，大聲喝起來。

9

彭正民在晚餐時分回到海濱國宅。廣場周圍盡是飯後出來散步聊天的鄰居。他覺得口渴，便走向習慣的角落，和那群人討了杯飲料。入喉時才確認那是部落經典款：紅標米酒混雪碧。

彭正民默默走向社區邊緣，望著夜晚的八尺門水道，突然想起小時候的「盜船事件」。那是他對佟寶駒這個人最深刻的回憶。

那是在佟守中入獄後沒多久的事。他們當時還只是十來歲的孩子。起因說也奇特，是因為瑞芳的煤山礦災。

民國七十三年可說是臺灣煤礦史上最黑暗的時刻。當年連續三次嚴重的礦災，死傷數百人，其中超過半數是阿美族人。後來部落裡流言四起，包含各種神怪傳聞。鄭峰群便向彭正民提議去看看，想要親眼證實「死者靈魂盤據在礦場上空號哭」的畫面。

彭正民想找佟寶駒一起參與這場冒險，鄭峰群卻覺得奇怪，明明還有很多其他友伴，為什麼非他不可。

彭正民只淡淡地回了一句：「他沒有什麼朋友。」

他們三人依著夜色，在八尺門水道的淺灘處偷牽一條竹筏。計畫沿著岸邊輪流划船，經過八斗子漁港，繞過象鼻岩，最後在深澳漁港上岸，打聽煤礦的位置後再做打算。

那晚無雲，月光鋪在海面上，像極了銀河在地球上的倒影。三人划到精疲力盡，雙手磨破，卻只抵達八斗子漁港。最後他們棄船步行回到八尺門時，天才剛亮。雖然免不了一頓皮肉苦，但「盜船事件」卻成為其他孩子們欽羨的冒險傳說。

冒險故事都是經過修飾的，當然「盜船事件」也一樣，尤其是結局的部分。能言善道的鄭峰群用「竹筏被海浪敲碎，三人奮力游泳上岸」來取代狼狽棄船的事實。

不過彭正民永遠記得，那天晚上，當潮流將竹筏推向外海時，他和鄭峰群急得哭出來，是佟寶駒在海浪中找到迴流的間隙，獨力將竹筏划回岸邊。

當他和鄭峰群決定放棄回家時，佟寶駒卻說要一個人繼續划下去。

他們責怪佟寶駒不合群，實際上是因為不願面對自己的反悔與失信。對十來歲的孩子們而言，那本來就是不可能的任務，放棄也無可厚非。然而，彭正民卻清楚地了解到為何佟寶駒如此堅持。

因為，佟寶駒真心想要離開八尺門。

而且他做得到。

這正是彭正民後來如此厭惡他的原因。

10

週日傍晚，連晉平打完球後回到家，聞到空氣中淡淡的菸草香味，就知道「老推事們」[13]又來了。

每個週日早晨，連正儀會帶著家人到臺北衛理堂做禮拜。連晉平即使念了研究所，仍然盡量維持這個家庭傳統。因為父親身為教會要員，總希望家人能夠積極參與，並延續他在教會的分量。畢竟法官能夠參與的社交場合有限，除了信仰的理由外，教會在某種程度上，補足了連正儀對於交際的需求。

連晉平從小便在衛理堂認識了不少好朋友。長大後他漸漸明白父親的道理。教會不僅是信仰，也是人際網絡的開端。和他一起長大的教會朋友，如今在各自的領域上逐漸嶄露頭角。彼此照應，互相加乘，讓這高貴的信仰集團更加堅實。

禮拜結束後，連正儀會到附近館子用餐，再回家小憩，準備迎接傍晚的聚會。

這個以父親連正儀為首，他們戲稱為「中華司法治喪委員會」的聚會，已經是連家每週日傍晚的固定行程。出席的都是連正儀的舊識，不外乎是最高院檢的司法官或具有法學背景的政

13 推事，法官之舊稱。應源自清律，係「推斷事實」之意。

府機要。這個私密社團的成員極少，他們喜歡自稱「老推事」，互稱「學長」。若非「五同關係」絕無可能受邀：同學、同事、同梯、同信仰，還有最重要的是同好：菸草、紅酒與麻將。

他們會在連家專屬的客房中，盡情享用各自帶來的高檔菸草與紅酒，再玩上幾圈怡情養性的麻將。這個隱密的小天地，讓平日收斂的老推事們有了舒展的空間。連晉平不止一次看見這些德高望重的長輩們，酒醉後失態的模樣，但這無損他們在連晉平心中的形象，因為連正儀是如此辯解的：「這是我們最真誠的一面。」

雖然老推事們的聚會嚴格謝絕打擾，但按慣例，連晉平不論何時回家，都應該向賓客們問好。今晚到訪的有最高檢察署主任檢察官方義、法務部常務次長章明騰，以及最高法院院長嚴永淵法官。都是連晉平叫得出名字的熟面孔。

眾人看見他，熱情地詢問近況，並鼓勵他繼續精進。

「什麼時候也來跟我們打一圈呀？」章明騰問。

「和你們這些老狐狸？他還早呢！」連正儀看著手上的牌，隨口一問：「晚上要去哪呀？」

「要和怡容去吃晚餐。」

「去哪裡吃？」

「公館附近吧。她晚上還得回司法官學院的宿舍。」

「開車去吧，別騎車，危險。」

連晉平用笑容告別老推事們，轉身取了父親的車鑰匙，輕快地出門。

連晉平離開後，方義接著問：「老李的女兒是吧？」

連正儀點點頭。

「那不是主外的嗎？」方義開玩笑地說。

「人家之前跟著晉平來了幾次禮拜，跟得可緊了。」嚴永淵說：「我們晉平什麼條件。」

「我挑的可不會差。晉平也算聽話，畢竟未來大事馬虎不得。」連正儀得意地說：「而且人家不排斥信教，是個好女孩。」

「她也考上司法官了？」方義問。

連正儀點點頭：「是啊，和晉平同年考上，馬上要進去受訓啦。」

「今年是，哇，六十期啦？」嚴永淵驚嘆道。

方義在心中推算：「應該是，三十年啦。」

「男生卡個兵役還是比較吃虧。」章明騰說。

「以前當兵要三年啊，退伍進去司訓，學妹都變學姊。」方義感嘆道。

章明騰曖昧地看向方義：「你有差嗎？」

眾人聽懂，想起年輕時的風流往事，笑聲顯得別具含意。

「晉平要當到什麼時候啊？」方義接著問。

「明年退伍，應該可以接上司訓時間……之後有什麼安排還請學長們費心啦。」連正儀說。

「學長太客氣了吧？」嚴永淵說：「你一聲吩咐，什麼事都幫你辦成。」

連正儀微笑打出一張九條。嚴永淵突然大聲吆喝，攤開牌面。

「嘿！胡牌不能客氣！」

眾人又發出老派的笑聲。推倒牌面，繼續再戰。

11

連晉平在父親的鼓勵下，決定在司訓前向李怡容告白。

人家都說司法官學院是一個封閉的世界。一整年同進同出，受訓過程同甘共苦，能出事的都會出事，不能出事的，也通常會出事。以李怡容的條件，進去以後肯定非常危險。

他很認真地規劃了告白的行程。先去看電影，然後前往一間頗具氣氛的牛排館用餐。等到兩人都有點微醺時，連晉平再拿出預藏的卡片，向李怡容表明心意。整個過程出乎意料地順利。李怡容很大方地牽起連晉平的手，露出靦腆的微笑。

兩人交往至今差不多兩個月，雖然李怡容必須住在司法官學院的宿舍裡，但他們每天晚上都會通電話，假日也盡量找時間碰面。雖然不容易配合，但是熱戀期的兩人毫不介意。

今晚他們約在公館某間名為「史坦伯格」（Starnberger）的高級義大利餐廳。餐館雖然滿座，但低調的佈光及深色系的裝潢讓人感覺安心隱蔽。現場演奏的爵士鋼琴聲音柔美，迴盪在杯觥交錯之間。

唯一讓連晉平感到困惑的是，史坦伯格明明在德國，為什麼和義大利料理有了關係？他提起這件事，接著聊到了旅遊，兩人都同意等李怡容結束受訓，在分發實習前，應該去歐洲玩一趟。

連晉平聽著李怡容分享司訓的上課情形，自己也感到興奮與期待。剩下不到一年的時間，就能夠進入司法審判的殿堂，實踐自幼的夢想，使命感油然而生。

李怡容也關心他服役的狀況。他便繪聲繪影地描述豐年祭的衝突，以及兇案現場的探案過程。他刻意加強其中的戲劇性，希望博得李怡容的注意力。最後談起自己的碩士論文研究成果，帶出海濱命案裡的司法問題。

「一審的精神鑑定太過草率了，只花四個小時就完成鑑定，真正面談時間不過兩小時，也沒有先考慮就審能力……。」連晉平說。

連晉平所說的就審能力，係指被告心智正常，足以理解審判程序及其意義之能力。按刑事訴訟法之規定，如果被告心神喪失，就應該停止審判。

「停止審判？那得要被告完全失去知覺和判斷能力，沒那麼容易吧？」李怡容說。

連晉平知道她指的是民國二十六年的最高法院判例，熟練地批判道：「那是將近一百年前的判例……刑法的責任能力已經修法，捨棄心神喪失的概念，但就審能力的標準卻還停留在舊法，不是很奇怪嗎？責任能力、就審能力，還有受刑能力，這些概念明明相似，立法標準卻不一致。」

「這是法制的問題，即使法官認同你的說法，也無可奈何。」

「另外一個問題是，雖然被告可以提出精神抗辯，但卻只有法官或檢察官有權力送鑑定，」連晉平感嘆道：「問題是，誰會做第二次鑑定報告來砸自己的腳？」

「罪疑唯輕呢？只要有合理懷疑，就應該判無罪呀。」

「那不符合人性。」

「人性？」

「研究結果顯示，超過九成的法官都會採納鑑定報告的意見，」連晉平說：「但有趣的是，如果鑑定報告認為被告沒有責任能力，法官採納比率卻下降，你知道為什麼嗎？」

李怡容搖搖頭。

「沒有責任能力，就只能判無罪，形同限制了法官的權力，卻更容易受到大眾質疑。所以如果鑑定報告認定被告具備責任能力，法官心理上會比較容易接受。因為即使認定有罪，還是可以找到理由予以減刑，法官裁量的空間更大。」連晉平說：「簡單來說，當死刑或無罪都無法說服自己，有罪但找理由減刑便是最安全保險的作法。」

李怡容點頭：「法官也是人啊。」

「不管如何，問題必須被提出。」連晉平突然想到：「司訓有關於司法精神鑑定的專題嗎？」

「印象中沒有，課程大多是訴訟實務和書類撰寫，」李怡容說：「那個應該就歸類在證據取捨吧，該學的太多了，死刑案件不是常常碰到，不會特別提起的。」

「是嗎？可有什麼比人命還重要？」

「錢啊，有些人把錢看得比命還重要。」李怡容打趣地說：「即使有精神鑑定的專題，我大概也不會選吧，我以後想走金融專股。」

連晉平理解李怡容的選擇，畢竟她是財經法領域的研究者。

「打擊金融犯罪，我也是在救命喔。」李怡容補充道：「我爸說女生走傳統刑事氣質會改變，走金融犯罪，以後轉任律師，和企業打交道就好，不用跟那些傳統律師競爭，比較賺錢。」

連晉平點點頭，想起父親也說過一樣的話。

12

禮拜日是佟守中最無聊的日子。這一天球隊沒有練習，牌友間的聚會通常在傍晚才開始。為了消磨時間，他習慣早上去和平之后天主堂參加主日彌撒，然後下午到和平島海邊釣魚。

和平之后天主堂每週日上午的彌撒都會用阿美語進行。這間教堂在佟守中遷居基隆時就已經存在。建築物雖然歷經多年風霜，依然屹立不搖，甚至連神父都還是同一個。他聽說當時自己入獄後，神父幫了馬潔不少忙，甚至提供空間讓佟寶駒念書準備考試。雖然從未向神父道謝，但出獄後他便默默地開始參加彌撒，在奉獻時把自己的口袋清空。

很多從八尺門聚落四散的族人，依然習慣到這個教會做彌撒。不過佟守中很少和他們打招呼。他的記憶總是混在一起，回首曾經跋扈張揚的過去，很多恩怨現在已難釐清。

他很喜歡聽阿美語的聖歌，只是他從來不唱。他的牌友們總是笑他怕下地獄。他沒有否認，但實際上他對天堂沒有太大期待。很多事情他都想不太明白，像是自己究竟應該死在花蓮或者基隆？究竟翹辮子的時候，是祖靈還是天使會先來接他？或者，兩者都不會。

副本堂神父在彌撒時，總會鼓勵大家告解：*「直接向天父認罪。」

可是有太多的東西，是連說都說不出來的。佟守中從沒有打開過告解室的門，也沒有一次在內心裡真誠地認罪。身為一個倖存下來的都市原住民，佟守中懷疑自己為什麼可以被赦免。

他不需要那個東西，有罪在身反而更輕鬆。

今天彌撒來了很多人。佟守中後來才發現他們是為了鄭峰群而來。最近因為佟寶駒鬧出的風波，導致命案的傷痛又再度回到眾人記憶。副本堂在彌撒最後，特地領著教友為鄭峰群以及他的家人禱告祈福。

佟守中一如往常，沉默著。

彌撒結束後，彭正民在教堂外攔住佟守中。

彭正民遞上菸，替佟守中點燃：*「Looh，你還在學校幫忙對嗎？」

佟守中面無表情地點點頭。

*「Takara 的事情讓我們很為難……。」

*「他的事與我無關。」

「我是以一個朋友的立場跟你說。」彭正民說：「他在做的事情很危險。你應該比我更了解公司那些人。」

佟守中懂得這個威脅的意思。在漁港打滾三十年，能不對船公司的所作所為有一絲畏懼，不是豁出去，就是已經瘋了。

*「Kaniw 死了，怎麼死的，他們才不在乎。怎麼讓那個外勞閉嘴，才是他們關心的事情。」

彭正民抽著菸，望著和平島的方向，彈開菸頭，冒出一陣火花：*「球隊是靠公司資助的。你該怎麼做我也不知道，但是這件事現在跟你有關了。」

佟守中緩慢地吞吐著手上的菸，表情漠然。

13

Leena 的週日和其他日子並沒有特別不同。

許奶奶每天早上六點就會起床，所以她必須提早半個小時起來準備早餐。好在奶奶對於早餐的要求很單一，白粥、肉鬆與各式罐頭。她只需要將粥熱好，早餐的工作就差不多完成。

吃完早餐後，她會推著奶奶到附近的便利商店買報紙，然後坐在公園裡等著奶奶把報紙讀完。回到家以後，她必須為午餐備料，用的是前一天買好的食材。

午餐前奶奶需要上廁所，她會扶著奶奶坐到馬桶上，然後在廁所外等待。洗澡就比較麻煩，她會讓奶奶坐在蓋上的馬桶上，用蓮蓬頭沖洗，再用柔軟的毛巾幫她擦乾。這些過程中，奶奶總會板著一張臉。Leena 猜測她不喜歡一個外人如此親密地觸碰。

所幸奶奶對吃的不挑剔，所以 Leena 可以完全避開使用豬肉和豬油。只是重複使用沾染過豬製品的鍋碗瓢盆卻是沒辦法的事。

午餐過後，Leena 會將奶奶放上床，讓她午休。這一兩小時的空檔，Leena 用來掃地、拖地、洗衣服還有其他家務。她會很努力把事情都做完，爭取晚上更多自己的空閒時間。不過事情不總盡如人意，如果老闆回來探訪，她就必須做額外的工作，像是洗車以及擦皮鞋，也不可能進行一天五次的禮拜。

晚餐奶奶吃得更少。Leena 通常會將中午的剩菜加熱，讓奶奶配著新聞吃。晚餐過後，奶奶會坐在客廳看電視直到就寢時間。這段時間 Leena 可以在房間裡做自己的事。

她的房間其實是一間儲藏室，擺滿了各種不知道裝了什麼東西的紙箱。雖然狹窄擁擠，但有一張軟硬適中的床。唯一缺憾是沒有書桌，她只能在床上讀書寫字。不過因為有門，所以她能脫下頭巾，放鬆自己的頭髮。她覺得自己的頭髮很美，卻也喜歡戴頭巾散發的那份氣質。她不覺得兩者有什麼衝突，只是常常在想，如果自己不戴頭巾，還會不會有人認為她是移工？

她依舊關注著印尼筆社的活動。最近有一個徵文比賽，她很想參加。腦袋裡已經有故事的想法，只是需要時間才能完成，但通常沒有時間。故事是關於一個印尼女生來到臺灣工作，因為想念家鄉的情人而開始寫詩，然後將寫有詩句的信紙放進瓶中，拋向大海希望有一天能送到情人手中。故事的結局是瓶子太多，堵塞了整個港口，臺灣政府必須禁止她繼續寫信，她不願就範，跑到港口，踏上由瓶子堆積成的海上道路，一路走回印尼。

她沒有情人，但渴望愛情。寫東西是她天賦的興趣，孤單加深了那份創作和想像的動力。在日復一日的家務中，白日夢是她遁逃的路徑。

不過還好有 Nur。她是 Leena 的高中摯友。和 Leena 一樣，最喜歡的科目是英文。後來她去雅加達念大學，主修國際關係。兩人並未因 Leena 來臺灣工作而斷了聯繫，仍舊時不時地關心彼此近況。

去年年底開始，她越來越少接到 Nur 的消息。從 Nur 的臉書頁面得知，她忙於課業以及關於刑法修正案的抗爭活動。

二〇一九年九月十八日，印尼舊國會在任期結束前夕突然審查刑法修正案，試圖立法禁止「非婚性行為」、「同性戀行為」、「墮胎」、「宣傳避孕」、「侮辱正副總統」等等事項，將極端保守的政治意識形態落實於刑法之中。消息一出，舉世譁然，隨即在印尼各大城市引發大規模的青年學生示威活動。

Leena 看見 Nur 上傳了一張她在街頭手持#「Cabut hukum yang tidak adil（撤回惡法）」標語的照片。照片中的她摘去頭巾，剪短頭髮，看起來像是個完全不同的人。

#「印尼是民主國家，我們不應該走向極端的伊斯蘭保守主義。印尼要證明即使信奉安拉也能行民主，那些政客才是國家的敵人。」Nur 這麼對 Leena 說：#「他們背棄了存異求同的立國精神。」

#「可是穆斯林本來就應該遵守古蘭經的教誨，不是嗎？」

#「安拉教我們寬容，而非仇很。」Nur 說：#「法律不應該為了迎合特定觀點而存在。法律

應該保護弱勢、維護人權。任何以宗教為名的壓迫，都是邪惡的。」

Leena 訝異地發現，當年戴著頭巾與自己打鬧的 Nur，心中竟有如此深刻的理念，更無懼於付諸實踐。Leena 對刑法修正案沒有特別想法，更不理解那些政策背後的政治角力，但她對 Nur 所描繪的那個世界感到嚮往，甚至會想像自己與 Nur 站在印尼街頭，充滿神采地高呼改革口號，而感到激動不已。

Leena 沒有對 Nur 提到擔任通譯的事情，因為她根本不知道自己在做什麼。

上次從看守所回來以後，Leena 總是心神不寧。她想知道更多關於 Abdul-Adl 殺人案的細節，但她看不懂臺灣新聞，相關的印尼語報導又寥寥可數。Leena 曾試探性地向 Nur 問起這件事，但她全然沒聽說過。

印尼移工在臺灣殺人被判死刑，就連母國也無人關注。她懷疑 Abdul-Adl 的家人是否知道這件事，進而感到莫名恐慌，因為自己正是那眾多無名的勞工之一。

那次看守所之行，佟寶駒算她一小時八十五元的酬勞，前後連車程大約三小時，總共兩百五十五元。那筆錢拿在手中，心裡卻不好受，好像趁著同胞的危難發財。後來她每天做禮拜時，都會向安拉禱告，為 Abdul-Adl 祈求平安與關照。

印尼語。

她不知道的是，臺北看守所的週日，會在放封時，於廣場上播放佛經。那聲音傳進忠二舍Abdul-Adl 的牢房時，雖然小聲但卻綿延不絕。好在 Abdul-Adl 不理解那是什麼聲音，也就沒那麼痛苦。身為一個死刑犯，他最大的煩惱不在是否能夠翻案，而是不知道臺灣在哪裡，當然也就不可能知道麥加天房在哪個方向。

14

佟寶駒每年在母親忌日買花時，總會想起她坐在塑料花叢中的樣子。

那是臺灣家庭代工最盛行的時代，每個禮拜馬潔總有幾個下午會忙著組裝從附近工廠批來的貨。她工作時不喜歡說話，總是一個人在床上攤開所有的零件，默默地從手中開出一朵朵豔麗的花。大概是因為專心的關係，一個下午總能比別人多完成半包。

佟寶駒喜歡看著燦爛的午後陽光，點亮床上組裝好的成堆塑料花，和坐在其中神情專注的馬潔。不是因為人工顏料的繽紛效果，而是那份耀眼的沉靜。馬潔發現佟寶駒盯著自己看，便會對他微笑，保證完成以後帶他去買養樂多。

馬潔常常拿著手中鮮黃的塑料花，說起花蓮老家旁的油菜花田，還有外公為了摘花送外婆而跌到田裡的糗事。她說油菜花是冬天的太陽，春天的肥料，未來她要回花蓮買一塊地，學人家種田，因為泥土能洗去魚腥，而且沒什麼地方比家好。

馬潔有著一頭和她瘦小骨架不成比例的茂密卷髮，她說這點遺傳自外公，當然還有酒量。她喜歡喝酒，但酒醉時很少說話，只是笑，偶爾會在小小的房間裡跳舞，是佟寶駒唯一知道喝醉酒還能保持優雅的阿美族人。

佟寶駒的名字取自外公，但沒有見過他幾次。馬潔常常提起外公，說他如何虔誠地信仰天主，又如何地擅於抓魚。可惜外公死得早，不然就能看見佟寶駒捧飯碗的手勢，與他有多相像。不過沒關係，我們最終會在天國相見。

馬潔每個禮拜日早上，一定會帶著佟寶駒去和平之后天主堂做禮拜。她禱告時總是按照外公、佟守中、佟寶駒的順序，祈求天主賜福。佟寶駒有一次提醒她忘了為自己說點什麼，她恍然大悟一樣，說自己想要佟守中平安自海上歸來。佟寶駒問那不是一樣嗎？她說不一樣，這是為她自己求的。佟守中卻總是對她的信仰嗤之以鼻，說她又拜祖靈又拜天主，兩邊都不會理她，拜財神爺比較實際。

說起佟守中，馬潔總是褒多於貶。她最喜歡他的仗義，但最討厭他的太仗義。佟守中因為殺人入獄，馬潔卻從未埋怨。她認為人會做錯事，但本性才是最珍貴的。佟寶駒總是不能理解這句話，因為他認為父親不僅做錯事，本性也很糟糕。

馬潔和鄰居關係並不好，因為她總是錙銖必較，把錢看得比什麼都重。喝酒分菜時不願多出，能蹭飯蹭酒時絕不客氣。後來佟守中入獄，大家看她和佟寶駒可憐，不吝伸出援手，但她卻變本加厲，利用大家的善心到乾淨澈底。

在馬潔死前的那一兩年，佟寶駒和她關係不好。因為馬潔的話越來越少，對佟寶駒的限制越來越多。即使同齡的孩子都開始賺錢貼補家用，她卻不許佟寶駒亂跑。她會在去工廠剝蝦前，先將佟寶駒送去天主堂，請神父盯著他讀書。好幾次佟寶駒違反她的命令，她會先用最惡毒的話罵他，然後哭著要他聽話。正值叛逆期的佟寶駒，總是傷心多過於埋怨，冷漠多過於反抗。

佟寶駒簡單地在母親塔位前獻花致意後，便驅車前往和平之后天主堂。副本堂神父看見他的車，走出來迎接，表情卻有些憂慮。

「Takara，今天讀書會……還沒有人來。」副本堂神父抓抓頭，眼神期待他能夠理解。

佟寶駒點點頭。誰會希望把孩子交給一個魔鬼代言人？他不待神父留他，逕自上車離開。

佟寶駒抵達社寮高中棒球場時，球員們正在練習隊呼。聽來耳熟，他停下腳步看著原漢混雜的球員們在二重唱間跳起戰舞。

「藍天藍，紅土紅，投手丘上，是我弟兄～本壘邊，棒子硬又長，弟兄們，鬆鬆打一發～嘿那魯灣豆，伊阿伊阿那魯灣～嘿那魯灣豆，伊阿伊阿那阿嘿～一覺醒來，球飛出去，青春小鳥，不要回頭～嘿那魯灣豆，伊阿伊阿那魯灣～嘿那魯灣豆，伊阿伊阿那阿嘿～」

佟寶駒非常熟悉這首改編自軍歌《高山青》的戰呼。事實上這就是他所發明的。當時他將隊友們的綽號串上阿美語的髒話，搭配有性暗示的動作，成為傳唱千里，出征時必備的熱場儀式。

他從未想過這個節奏就這麼流傳了下來。歌詞雖然多少有變化，但原始版本過於煽色腥，改編的理由也不難理解。不過他很高興那些猥褻的動作稍稍地保留了下來。

幾名有參加讀書會的孩子們見著他，有些敷衍地點點頭。佟寶駒也微微點頭回應。他明白這年紀的孩子們心裡總是矛盾，因此並不期待他們能夠理解。

佟寶駒在球員休息區的後方，找到正在整理工具的佟守中。

佟寶駒拿出一只信封交給他：「大約可以買一百支紅標。不客氣。」

佟守中看了一眼，明白這是佟寶駒固定給他的生活費，摺疊後放進褲子口袋。

「謝謝。」佟守中說。

佟寶駒對於這個謝謝有點意外。

「你不是有事跟我說？」佟寶駒指的是昨天佟守中在電話裡的留言。他原本以為是打來要錢，沒想到佟守中卻神祕地說要見面談。

佟守中停下手邊工作，站在圍欄邊點起一支菸：「那個案子你打算怎麼辦？」

「那是我的工作，該怎麼辦就怎麼辦。」

「你也替其他人想一想，Kaniw 在這裡不是什麼普通的人，很多人都為這件事打抱不平。」

佟守中的態度異常溫情：「他是你表哥，你在這裡長大的，多少有點感情吧？」

「我才不在乎。」佟寶駒確定他還有話沒說，卻懶得點破。

佟守中抽著菸，陷入沉默。

一顆棒球滾到佟寶駒腳邊，他撿起來在手上掂掂分量，丟回場上。

「投球姿勢那麼怪，難怪球隊不要你。」佟守中說。

「棒球有什麼好玩，籃球有趣多了。」

「那是因為你棒球打得太爛了。」佟守中撿起另一顆棒球，示範給佟寶駒看：「肩膀壓低，球才不會飄。」

佟寶駒看見佟守中握球的那隻手，食指和 Abdul-Adl 同樣從第二指節斷掉。他知道這件事，但從未真正記得。

那應該是發生在他很小的時候，佟守中總是吹噓那是與鯊魚搏鬥的結果。佟寶駒曾經很著迷於這類海上冒險故事，但漸漸長大後，他明白真相絕對沒有那麼精采，甚至很可能非常沒有意義。因為在父親這種莽夫身上，經常發生毫無價值的失去與犧牲。

「你的食指，為什麼斷掉？」

佟守中沒有預期到這個問題。他懷疑這是一種嘲諷，決定不回答。

佟寶駒解釋道：「那個外勞的手指和你斷在一樣的地方。」

佟守中收起手指，突然放聲斥責：「為什麼你就這麼不喜歡這裡？你為什麼非要幫那個外勞？」

「我到底為什麼要喜歡這裡？」

「這些球具，這個場地，還有很多人的工作，都跟雄豐船業有關。」佟守中把菸頭踩熄，看向場上正在練習的孩子們：「你就算看不順眼，也得替那些孩子想想，這是他們唯一的機會。」

佟寶駒終於領悟父親態度反常的原因，也了解到雄豐船業的優勢不在於擁有製造威脅的資源，而在於對人類卑賤性格的了解。看著父親為了不失去工作，態度委婉、賣弄溫情，佟寶駒除了同情，還感到不齒。

「他們唯一的機會是離開這裡，就像我一樣。」佟寶駒說。

「你現在了不起了？你以為自己是誰？那些法律還不是那些白浪定的？你不過是走狗而已。」

「你想知道我在 Kaniw 家裡發現什麼嗎？」佟寶駒冷冷地說。

佟守中不再按捺脾氣，拿起手邊的球棒，指著佟寶駒說：「你就是一個番仔，番仔就是番仔。不幫自己人，比狗還不如。」

佟寶駒離去時，佟守中還不停地交雜著阿美語和臺語的髒話。他又看了一眼在球場上的孩子們，雖然很抱歉，但是他們並不是自己的責任。

對於父親，他無話可說。只是一個可悲又可恥的老頭。

15

週日早上的NBA轉播是佟寶駒一週最快樂的時光，如果有猶他爵士的轉播就更棒了。不過好在猶他州因為摩門教的傳統，星期天都沒有球賽。因此比賽落在禮拜六的機會就比較多，換算臺灣時間剛好是週日早上。

佟寶駒喜歡爵士隊並無宗教理由。他對那些穿西裝騎腳踏車的白種人沒什麼興趣。宗教在他生命裡沒有帶來任何影響，除了曾經躲在和平之后天主堂念過幾年書這件事外。當然，嚴格來說那也不是什麼宗教體驗。

佟寶駒認為自己從未犯錯，既然沒有做過傷天害理的事情，如果上帝（或任何其他超自然力量）無法理解並體諒自己對信仰的冷漠，那他也無話可說。他對上帝唯一的期待就是保佑猶他爵士有一天得冠軍。

佟寶駒端出一盤剛蒸好的燒賣，坐到電視前配著球賽轉播，沾上甜辣醬吃起來。結果吃太急，燙到嘴唇，一陣火辣刺痛襲來。

佟寶駒發出哀號。手機卻在此時響起。

佟寶駒口齒不清地問：「喂？」

林鼎紋：「死番仔，又在潛水喔？」

「對啦。」

「晚上一起吃日本料理？」

「你請我我就去啊。」

「當然我請啊。」

林鼎紋和他約在一間名為「響」的日本料理店。佟寶駒直覺事情不大對勁。林鼎紋很少不和他互噴幹話，也從來沒有約他去吃過高級日本料理。

「如果要講秘密的話，那邊不適合唷。」佟寶駒曖昧地說，但林鼎紋似乎沒有聽出他在開店名「響」的玩笑。

「到了再說吧。」林鼎紋的語氣分外認真。

掛上電話，佟寶駒想起很多電影場景的反派作惡前都喜歡品嚐日本料理。究竟是電影影響了人的行為，還是確實這個世界上很多邪惡的計畫都是在日本料理店裡展開的？

「響」其實很安靜。服務生領著佟寶駒走過黑色茶鏡夾成的走廊，深色巨型磁磚反射著天花板上的包浩斯風格水晶燈，若要說這是新世紀概念的日本皇宮，佟寶駒也不會意外。每個包廂的門上都有一尊乳白色琉璃製成的海生動物，風格狂野，型態各異。

最後他們停在「僧帽水母」那扇門前，服務生敲門後，輕手輕腳地打開門。

佟寶駒一坐下，林鼎紋便為他斟上茶，說這間要三個月以前訂位，他是透過好多關係才安排到的包廂。

桌前放著一張碎金和紙印成的菜單，上面按照出菜順序（開胃菜、刺身、煮物、炸物、燒物、主食、甜品），簡單寫著食材名稱，包括和牛、海膽、海蝦、活雪蟹、黑鮪魚腹等等。沒有華麗的詞藻包裹，一看就知道是絕對純粹的頂級料理。

開胃菜連著冰涼的清酒送了進來。

林鼎紋仔細夾起海膽，配著一口醋飯送進口中：「外勞那件現在進行得怎麼樣啦？」

「按照你說的，先從事實部分下手。不過滿棘手的，被告啥也不說，語言又不通……。」

佟寶駒說：「不過還是有一點進展啦。」

「說來聽聽。」

「兇刀可能不是被告帶去現場的，這可以排除預謀的主觀犯意，讓我們有重新建立案件理論的空間。」佟寶駒再度擺出招牌手勢：「犯罪事實，正面對決！」

「這樣啊，還有嗎？」

「沒有。」佟寶駒並非刻意省略電話的事，畢竟還不確定是否與兇案有關，也沒有交代清楚的必要。

「你打算聲請調查什麼證據？」

「還在想啊。」

「通聯紀錄呢？你有想要調查這一塊嗎？」

佟寶駒假裝好奇：「為什麼要調查？」

林鼎紋想了一下，搖搖頭：「沒有，只是隨口問問。特地跑回去現場，結果就只有這樣啊，真不划算。」

「我沒有跟你說過我回去現場吧？」

「是，沒有，我猜的啦。」林鼎紋頓了一下說。

「通聯紀錄也是你猜的嗎？」

林鼎紋見佟寶駒多少看穿他的心思，放下筷子，表情變得正經：「雄豐船業……知道吧？臺灣前三大遠洋漁船企業，去年黑鮪魚捕獲量全臺灣第一，全世界第三。光是周邊產業就有數十億產值。他們老董前天來事務所，說要簽法顧契約，以後他們公司和關係企業的案子都要讓我們來做。」

「條件是？」

「他們想要你配合一下。」

「怎麼配合？」

「忘記我之前說的。」林鼎紋說：「總之，這個案子，走個過場就好。不要聲請調查證據，不要節外生枝⋯⋯。」

「不要精神抗辯。」佟寶駒接話。

林鼎紋滿意地點點頭：「重複一審的答辯就好，不會有人說什麼的。」

佟寶駒遲疑了。他肯定鄭峰群死前撥出的那通電話，和這一切有關。按照雄豐船業提出的條件，那對事務所來說可是一筆大生意。能夠不計情理、毫不遲疑地提出這樣優渥的條件，顯然背後有著更大的計算。

此時服務生輕敲門，送進一盤鮮嫩肥美的黑鮪魚腹刺身。

「這是招牌，不要沾太多醬油，一點點哇沙比就好。」林鼎紋將黑鮪魚推向他：「寶駒，這是我們的機會呀！」

「所以，他們和這個案子到底有什麼關係？」

「我沒問，我也不想知道。」林鼎紋說：「殺人償命嘛。那個外勞在臺灣無親無故，事情可以很單純。」

佟寶駒看著林鼎紋興奮的表情，想起 Abdul-Adl 那瘦弱如鬼魅般的身軀、在球場上揮汗練習的孩子，還有佟守中周遭那些沒有臉孔的族人。

「臭番仔，你真是撿到寶了。」林鼎紋把話說開後，便肆無忌憚地勸說佟寶駒：「我們倆是什麼關係？你以前加分考上大學，那段苦日子還記得嗎？要不是我罩，你能畢業嗎？現在輪到我們哥倆出頭了，沒道理不相信我吧。」

佟寶駒看著他良久，才淺淺一笑。掄起筷子向黑鮪魚腹招呼過去。

林鼎紋說的沒錯，這真是走運了。這件事若發生在幾年前，可能還沒有這個機會。既然已經決定要退休轉職，就該義無反顧。海濱命案不過是他法律生涯中經手案件的萬分之一，沒有什麼理由特別留戀或放不下。其實剛發現的新線索，根本還稱不上證據，要說是個冤案也不至於。更何況，自己不過是法庭上的一員，往後還有三審，若要說責任，也不應該由自己去扛。

佟寶駒按照林鼎紋說的，克制地在黑鮪魚腹沾上一點醬油和哇沙比：「在海裡，誰游得快誰就是王，就搶占食物鏈的頂端。你知道鮪魚能游多快嗎？」

林鼎紋頗感興趣地看著佟寶駒。

「牠們的瞬間游速可以到每小時一百六十公里。我們一般以為的掠食者，像是鯊魚、鯨魚或者海豚，最多也才六十公里，」佟寶駒欣賞著筷子末端的魚腹說：「更不用說成年黑鮪魚體重可達兩百五十公斤以上，就像砲彈一樣，鯊魚看到還要躲嘞。」

佟寶駒將黑鮪魚腹送進口中，立刻體驗到那溫潤彈牙的口感。林鼎紋看他滿足的表情，點點頭表示贊許。

「可是你知道鮪魚的天敵是什麼嗎？」佟寶駒說：「一公斤二百五十元的鯖魚。」

林鼎紋似懂非懂。

「鯖魚這種魚，味道特別腥香，是鮪魚的最愛……，」佟寶駒含著第二片黑鮪魚腹，略帶笑意地說：「鯖魚換鮪魚。這種划算的生意，是笨蛋才不做。」

林鼎紋咧開嘴，也夾了一塊黑鮪魚腹。

佟寶駒將服務生招呼來：「我要一瓶你們這邊最貴的紅酒。」

林鼎紋本欲開口，但為了面子也不好拒絕。

佟寶駒看著他，露出微笑，並對服務生補充道：「一人一瓶。」

林鼎紋這才轉過腦袋，佟寶駒既然答應下來，這點錢就當業務開發費用，報銷掉也沒什麼。

他倆拿起酒杯，胭紅色在杯子裡晃動，散發出一股木質香氣。

林鼎紋說：「敬法律。」

「敬黑鮪魚。」佟寶駒咧開嘴笑：「敬漁夫。」

兩人對飲而盡。

16

連晉平為了寫答辯狀，借了好幾本論文，還影印厚厚一疊資料，成天就在電腦前敲打。連續幾天都加班到晚上。

林芳語見他這麼認真，卻有些不解。

「好端端地幹嘛選這裡？」

「嗯？」連晉平專注在卷宗上，沒聽清楚。

「我說，以你的條件，應該可以選其他單位吧？」林芳語補充說：「更涼的。」

連晉平停下手邊工作，像是在思考什麼。當初分發時，連正儀確實曾經想安排他到司法院服役。因為「那是司法的最高機關，資源好環境好，多認識點核心人物對未來有幫助」。

可是連晉平最終婉拒父親，執意要來高等法院的公設辯護人室。他沒有對父親說明理由，因為理由不過是件非常小的事。簡單來說，他是為了佟寶駒而來。

「偷一個紙箱……應該判多久？」連晉平緩緩地回憶：「國中暑假，我爸經常帶我來法院。他在忙，我就到處晃，去每個法庭旁聽。所以我很早就知道，電影都是騙人的。程序很無聊啊，但是，人很有趣，各式各樣的人……各種奇怪的故事。

「有一個拾荒老人，撿了幾個破爛箱子，被失主告竊盜。加重竊盜喔，因為他口袋裡有一

「我答應你什麼？公子啊，這是我的案子，不是你的！」

佟寶駒突如其來的反彈，連共事多年的林芳語也感到訝異。連晉平見溝通失敗，倍感失望，悻悻然地走出辦公室。

其實佟寶駒內心很佩服連晉平能寫出這樣的答辯狀。

連晉平的論述主軸相當明確：原審鑑定報告的判斷基礎薄弱。由於 Abdul-Adl 並非臺灣人，完全無法取得病史、親友訪談等間接資訊，加上鑑定時並非使用母語，導致未能正確判斷其精神狀況，更嚴重影響「教化可能性」等重要量刑依據之判斷。

雖然連晉平的用字遣詞尚嫌生澀，但處處可見對於現行精神鑑定程序病灶的深刻批判。然而，佟寶駒非常清楚臺灣司法的現實，尤其是預算、戒護成本，以及法院的保守態度，導致精神鑑定的功能極其有限。

況且，既然答應林鼎紋配合演出，最好不要把事情弄得太複雜。

佟寶駒並非全然沒有掙扎。然而工作這幾十年，什麼冤枉的案例沒見過？可憐之人必有可恨之處，他總是這樣看待自己的無能為力。公設辯護人不是一個能扭轉大環境的工作，他也沒有如此遠大的志向。在這個人生轉換的當口，更沒有理由去放棄難得的機會。

佟寶駒的決定與父親或其他任何人無關，只是單純為了自己。這並不高尚，但也不低賤。

這是他一輩子努力得來的機會。只要努力念書、努力考試、努力工作，就會有這種翻轉人生的機會出現。

更何況，就像林鼎紋說的，Abdul-Adl 殺人是事實，不管他受到什麼懲罰，都不足以彌補那個傷害。那麼，又何必延長痛苦呢？

18

佟寶駒再次登門拜訪 Leena。他堆滿笑容，把手上的禮盒交給 Leena。

「這個提拉米蘇，很好吃喔。」

「那個，不能吃。」

「這個素食的。」佟寶駒很得意自己如此周到。

「那個，有酒。」

啊！佟寶駒一拍腦袋。那還有什麼能吃？他想，但沒說出口。

佟寶駒接著拿出皮包，算好錢交到 Leena 手上：「這是上次的薪水。」

Leena 仔細地算好，收進口袋。

「下次開庭是九月。」

「我不去。」Leena 打斷佟寶駒。

Leena 由於移工身分，除了現有的看護工作外，不能在臺灣合法受僱，當然也無法成為法院的特約通譯，領取開庭的日費與旅費。佟寶駒為了請她協助翻譯，除了自掏腰包外，還必須私下為之。在這個節骨眼，還能上哪去找好配合又便宜的通譯？佟寶駒只好提高價碼。

「一小時九十元？一百？」

Leena 搖搖頭。

「一百一十？這樣已經很多了耶。」

Leena 緊抿著嘴唇，堅決搖頭。

佟寶駒知道即使是再多一點，還是比一般翻譯便宜得多：「一百一十五元！」

Leena 低下頭，她不是為了爭取更好的價錢而保持沉默，而是對於要上法院，甚至是再見到 Abdul-Adl，感到相當不安。然而這筆意外的收入的確有無比吸引力。當通譯一次的酬勞，等於印尼家人一個禮拜的生活費。為什麼不？

「一百二十啦！」佟寶駒刻意露出責備的眼神，暗示她的貪婪：「只有你能幫他了。你們是同胞耶。」

「坐車也算。」

「啊你這個外勞……。」佟寶駒內心稍作計算後，假裝勉強地同意。反正認罪也不會開太多次庭，他感覺自己是做生意的天才。

Leena 則在內心說服自己，是為了幫忙 Abdul-Adl 。這筆錢對得起任何人還有安拉。

開庭當天，Leena 提早抵達法院。這是她第一次走進法院，抑鬱的氣氛馬上讓她覺得後悔。一名庭務員突然大聲點呼當事人姓名，嚇了 Leena 一跳。接著鐵鍊拖行的聲音由遠而至，兩名法警戒護一名身著囚衣的被告與她擦身而過。她在狹窄的走廊上不知該往何處躲，只能雙手緊緊環抱著背包，就近在身邊的長椅坐下，試著穩定呼吸。

連晉平出現在 Leena 身旁，輕輕按住她的手臂，示意她不要緊張，然後拉著她走進一間法庭。

「這裡可以坐一下。」連晉平說。

這間法庭內燈光半暗，一個人也沒有。連晉平身為法院替代役，與其他弟兄經常會待在這種休庭的法庭中瞎混打屁。今天他特別知道 Leena 要來，已經事先打聽好哪間法庭可以暫時讓她休息。

Leena 在旁聽席坐下，這才擠出一絲微笑。

「你一定很緊張……我也沒有開過庭。」連晉平試圖安慰她。

Leena 似懂非懂。兩人之間一陣沉默尷尬。連晉平起身，走向被告席。

「Abdul-Adl 會坐在這個位置，你等一下就坐他旁邊。法官坐在台上，檢察官坐在對面。」

「寶哥呢？」

「他會和你們坐在一起，比較靠近法官這邊……你按照寶哥說的翻譯，他會一點英文，應該沒問題。」

「寶哥會說什麼？」

連晉平擠出微笑，卻沒有回答。他也不知道。

佟寶駒在辦公室的窗台邊發呆，他已經準備好開庭了，或者說沒有什麼需要特別準備。不過就是一件極其普通的案件，屬於極其普通的公設辯護人日常。

有那麼片刻他放空了，眼神在司法大廈那些古老的磚瓦上隨意遊走。接著他注意到中庭鐵柵門外有幾個熟悉的身影。首先他辨識出洪振雄與林鼎紋，接著出現的是彭正民與佟守中。佟寶駒對前者並不意外，但父親的現身讓他心裡有什麼苦澀的東西流洩出來。

彭正民對洪振雄說了些什麼，並把佟守中介紹給他。佟守中欠身示禮，皺紋堆擠出的笑容，佟寶駒從未見過。洪振雄才拿出香菸，佟守中便連忙從口袋掏出打火機，點火前還下意識地在褲子上抹了抹，好似火焰也會沾染他手上沖洗不掉的汙漬。洪振雄拍拍佟守中的肩膀，逕自抽起來。佟守中就這樣站在旁邊看著，附和洪振雄和彭正民說的每一句話。

佟寶駒發現自己無法將視線自父親身上移開。他想起三十年前佟守中滿手是血的那個夜裡，他看起來有多麼巨大。自此之後，父親不斷在縮小，像是他身體裡有什麼耗盡了，剩下的日子便在不斷消退中度過。佟寶駒未曾有一天為此感到難過，人總是要不斷變換形式地生活下去，尤其是當你的存在無足輕重，當你的聲響不帶回音。

那是父親的問題，不是我的。

他們沒有選擇，我有。那是我贏來的尊重。

開庭前，佟寶駒在走廊上遇到洪振雄領頭的眾人，他刻意不引起注意側身通過，但是洪振雄卻走向他，拍拍他的肩膀，表情像是在複述他上次的那句話「大家都是自己人」。

洪振雄的舉動跨越了那條幽微的線，那份大家私下配合不張揚的默契，或許是出於壓倒性的自信，或許是出於從未受到挑戰的自妄。佟寶駒想起鮪魚和鯖魚的故事。

他們沒有選擇，我有。有選擇的是漁夫，沒有選擇的是鮪魚和鯖魚。直到佟寶駒看見佟守中望著他的表情，竟帶著嘲諷，嘴型像在說「番仔」。他才終於意識到，自己對卑微有多麼痛恨。

佟寶駒接著看見連晉平與 Leena 站在遠邊望著他。連晉平的表情先是困惑，然後明白。佟寶駒別過頭，有什麼壓著他喘不過氣。

開庭時，審判長先確認 Abdul-Adl 是否認罪。佟寶駒答不認罪。審判長對此並不訝異，但他接著問答辯理由，佟寶駒的回答卻讓在座所有人始料未及。

「被告心神喪失，無就審能力，按刑事訴訟法第二九四條規定，請求停止審判。」

佟寶駒說罷，轉向旁聽席的洪振雄、林鼎紋，以及和他們坐在一起的彭正民與佟守中。他面無表情地，緩緩地掃視那群人。

洪振雄感到強烈不安。這是什麼意思？為什麼和說好的不一樣？

「理由？」審判長按耐著脾氣問。

「被告有自閉症……類群障礙。」

連晉平在旁聽席中感到無比振奮。

「你有什麼證明？」

「沒有。」

旁聽席一片譁然。

「所以我們主張必須重新進行精神鑑定。」佟寶駒平淡地說。

一股熱流在連晉平心中流竄。他認為佟寶駒是被自己的答辯狀所改變。一旦提出了精神抗辯，就表示辯護任務不再侷限於事實認定，量刑的討論將更完整，而訴訟由此開始將會非常不一樣。

「除此之外，我們聲請調取案發當晚，死者鄭峰群住處的市話通聯紀錄。」

洪振雄臉色一沉，周邊的人都感受到一種無形的壓力襲來。

「待證事實[14]是什麼？」審判長問。

「我們有充分理由認為當晚死者遇害前有撥打電話給某人，」佟寶駒說：「那個人或許能夠為我們解答殺人背後的真相。」

14 待證事實係指與案件有重要關係，必須透過證據方得釐清之事實。聲請調查證據時必須一併說明待證事實。若待證事實與案件無關，或無調查必要，法院得不調查該證據。

(三)交互詰問

聲光效果俱佳的企業酒會，台上歌手奮力唱著，衣冠楚楚的人們在高腳桌中流轉。

1

蔣德仁端著葡萄酒杯，和一群體面的男女笑談著。突然他瞥見洪振雄站在遠端，面無表情地望著他。身邊還站著一群隨行人員。

蔣德仁心頭一緊，藉故和身旁的人暫別後，走向洪振雄。

此時音樂告一段落，歡呼聲掩蓋了耳語。人牆之中，洪振雄攀住蔣德仁的肩膀，將他拉到眼前，噴出酒臭的鼻息。

「怎麼還要我找你？」

「司法的事，沒有那麼容易。」蔣德仁謹慎地回答。

「這不是我自己的事，么壽阿豆仔都等著弄我們……總統不守護漁業，談什麼臺灣價值？」

「司法的事情，不是……」

洪振雄大力拍著蔣德仁的胸脯，打斷他的話：「我從沒有少給過老闆……你也拿了不少，不少喔，蔣先生。」

「你要我怎麼做？」

「你知道黑鮪魚的英文是什麼嗎？Bluefin Tuna。我以前不懂，明明是黑色的啊，後來我才知道，黑鮪魚活著的時候，魚鰭是藍色的。哈哈哈哈，我沒看過活的啊，哈哈哈哈。」洪振雄沒有憐憫的眼神像把刀橫在蔣德仁面前：「臺灣人為什麼強？因為我們知道有些東西，必須死了才有價值。」

洪振雄拍拍蔣德仁的臂膀：「少喝一點，有時候，走路也會出代誌。」

蔣德仁知道那是什麼意思。

2

陳青雪眼前的這幅工筆畫，中央端坐一尊神情尊嚴的觀世音菩薩，祂的姿態平靜，卻給人一種俯身向前的威嚇感。最特別的地方在於祂的手勢。右手自然下垂，掌心向內覆於右膝，指尖觸地；左手則掌心向外伸出，手指自然下垂。

此組手印搭配極其罕見，右手乃觸地印，相傳佛陀在修行成道時，群魔亂舞阻其清修，佛陀便以右手指觸地，令大地為證，終使魔王懼伏；左手施願印，看似要求實則給予，普渡眾生施願允求。

然而這幅畫真正特別之處在於祂的左手含握著一把寶劍的劍鋒，仔細端詳能看出其上裂痕交錯。整把寶劍的畫工向劍柄處漸次黯淡，按其方向，像是觀畫人即持劍人。

陳青雪從未見過這樣的設計。她第一次看見這幅畫的時候，便被其整體意向所吸引。她直接聯想到西方世界的正義女神形象：一手持寶劍、一手持天平，雙眼被布條蒙住，象徵不問親疏只問是非的無私正義。

不過仔細思量，兩者卻有極大差異。這畫中菩薩雖然威嚴，但卻以手握劍鋒，毫無殺氣。畫師向陳青雪解釋，這幅畫的真意必須透過菩薩身旁的狂草書法才能理解：「念彼觀音力，刀尋段段壞。」

此偈頌出自於《妙法蓮華經．觀世音菩薩普門品》，係指不論有罪或無罪，只要受刑人呼求，觀世音菩薩便會無條件救度，使刑具斷毀。

陳青雪問即使是死刑犯也一樣？畫師點點頭。

陳青雪買回畫後，將它帶回天母的住處，掛於禮佛的小桌前。

她與先生同住，兩人沒有子嗣。除了少數極其親近的親友，無人知道她是佛教徒。她從投身司法部門的第一天開始，便刻意隱藏這件事。她相信自己有一天會站上改革的頂峰，所以任何會影響她公正理性形象的事物都必須隱去。

宗教便是其一。

就如同世界上大部分的信仰者，她對信仰有疑惑，也有取捨。她不認為自己特別虔誠，只是很受佛法的某些觀點吸引。她常以批判的角度審視佛法，透過各種辯證方式去體驗其中真義。這樣的角度讓她能夠避免迷信，並看穿偽善。這才是佛法對她的意義。

臺灣最大的庶民信仰揉合佛、道思想令常人難以細辨。不過臺灣人其實也沒有要搞清楚的意思，他們鄉愿、濫情、理盲又迷信，選擇信仰更多是出於功利與便宜的動機。對於宗教一知半解之人佔大多數，他們經常高舉宗教大旗，卻別有用心；聲稱謙遜虔誠，實際上違逆又霸道。

死刑便是最好的例子。

佛法五戒，不殺生戒居首。雖然講求「因果業報」，但是「自業自得」。報應是客觀公正的，輪迴不假他人之手，而適如其分地自然發生。因此佛教經典中明白指出，即使是司法人員基於職責追訴、審判或執行死刑，都是觸犯殺生戒，而必須墮入大苍地獄接受懲罰。

許多執法人員自詡佛教徒，供香供禮，卻滿心殺戮，稱「求其生而不可得」，標榜「我不入地獄誰入地獄」；一般民眾期待死刑犯抄寫佛經，喜見受刑人於佛前懺悔，在押解刑場的沿途播放佛音，都是一樣的邏輯。

佛只是藉口，他們信的是自己。

這就是偽善。

陳青雪認為宗教始終只是一種說法，不應該成為世俗事務的目的或者動機。佛法反對死刑，但也不能立證廢死的正確性。沒有宗教可以。她掛起這幅畫，其實與廢死的理想無關。她支持廢死的理由極其純粹：人命高過一切，而人性源自於此。殺是本性，不殺是人性。

許多廢死團體的論述要不是過於矯情，就是清高超脫，以致常人無法接受。陳青雪認為，不需要同情死刑犯，也能夠支持廢死，才是廢死的終極意義。「不殺」不是手段，而是目的。雖然她明白這樣的想法，竟也有些宗教意味。

陳青雪將佛法置於世俗生活之後的態度，也反應在她的性生活上。

佛教雖然戒邪淫，但她從未有此顧慮。即使婚姻狀況穩定，但她並不排斥與第三人發生關係。她並非濫交之人，也從未以肉體交換利益。雖然必須是自己欣賞的人，但她會排除任何可能造成麻煩的對象，以不危害自己日常生活與仕途為前提，享受性愛的快感。

陳青雪的婚姻已經維持二十年，她的先生是某銀行的高級主管。兩人雖然不討厭小孩，但是一直沒有結果。他們也不強求，並未特地檢查身體，或者求神問卜，只是順其自然。先生是個耿直單純的人，從未反對她追求任何理想。家庭生活的氛圍總是平實而又穩健。

這是一個政治家最夢寐以求的家庭。陳青雪在和蔣德仁做愛時，總是這麼想著。

她和蔣德仁的關係開始於那次他意在言外的提醒。自此之後，陳青雪開始會主動向蔣德仁探尋意見，兩人往來逐漸密切。她最喜歡蔣德仁講述理念時的眼神，還有他低沉溫暖的聲線。

他們的第一次發生在蔣德仁的辦公室。當晚兩人談完公事後，聊起彼此喜歡的音樂，蔣德仁為她倒了威士忌，拿出珍藏的CD。

在布拉姆斯的C大調第一號鋼琴奏鳴曲中，蔣德仁進入她的身體。

他們通常會約在大直的那幾間高檔酒店。為求保險，他們會開各自的車，訂不同的房間，然後擲硬幣決定該去誰的地方。蔣德仁唯一的壞習慣是酗酒，酒味總不那麼好聞，但陳青雪從未挑剔。因為他酒後動作粗魯，卻射得比較快，是她認為最舒服的狀態。

陳青雪最喜歡以女上男下的體位，尤其是用蹲坐的方式結束性愛。蔣德仁很訝異她有這樣的體能，常虧她掌控欲太強，但她只是覺得這個姿勢帶來的快感最為強烈。

有時候他們也會約在陳青雪家，在各種角落做愛。當然也包括那幅觀音畫像前。

3

「特赦邱和順？」蔣德仁用棉被包裹著下半身，神情顯得輕鬆但疲憊：「不可能。」

「我想修正《執行死刑規則》。」陳青雪坐在床邊，正將戒指重新戴上：「一旦死刑犯請求赦免，除非有總統駁回的書面文件，死刑不會執行。」

「特赦法沒有這樣的規定。」

「赦免只有總統可以決定，但總統卻老是丟給法務部研議。」陳青雪說：「問題是完全沒有審查標準與程序，法務部能決定什麼？最後就是不了了之，總統連回覆都不需要。」

「如果以赦免與否作為死刑執行的前提，那司法判決豈不是名存實亡？沒有違反權力分立嗎？」

「明明聲請了特赦，卻什麼回音都沒有，突然有一天就被拉出去槍斃，難道不是行政權的恣意嗎？你覺得是一個法治國家應該有的現象嗎？」

蔣德仁接受陳青雪的說法。他知道赦免法的修正並未直接挑動死刑問題的核心，也不涉及個案，又能展現改革心意，算是相當討好的政策，便點頭答應：「我會和老闆提。」

陳青雪從蔣德仁身上退開，未刻意遮掩，優雅地拾起衣物穿上。

蔣德仁拿起酒壺，欣賞稍縱即逝的裸背，然後望向牆上那幅菩薩畫像。

「我不知道你信佛。」

「沒有人知道。」陳青雪接著解釋：「信仰這種東西，說出來就不純粹了。而且我不想被貼標籤……我要做的事，和宗教無關。」

「你是說廢死？」

陳青雪聳聳肩，不置可否。

「所以為什麼？」蔣德仁追問。

「人權的事，還需要什麼理由？」

「可是你的人權，好像比一般人高尚。」

「因為我不是一般人。」

「佛教不是眾生平等嗎？」

「劉邦約法三章，殺人者死，是兩千年以前的事。一般人不能理解法學，也不想理解，所以他們需要我這種人，替他們思考、做決定。這就是現代國家的運作方式。如果，我繼續支持殺人者死這種無腦邏輯，豈不是辜負了他們？」

「優越感是很危險的東西。」

「就算沒有優越感，我也很危險。」

陳青雪的笑容勾人。

蔣德仁愣了一秒，才意會過來。這下真的無話可說了。他望著陳青雪的笑容，決定把話說開：「你為什麼對『平春十六號』有興趣？」

陳青雪停下動作，試圖隱藏自己的訝異。她確信自己的行動非常低調，但顯然還是觸動了某些人的底線。

蔣德仁補充道：「去年大選。總統宣示會守護臺灣漁業……你知道，也不是什麼見不得人的事。」

「那和海濱命案有什麼關係？」

「明知故問。」

「我不知道。我沒有找到什麼有用的資料。」

「漁業是幾百億的產業，是一條非常敏感的神經。海濱命案……青雪，不是每件事都必須和死刑有關。把兩件事分開會比較好。」

陳青雪點點頭，戴回婚戒：「好。」

蔣德仁看見她的婚戒，別過頭，又灌了一口酒。

陳青雪伸出手阻止，態度溫柔：「少喝點。」

蔣德仁放下酒壺，拴上蓋子：「下禮拜你什麼時候有空？」

陳青雪有些意外，好像有什麼不成文的規定被說破了。

蔣德仁連忙解釋：「不是，下禮拜比較忙……想說先確定一下。」

陳青雪微笑，但沒有回應。

4

陳青雪思考過，海濱命案若非涉及國際司法互助或人口販運的問題，否則法務部並沒有著力點。她也不是非得做點什麼，畢竟這個案子距離判決定讞還有一段時日。只是蔣德仁的話讓她有些警醒。死刑案大多是可以拖延的——法律上或程序上都有空間——除非，涉及政治。

死刑為政治掩護的例子屢見不鮮。二〇一〇年的ECFA爭議、二〇一三年執政黨高層涉及弊案連環爆發、二〇一四年反服貿衝突……哪一次不是靠執行死刑來轉移焦點？這是陳青雪無法克服的問題，甚至比起民意更讓她擔心。

海濱命案若在二審不能提出有力事證，一旦進入三審，能夠翻盤的機會就更小了[1]。這其中的關鍵，就在辯護人佟寶駒身上。陳青雪想著，不論蔣德仁的善意提醒有幾分認真，為了掌握更多資訊與籌碼，或許該找個時間見見佟寶駒這位老朋友了。

他們的交會發生在那個最興奮躁動的年代。

一九九〇年的臺灣在當代的政治人物心中並不陌生。當年三月政爭引發了野百合學運，後續影響了《動員戡亂時期臨時條款》的廢除，以及萬年國代的退位，為臺灣脫離威權時代、追求自由民主之路線揭開了序章。

參與學運的許多學生幹部，日後都成了政壇要員。當時還是臺灣大學法律系大三生的陳青雪，也在中正紀念堂廣場上，參與了這個歷史的轉捩點。然而當學運決策小組未經全體學生同

1 刑事訴訟第三審為法律審，只能針對法律適用當否為審查，而不能再爭執犯罪事實或提出新證據。

意，擅自與李登輝見面交涉時，深感背叛的她毅然地離開了廣場。在她心中這朵百合非但不野，還很虛假。

學運只維持了七天，最終是由取代決策小組的校際組織，以請願方式向李登輝表達立場作結。那些幹部們口中的主體性、自由與愛，在陳青雪看來都成了笑話。心中悲憤不已的她，於學生退場後隔夜，與親近的幾位讀書會成員重回廣場，將留置在原地做為學運精神圖騰的野百合塑像焚毀。

隨後陳青雪與她的讀書會小組，將目光轉向正要掀起另一場風暴的原住民族運動。在九〇年代前段，威權體制逐漸瓦解之際，臺灣政治運動更趨多元，原住民族權益法制化的聲浪，也在此時進入最高峰。原住民族展開街頭抗爭，不僅要求政府獨立設置臺灣原住民族委員會，更以「臺灣新憲原住民族自治條例宣言」，強調權益入憲、原民正名之議題，正式揭開原住民族憲法運動。

大四那年與佟寶駒在辯論比賽中對壘後，陳青雪便對他留下了深刻印象。由於抗爭日趨頻繁，為了擴大組織與人力，陳青雪便有了網羅佟寶駒參與運動的想法。一來他是少見的原住民法律系學生，二來是佟寶駒身上那份通權達變的氣質，很適合街頭行動。

陳青雪轉了兩次公車才抵達輔大，經法學院辦公室的秘書聯繫，在輔大男宿的地下餐廳找到佟寶駒。他正捧著一碗乾麵吃著。

「為什麼山胞就要關心山胞的議題？」這是佟寶駒給她的回答。

「這不只是你個人的事，這關係到你的族人。」

「你認定我為山胞的理由是血統還是生活狀態呢？是我心中的認同，還是長相外觀呢？」佟寶駒抱起胸，頗具興味地看著陳青雪：「還是我的口音？」

陳青雪這才發現佟寶駒的國語幾乎沒有口音。她了解這個問題的弔詭與陰險，但明白佟寶駒在意的不是答案。他只是在刁難自己。

「我在說的是身分，是你的文化傳統，不是你的狀態或特徵。」

「文化？我是熟番[2]，已經沒有文化傳統了。」

「作為一個知識分子，你不覺得這是一個問題嗎？難道你沒有責任要改變這件事？」

「我不能決定自己的身分，那麼對應於這個身分的文化，還有因此而生的責任，也不應該強加在我身上吧？」佟寶駒說：「臺大高材生，你所謂的民族自決，難道不能容許我這樣的人存在嗎？」

「那我問你，你喜歡被稱為山胞嗎？」

2 此用語來自大清帝國對臺灣原住民的分類模式。「熟番」為接受帝國管理並繳納賦稅的原住民，不接受漢化的則稱為「生番」。日據時代改作「蕃」，原住民常戲稱自己從動物變成植物。

這個問題看似簡單，實則無從回答。山胞一詞畢竟帶有貶意，陳青雪藉此點破佟寶駒的詭論。身分是一個事實，不論心中取向或現實狀態，被命名框架是逃避不了的問題。

見佟寶駒有些遲疑，陳青雪沒有打算要刁難他：「正名也是我們的主張之一，不再稱呼山地族籍人士為山胞。」

「那要稱什麼？」

「原住民。」

「如果我加入你們，可以推動正名為前地主嗎？」佟寶駒說：「說不定可以拿土地補償費。」

陳青雪咧開嘴笑：「我們去喝杯酒吧。」

「你是平常就會約長得不錯的男生喝酒，還是單純以為只要有酒，原住民就能和你當朋友呢？」

「你長得確實不錯，我也認為酒能拉近我們的距離，」陳青雪說：「但我沒有要請你的意思。」

「不用請我酒，請我吃飯就好了。」佟寶駒露出迷人的笑容。

兩人接著坐公車到萬華一帶的小吃攤。

陳青雪點了炒海瓜子、涼拌地瓜葉、炸蚵仔酥還有一些滷味，並叫上一瓶臺灣啤酒。她為佟寶駒斟上時，他伸手拒絕。陳青雪懷疑是不是原住民對酒有所偏好，但佟寶駒隨即很明確地說：「我是真的不喝。」

兩人雖然第一次見面，但氣氛熱絡，話題也從未中斷，從課業聊到了生活，又暢論起理想。不過提到原漢議題時，還是起了爭執。

「已經失去的東西，為什麼要找回來？找回來能讓我的生活變好嗎？」佟寶駒問：「我更在意的是實質的好處。」

「你覺得加分制度是一件好事嗎？」

「如果不是因為加分，我可能在為你蓋房子，你也不會請我吃飯了。」

「那是為了加速漢化原住民的政策，並不是在體恤原住民的困境。」

「可是我卻因此獲得了機會。這難道不重要嗎？」

「這種齊頭式的平等，對真正弱勢的人一點幫助也沒有。」

「我不夠弱勢嗎？相信我，我身邊很多例子，很多時候是他們自己不夠努力。」

「你為什麼就是不肯承認自己很幸運？然後看見自己同胞的苦難？」有點酒意的陳青雪，不加修飾地說：「在我看來很自私。」

「我很幸運？Holy 媽祖！那你又算什麼？中愛國獎券？」佟寶駒說：「你懂個屁苦難！在我看來只是故作姿態。」

者，死刑不能說不具正當性。

連晉平完全不能接受這樣的說法。如果死刑的目的在與社會永久隔離，那麼不許假釋的無期徒刑一樣可以。不僅關到死，還能保留平反冤案的可能。

支持死刑的人最喜歡問「若被殺的是你的家人？」這類假設性問題，那麼把動詞代換成「誤判」，結論顯然令人更不安。因為殺死被誤判者的，是標榜絕對正義的國家。

而且，人命怎麼會是數學問題？

Leena 像是在思考，卻帶著愁緒。她喃喃地說：「What if... he was mistreated?」（假如，他被不當虐待呢？）

Leena 心裡想著自己的遭遇，但不打算明說。這原非她的本意。她是真心對於正義的邊界感到疑惑。

連晉平則開始思索這個問題背後所隱藏的移工生命經驗。她的故事是什麼呢？在這個司法程序裡，Leena 肯定比任何人都還要能體會 Mistreated 的滋味。這是不需要代入艱澀理論也能產生的矛盾，但他卻沒有直接而明確的解答。

「臺灣的法律會保護他。」連晉平只能這樣回答，接著向她解釋佟寶駒的辯護策略，希望她能夠明白一切並非沒有希望。

Leena 專心地聽著，並不時發問。連晉平從她身上感受到不只是求知的渴望，更有一股溫暖的關懷。

Leena 又問：「為什麼要精神鑑定？」

「要知道他有沒有責任能力，Criminal Capacity。」連晉平試著解釋「責任能力」的概念：「他滿十八歲，有 Criminal Capacity，做錯事要處罰，但如果精神狀況不好，會影響 Criminal Capacity，不可以判死刑。」

Leena 點點頭，在筆記上註記重點。她不喜歡罪犯、殺戮與暴力，但是卻很想知道究竟法律是怎麼看待這些人這些事，又憑什麼？她知道這和 Nur 所說的是同一件事。她隱約感覺到一種很龐大的東西藏在迷霧裡，在她的經驗與認知以外，尚無以名狀。她想看清楚，確定那是什麼。那股情緒或許可以稱作不安，卻也有一種探索的喜悅。

當連晉平越興奮地解釋，Leena 的專注眼神便形成一種正面回饋，越是鼓舞著他。連晉平意外地產生一種虛榮感。這種感覺來自權威的優越與異性的崇拜。會有這樣的心情對任何年紀的男性都不算奇怪，尤其是面對 Leena 這樣聰穎感性的可愛女生。

Leena 最後問：「他為什麼殺？」

連晉平知道遲早要面對這個問題，坦然地說：「我們不知道。」

「這個很重要嗎？」

「重要。」

「可是你們不知道？」

連晉平解釋意圖與動機的差別。前者是犯罪構成要件，後者則是量刑因子。不論殺人的動機為何，都不會影響殺人罪的成立。Leena 似乎沒能理解，但連晉平對她說不用急，理解需要時間。

連晉平認為應該慰勞一下 Leena 學習的辛勞，也算一盡地主之誼。某次上課前，連晉平傳訊息要她晚餐別吃太多。他在有清真認證的餐廳買了巴東牛肉、薄餅還有兩杯椰漿西米露，約她到附近的公園走走。他們坐在長椅上，用薄餅沾著肉汁吃。這是連晉平第一次品嚐印尼的清真食物，覺得味道有些太強烈，但牛肉裡濃厚的椰漿與黃薑味道，配上椰汁西米露，讓八月天的臺灣夏夜，充滿十足的南洋風味。

Leena 說印尼的夏天沒有這麼悶熱，她的家鄉離海不遠，夜晚有涼快的海風。她笑起來的眼睛會瞇成一條線，連晉平突然很想看她放下頭髮的樣子。

後來每隔兩三天，連晉平都會按這樣的形式，和 Leena 分享印尼口味的食物，還有心情。他最喜歡的是羊肉串與糯米捲，Leena 則偏好牛肉麵。

可是連晉平沒有對李怡容提到這件事，不是怕她誤會，因為這本來也沒什麼。

6

在繁重家務與法律學習中，Leena 最大的安慰是偶爾能和 Nur 視訊。Leena 喜歡聽 Nur 分享她的生活與行動，好像自己也能參與其中。最近因為「健全家庭法草案」（Family Resilience Bill），Nur 和學生夥伴們在計畫新一波的抗爭。

二〇二〇年二月，印尼國會將「健全家庭法草案」列為任期內優先審查的五十項立法計畫之一。該草案不僅要求夫妻按傳統道德觀念分配家庭角色，更將強令 LGBTQ 人士進入康復中心進行矯正治療。

[#]「你為什麼這麼在意這些事情？」Leena 問。

[#]「不管是性別，或者是服儀，都是一樣的道理。政客總是將人分類，以便他們剝削和利用。」Nur 說：[#]「你有想過為什麼要戴頭巾嗎？」

[#]「因為我是穆斯林。」Leena 說。

她出生於虔誠保守的穆斯林家庭，在第一次月經後就自然而然地戴起頭巾。雖然擁有令人欽羨的茂密長髮，但她未曾想過頭巾是一種限制。

印尼語。

「那沒有錯，但你知道嗎？在我們這一代出生前沒多久，頭巾根本不是印尼常見的伊斯蘭服飾，甚至讓人覺得過於宗教狂熱。」Nur 說：「後來到了蘇哈托執政的後期，頭巾才漸漸以批判、反抗的象徵進入大眾生活，當時甚至與受高等教育的女性形象有高度關連。現在那些激進的保守主義者竟然認為頭巾與虔誠畫上等號，女性應該『服從』這項傳統，你不覺很諷刺嗎？」

Leena 想了想：「所以你不再戴頭巾了嗎？」

「怎麼可能，頭巾那麼好看。」Nur 笑著說：「我想戴的時候就會戴。」

Nur 總是這樣，極具說服力，又鼓舞人心。Leena 想起最近經歷的一切，平等、正義和人權，似乎都不再是遙遠的概念。她這輩子第一次，覺得自己好像真的能改變一點什麼。

Leena 終於向 Nur 坦承自己正在為死刑犯翻譯。Nur 收起玩笑的態度，認真地肯定面前這位看似困惑的朋友。

「這是一件很重要的事，你在做很重要的事。」Nur 說。

「我不知道……。」

「古蘭經說枉殺一人者，如殺眾人；救活一人者，如救眾人……。[3]」Nur 繼續鼓勵她：「人死了就什麼都沒有了，所以我們要為了活著的人而努力，對吧？向安拉禱告，祂會保護我們。」

Leena 點點頭，感激地微笑，但她心裡還是有疑問。如果喜歡上非穆斯林的男生，安拉還會保佑我嗎？

7

一隻青魽被左手按在砧板上，試圖掙脫。接著右手將神經絞斷器準確地插入魚頭，沿著脊椎推進到最深處。輕微攪動後，魚嘴緩緩張開，身體仍不自主地跳動。

右手換來一把生魚片刀，從魚鰓劃開動脈，血汩汩流出。

「這叫活締，日本仔發明的，最人道，魚肉也可以保持新鮮。」洪振雄邊說，邊以純熟刀法，將魚體俐落切開，處理為生魚片：「這刀真的不錯，我送給阿群一套，結果……大概殺人也仝款[4]好用。」

林鼎紋尷尬地笑。在這個昏暗的海鮮餐廳後場，那樣的玩笑話聽來過於陰森。

洪振雄將精心擺好的生魚片推向林鼎紋：「青魽，頂級的喔。」

「洪先生，之前的事，真歹勢。」

\# 印尼語。

3 古蘭經5：32。

4 臺語，kāng-khuán，一樣、沒有差別。

「林律師，不怪你，番仔有時候，痟痟。」

「我還是可以幫忙……。」

洪振雄聳肩，品嚐起生魚片，不置可否。

「我認識佟寶駒那麼久，他能有什麼招？以前在學校，都吊車尾，還不是靠我。」林鼎紋說。

洪振雄大口喝湯，發出極大聲音，表情享受。

林鼎紋見洪振雄沒有什麼反應，決定加強力道：「他說過，他可以證明兇刀不是被告帶去現場的。如果被告不是預謀，被判死刑的機率會大幅降低。」

洪振雄似乎感到興趣，看了林鼎紋一眼：「他還聲請重新精神鑑定耶。」

「確實比較麻煩，這牽涉到教化可能性……臺灣法官現在很膽小的，感覺是免死金牌。」

林鼎紋懇切地說：「讓我做你的顧問，我有辦法可以解決。」

「好！」洪振雄出乎意料地爽快。

林鼎紋露出欣喜笑容，開始享用眼前美食：「可是，洪先生，可以問嗎？你為什麼這麼在意這個案子？」

「林律師，你算數好不好？殺人、盜獵、洗魚、走私還有人口販運……這樣要關多久？」

洪振雄露齒而笑，齒縫間滿是魚肉：「我這輩子殺了多少東西，早晚要下地獄。但是呢，那是死掉以後的事。這馬[5]呢，我只想好好過日子。」

林鼎紋尷尬微笑。他現在才搞懂自己的魚網裡攬上什麼。

8

「洪振雄，就是那個洪振雄嗎？」

通聯紀錄的調查結果讓連晉平相當興奮。因為不僅查出收話人是洪振雄的個人手機，還確認通話時間與命案非常接近。

然而佟寶駒卻意外地冷淡：「Holy 麻煩。」

「這應該是重大突破吧？」連晉平說：「為什麼有這通電話？是誰打的？說了什麼？這些都很令人起疑。」

「他是敵性證人啊[6]。」佟寶駒抓著腦袋說。

佟寶駒的顧慮不是沒有道理。即使是友性證人，有時候都會脫稿演出，更何況是態度敵對

5 臺語，tsit-má，現在。
6 敵性證人，態度或證詞對己方不利之證人。反之則為友性證人。

的證人，由於無法掌握其證詞，即便出庭作證，輕則對案情沒有幫助，重則損害好不容易建立的案件理論。也就是說，洪振雄的證詞很可能會是一道雙面刃。

第一次審理期日將進行三名證人的交互詰問程序：Anaw、彭正民與洪振雄。

開庭前，佟寶駒披上法袍，感嘆地問：「你知道為什麼公設辯護人的袍子是綠色的嗎？」

「不知道。為什麼？」連晉平答。

「我知道還要問你嗎？」佟寶駒說：「醜成這樣，連書記官都比我帥，每次開庭氣勢都先矮半截。」

「可能是象徵環保。」連晉平說。

「可能是象徵史萊姆。」林芳語說。

「可能是象徵『綠師』。」佟寶駒面對冷笑話絕對不認輸，但沒有人聽懂。

佟寶駒走進法庭，看向旁聽席，彭正民和洪振雄已經入座，林鼎紋也陪在一旁。佟寶駒對此並不擔心，因為他從沒把林鼎紋放在眼裡。

令佟寶駒意外的是，佟守中也來了，卻與洪振雄等人分開坐著。佟寶駒不打算和這些人進一步交流，逕自走向被告席。

連晉平叫住他：「寶哥，加油。」

「輸了打手手。」佟寶駒對他眨眼。

Abdul-Adl 被法警帶進法庭，佟寶駒用 Leena 教他的方式打招呼。

「Assalam ualaikum.」（願真主保佑你。）

Abdul-Adl 點點頭，佟寶駒伸出手，他遲疑了一下，但還是緩緩伸出手。

Abdul-Adl 的手掌不大，粗糙又冰冷。佟寶駒突然抓住他的手，然後翻看他的斷指，請 Leena 為他翻譯。

「為什麼會這樣？」佟寶駒問。

Abdul-Adl 面無表情，沒有要答的意思。

9

交互詰問的流程，分為主詰問與反詰問。由聲請傳喚證人的那方先進行主詰問，再由他方反詰問。按此順序連續進行兩次。

第一名證人是 Anaw。他除了是正濱派出所的警察外，也是海濱國宅的阿美族住民。

檢察官的主詰問四平八穩。Anaw 一如預期地證述他在事發當天稍早，曾於社區入口處目擊被告兩次，被告的手提袋中裝著一只用報紙包住的長條狀物體，隱約可以看見的刀柄末端。

檢察官要求提示證物照片，請 Anaw 確認是他看見的兇刀刀柄。

「異議，誘導。」佟寶駒說：「不能讓證人看照片。」

「異議成立。」法官說。

檢察官改變問題：「請問證人，你看見的刀柄末端長什麼樣子？」

Anaw 回憶時有些遲疑，支支吾吾地：「有點像金屬，圓圓鈍鈍的，就是刀的樣子……細節我可能要看到照片才能確定。」

佟寶駒聳聳肩，輕鬆寫意。

輪到佟寶駒反詰問，他信步向前，對 Anaw 露出親切微笑。他倆自小認識，雖然佟寶駒稍長五歲，但這樣的差距在八尺門不算什麼。他們一起在水岸的泥地上打滾過，也同樣曾經跌進那個百人共用的屎坑裡。

佟寶駒不討厭 Anaw，但是有些事他必須做。

佟寶駒問：「你當時在執勤嗎？」

「是。」

「你當時有喝酒嗎？」

「沒有。」

「你今天有喝嗎？」

「沒有。」

「你具結了，要負偽證罪責任喔。」

「很早喝的，現在……沒有醉的感覺，很正常。」

「非常棒。」

旁聽席傳出竊笑聲。這一番問話其實並非佟寶駒的詰問主軸，Anaw 如何回答都不影響接下來的策略。佟寶駒只是要透過這些問題警告 Anaw 不要亂說話，因為他對這個場面，有絕對的主控權。

佟寶駒優雅地轉身，提示兇刀照片：「兇刀的刀柄是象牙質的，並非你剛剛說的金屬材質，為什麼？」

Anaw 想了一下：「事情那麼久了，難免會記不清楚。」

佟寶駒接著針對兇刀長度與手提袋深度的差距，還有目擊距離、角度等等事項，對 Anaw 提出詳細質問。Anaw 的態度開始遲疑、迴避，最後黯然退庭。

佟寶駒如此下結論：「這位證人是檢方就預謀殺人的唯一舉證……問題是，他根本無法肯定手提袋內究竟是什麼東西。檢方顯然過於武斷草率。」

第二名證人是彭正民。他身上的西裝顯然是全新的，材質廉價但還算合身，雖然和他飽經風霜的氣質不相符合，但確實增添了莊重的形象。他似乎不習慣這身打扮，走向證人席時，行動有些彆扭做作。即使他刻意不看向 Abdul-Adl，試圖維持中立形象，但那股濃厚敵意就連局外人 Leena 也感到不安。

彭正民從被告 Abdul-Adl 上船那天開始說起，對於他和船長之間的衝突與矛盾指證歷歷，包括他如何不受管教、偷懶裝病以及偷竊財物等惡形惡狀。

「海上工作風險很高，船員之間都要互相幫忙，他很不合群，讓其他船員在作業時很危險，船長扣他薪水也是合理的。不然要怎麼管教？怎麼向其他船員交代……，」彭正民這樣補充道：「跑船這麼久，沒見過這麼惡質的。」

透過彭正民的說詞，檢察官成功地建立一個海上兇險的圖像。船長鄭峰群是為了保護全船而與大海搏鬥的舵手，Abdul-Adl 則是比大海更深沉的怪物。

反詰問一開始，佟寶駒就抓起 Abdul-Adl 的手，將斷指高舉過頭，向法庭上所有的人展示：「請問證人，你知道他手指怎麼了嗎？」

彭正民看著 Abdul-Adl 的斷指，不帶情緒地說：「我不知道。」

佟寶駒早就預期這個答案，雖然沒有意義，但是個不錯的暖身題。

「你剛剛說的船上狀況，有人能夠證實嗎？」

「船上所有的人都可以作證。」

「所有人？就我所知，所有船員除了你和船長是臺灣人以外，其他都是外籍漁工，對嗎？」

「是。」

「你知道他們現在都在哪嗎？」

「我怎麼會知道，航程結束，合約結束，都返國了。」

「你跑船多久了？」

「將近二十幾年了。」

「在你的經驗中，航程一結束，所有外籍漁工就解散返國的情形發生過幾次？」

佟寶駒清楚地知道，這是前所未聞的狀況。一般而言，每個漁工的契約起迄時點都不同，不可能同時到期結束。況且船回港後，並不比在海上作業清閒。保養船舶、修繕器具、補充給養、留守顧船……這些都需要人力。就算流動再大，也不可能一次全部返國。

佟寶駒之所以這樣問，重點不在於答案，因為這題不論怎麼回答，對辯方都是有利的。如果彭正民說從未發生過，那就表示事有蹊蹺，船上的敘事可能有其他版本；反之，如果他答有，又不能具體指證，那麼如此不合理的答案將會減損他先前所有證詞的可信度。

彭正民想了一下，馬上明白這個問題的弔詭之處。當然，他沒有別的選擇：「沒有發生過。」

「二十年來，『一次』也沒有發生過嗎？」

「是。」

明耳人都能聽出其中的不尋常，這已足以令人產生合理懷疑。佟寶駒見好就收：「庭上我沒有問題了。」

連晉平在旁聽席暗聲叫好。連續兩名敵性證人，都被佟寶駒四兩撥千斤似地處理掉了。

法官見雙方都沒有問題，便請彭正民離席：「證人可以退庭了。」

彭正民沒有馬上起身，突然舉手發言：「庭上，我可以看一下兇刀的照片嗎？」

佟寶駒怔了一下，檢察官對此舉也感到意外。

佟寶駒馬上回應：「詰問程序已經結束，證人不能再發言。」

法官問彭正民：「為什麼？」

「那把刀，我好像認得。」

佟寶駒繼續阻止：「庭上，這和證人的待證事實無……」

「你為什麼現在才講？」法官問。

「剛剛……我沒想起來。」

三名法官交頭接耳了一番。他們認為既然於案情有重大關連，讓彭正民繼續陳述也無妨。辯方有意見的話，再給一次反詰問的機會即可。既符合訴訟經濟，也不至於侵害被告權利。

佟寶駒雖然再度表示反對，但也無可奈何。

彭正民在法官的允許下，接著證述：「那把兇刀我見過，是船長所有。因為是限量的產品，而且從那個邊緣的缺損可以確認是同一把，我看他用了好幾年，所以不會錯。他都會帶那把刀出海，在船上宰殺漁獲來吃。有一次不見，後來在被告的行李袋中發現。剛剛沒想起來是因為被告偷過太多東西了……我記得返港後，船長又說找不到了……沒想到是在被告這邊，可見是被告下船前又偷了。」

劉家恆隨即補充：「所以你認為刀一直在被告身上，後來帶著刀回去找死者？」

佟寶駒：「異議！要求證人臆測。」

法官：「異議成立。證人可以不用回答這一題。」

劉家恆面帶微笑地說「我沒有問題了。」然後轉身坐下。雖然異議成功，但佟寶駒知道劉家恆的目的本來就不是要證人回答，他只是要將證人暗示的事情，具體化植入法官心中而已。

佟寶駒只能再追問一次：「有誰能夠證實你的說法？」

彭正民語氣有些不屑：「我剛剛說過，船上的人都可以證實。」

佟寶駒見這些重複的問題已無意義，只好結束發問。

審判長宣布休庭十分鐘。

佟寶駒沒辦法肯定彭正民這招是否經過林鼎紋指點，但原本順利的情勢確實有了變化。先前 Anaw 被削弱的證詞，現在卻意外地被彭正民的證詞所取代，甚至可信度更為提高。

事情已經發生了，佟寶駒只能摸摸鼻子，稍事休息，打起精神對付下一名證人洪振雄。

佟寶駒上完廁所後，發現走廊上有幾個人圍著 Leena 說話。他察覺那幾名是記者，趕緊上前把 Leena 帶開。這些人的意圖並不難以理解。剛剛一番精采的攻防，已然極具話題性，如果能再從「外型曼妙、姿色出眾的神祕正妹通譯」身上挖到一點什麼，那麼標題就更好下了。

「任何人問你問題，你都不可以回答。」佟寶駒告誡 Leena。

Leena 點點頭表示知道。她其實完全沒有要和任何人說話的意思。她怕犯錯，精神一直都處於緊繃狀態。剛剛的場面已讓她精疲力盡。

佟寶駒這才意識到，今天 Leena 的表現讓他完全沒有顧慮。她上手的程度超乎預期。

「你ＯＫ嗎？」佟寶駒關心她。

Leena 點點頭，還是沒多說什麼。翻譯部分，她真的盡力了。最讓她感到不安的其實是 Abdul-Adl 的沉默。

Leena 曾試圖在空檔時和 Abdul-Adl 聊點什麼，但他總是沒有回應、沒有表情、沒有情緒，什麼都沒有。Leena 有一種感覺。Abdul-Adl 和真實世界之間，有一道隱形的牆。她想，如果人們因為語言不通，而誤以為 Abdul-Adl 故意保持沉默，那就真的大錯特錯了。

佟寶駒看著 Leena 的疲憊狀態，雖然還是有點擔心，但是庭務員已經在高聲提醒眾人即將開庭。

10

洪振雄不亢不卑地走上證人席，從容入座。他的行止沒有一點勉強，就好像走進自己的辦公室一樣。佟寶駒想，不愧是掌領龐大船隊的老闆，上法庭對他來說一定不陌生。

這種證人佟寶駒見過很多，他們有備而來，防衛心很強，甚至有攻擊性。除非能夠將他激怒，否則冷處理是最好的方法。

主詰問由檢察官進行。

劉家恆問：「請問證人，今年一月二十五日晚間七時左右，你的手機是否有接到來自死者鄭峰群住處的來電？」

「是，有。」

「請問是誰打的？」

「鄭峰群本人。」

「他說了什麼？」

「他說有一名逃跑漁工來找他，說要錢跑路，不然要殺他全家。」洪振雄語氣堅定，短短一句話便精準地將預謀犯案、殺人故意以及金錢動機，牢牢地套在 Abdul-Adl 身上。

由於這是全新的資訊，旁聽席出現一陣騷動。

「為什麼要打給你？」

「為什麼？我是公司老闆啊。漁工逃跑很麻煩，尤其愛惹是生非的，當然是公司要出面解決。」

「為什麼你當下沒有報警？」

「我有叫他報警。我自己則是趕快聯繫公司的人去現場幫忙。這些都有員工可以作證。」

劉家恆欠欠身：「我沒有別的問題了。」

理所當然的說詞，部分事實，部分可能不是，虛實之間沒有明確地描述什麼，但正因如此很難找到破綻。洪振雄的表現，可以作為整個案件最有力的註解了吧。有權有責的人，永遠不在追究的範圍內。輕輕一撥，風生水起。

反詰問開始，佟寶駒問：「你怎麼確認是鄭峰群本人？」

洪振雄笑得自然：「我和他認識多久了，十幾年了，不可能聽錯。」

「所以那些話都是鄭峰群跟你說的？」

「異議！」劉家恆：「重複問題。」

法官：「異議成立。」

佟寶駒認為多問無益，況且他的目的已經達到，便氣定神閒地說：「庭上，證人陳述的都是傳聞證據，請排除證據能力[7]。我沒有問題了。」

連晉平乍聽之下有些意外，但馬上領悟其中道理。證人於法庭上轉述第三人之見聞，其證詞便是傳聞證據。由於是第二手資料，無法透過交互詰問辨別真偽，因此沒有證據能力，不得作為證據。

佟寶駒的第一個問題聽似無厘頭，實際是在確認洪振雄所言皆是「聽自鄭峰群」，直接讓他所有的證詞，成為無用的傳聞證據。雖非什麼大學問，但連晉平知道，這是出自於多年的實戰經驗，才有可能達到的行雲流水。

劉家恆緊抿嘴唇，無可反駁。

洪振雄突然發問：「什麼是傳聞證據？」

按理證人並沒有發問的權利，但劉家恆憑藉直覺，搶在法官前解釋：「就是你轉述別人說的，不是你自己聽到。」

佟寶駒隨即反應：「異議，誘導！」

劉家恆語帶諷刺地說：「我是闡述法律規定，誘導什麼？」

---

7 證據能力，係證據得於法庭上提出、供作認定犯罪事實之用，所應具備之資格。沒有證據能力之證據，法院即應排除之，不得作為裁判時參考的資料。證據能力有無之認定，能直接影響裁判結果，常是檢辯雙方攻防之重點。

法官還在思考該怎麼處理，洪振雄便說：「那不是傳聞證據，我有聽到被告說話。」

佟寶駒驚覺不妙。他了解接下來會發生什麼事。原來自己完全低估這群人的能力。洪振雄不只想避重就輕、擺脫責任而已，他要的比那邪惡更多。

他要 Abdul-Adl 死。

「我在電話那端有聽見被告在吼叫。我跑船多年，正好會一點被告的方言，我聽得懂幾個單字。」

「說什麼？」法官問。

[#]「Aku njalo dhuwit. Ta bunuh kon.」洪振雄熟練地說。

法官問：「什麼意思？」

「我要錢，我要殺你。他一直重複。」洪振雄刻意停頓，做出沉重的表情：「非常恐怖。」

「你就剛剛好會這幾個字？」佟寶駒止不住怒火：「那是爪哇話耶！Holy 媽祖，賣騙痟！」

審判長斥責：「公辯，請你尊重法庭秩序！」

「騙痟啦！」佟寶駒大拍桌子。

「公辯！你再一次，再一次我就請你出去！」審判長的耐性顯然已經到了極限。

Leena 低下頭，表情悲傷。

佟守中在旁聽席看著佟寶駒失態的窘樣，內心一陣悲哀。

開庭結束後，連晉平送 Leena 到法院門口。他為 Leena 叫了計程車，並先把錢付給了司機。Leena 沒有反對，車開走時也沒有說再見。

連晉平看著車子離去，並不怪她的冷漠。這一天對所有人而言都太過辛苦了。他走回辦公室，佟寶駒正收拾東西準備下班。

「寶哥，接下來該怎麼做？」

「該做什麼做什麼。」

「那傢伙分明是在說謊。他懂被告方言？這麼正中直球的證詞，根本是先設計過的。」

佟寶駒脾氣上來，厭煩地說：「你真把自己當神啦？如果他們說的都是實話呢？看看阿布那傢伙，殺了三個人還那個死樣子，難道不該死嗎？」

「完全無法相信。」

「那是你自己的問題。」佟寶駒說完，頭也不回地離開了辦公室。

連晉平悻悻然地低下頭。他想起 Leena 離去時的神情。

今天真的太辛苦了。

爪哇語。

11

陳青雪其實對於佟寶駒是否赴約沒有把握，尤其地點約在弄春池。

佟寶駒自己也不確定為什麼赴約，尤其地點約在弄春池。

陳青雪之所以約在這裡，無非是為了隱蔽，當然也多少希望利用回憶，軟化佟寶駒那種不饒人的防備。

當晚的夜色讓人誤以為時光未曾流逝。陳青雪在暗處看著佟寶駒從門口走進來。他的模樣不再有當年那種躁動的熱情，但執拗的氣質卻留了下來。她想自己或許也是這樣。這是一件好事。

「你能相信到今天他們還在吵加分制度嗎？」這是佟寶駒的第一句話。

陳青雪知道佟寶駒在說網路上曾經討論熱度很高的魏馮石事件[8]，又或者是這幾天才爆出的台科大校刊爭議[9]。

「不過現在和那時候，很不一樣了吧。」

「是啊。以前嫌你不夠漢人，現在嫌你不夠原住民。」

陳青雪想起過去他們初次見面的那場爭執，恍如隔世，也覺得荒謬。

「您也是為了海濱命案而來的吧？能動用到這個層級，看來我真的讓人很厭惡呢。」佟寶駒說。

「我希望審判是公正的。你覺得被告應該被判死刑嗎？」

「你要我用什麼立場回答這個問題呢？」

「朋友。」

「我不知道。」佟寶駒誠實地回答。

陳青雪認為這樣的答案已經足夠：「你打算怎麼辯護？我至少有點資源，能幫上什麼儘管說。」

「為什麼？」

「我反對死刑。」

「我是說為什麼你覺得我需要幫忙？」

「目前的證人都對你不利，」陳青雪說：「你只剩精神抗辯這條路可以走了。」

「那就夠了。等著瞧吧！」佟寶駒意有所指地說：「而且，我一定是白痴才會再相信你一

8 二〇一九年二月間發生之網路討論事件。起因於三名大學生之感情糾葛，卻意外引發事件主角以原住民身分加分考上大學是否公平之爭議。

9 臺灣科技大學校園刊物《台科校園誌》第十三期中，一篇名為〈修硬課的人在想什麼？〉的文章，暗指原住民因加分制度，雖然錄取學校，但智識能力無法應付各種課程。

次。」

陳青雪點點頭，她當然明白。過去的背叛已經證明她並不值得信任，更不用說現在利益糾葛更為複雜的情勢。不論是過去還是現在，佟寶駒都沒有相信她的理由。

陳青雪不再勉強，任由佟寶駒離去。因為她相信海濱命案不會那麼快結束，而佟寶駒一定會回來找她。

12

連正儀今晚手氣不好，帳面已經輸了五萬多元。在賭金不大的賭局上，這可能是有史以來最慘的狀況。

麻將是極需技巧的遊戲，除了運算和記憶力以外，也考驗性格。連正儀能在這幫老推事間躋身高手之列，必須歸功於他獨有的人格特質。比起計算胡牌機率，他更在意放砲的風險。因為麻將一局只有一個輸家，不輸就是贏。

有學長笑他牌風保守，他卻稱之穩健，因為「懂得守成，才能走得最遠。」

連正儀是從擔任國民政府高官的父親處，承繼了這樣的人生哲學。即使家境優渥，擁有比別人更多的機會，他也從未因此鬆懈。守住家業，只是家族長子的基本。自幼他便立定志向，不以身家自恃，絕不投機取巧，一步一步地爬上了今天這個位置。

連正儀自認這輩子最大的成就，第一是無愧於父親遺留的家業，第二則是使家族能繼續長久地保有這樣的優勢。因此，即使今晚的敗績前所未有，他仍然沒忘記這次聚會最重要的事情。

「老朱，晉平沒有給您老帶來什麼麻煩吧？」連正儀問。

老朱是他多年以前在臺北地院的同事，如今身為高等法院的行政庭長，兼領人事業務，當然包含對替代役男的管理安排。

「哪會有什麼麻煩，我看他上班都挺帶勁的。」老朱今晚贏了不少，酒過三巡後有些醺紅：「那個老公辯製造的麻煩才多。」

「老公辯？」

「就是那個最近鬧新聞的傢伙啊。」老朱入手好牌，興奮地抹抹嘴。

連正儀不動聲色地接著問：「誰呀，沒聽說過。」

「就是那個海濱命案的公辯嘛，叫佟寶駒，」老朱專注在牌面，隨口說：「頭痛人物，早晚出事……不過役男都只是處理些庶務，學長您不用擔心啦。」

連正儀不再作聲，卻把這事記在心裡。他本來沒想過連晉平服役會有什麼問題，今晚找老朱來也是一時興起，但卻意外地有些擔心。

幾局過後，連正儀又有意無意似地問起佟寶駒。

老朱不帶情緒地評論道：「那個姓佟的情緒管理有問題，而且很多同事都檢舉過他言語不當。沒辦法啦，原住民就是這樣，比較真性情嘛，愛開黃色笑話的啦。不過最麻煩的是明明都是法院同仁，他卻經常在審判時搞很多不必要的花招。」

這件事觸動了連正儀的敏感神經。連晉平越來越少與他談論生活，一來是忙，二來也是長大了，很多事情有自己的想法。然而在連正儀眼裡，這個時期的孩子，好像懂得一點什麼，就以為自己能改變世界。

太容易被煽動了，這是最危險的事情。

週日晚上，連正儀見兒子正要出門，把握機會試探性地問。

「去哪啊？」

「和怡容吃飯。」

「最近工作順利嗎？」

「很好啊，沒什麼問題。」

「有沒有想去什麼單位學習？我可以幫你問問。」

「不用了，公辯室挺好的。」

「都在做些什麼？」

「跑跑腿，送送公文……不過最近開始跟著公辯打訴訟。」

「公辯人怎麼樣？」

「是個很有趣的人，我滿幸運的，跟他可以學到很多。」

「在處理什麼案子？」

「海濱命案……就是那個印尼漁工的案子。」連晉平回答後，突然有點不好意思。這麼大的事情，應該早就主動跟父親談及才對。

「這樣啊……很好，可以學東西就好。」

連晉平拉起背包，準備出門，突然想到什麼：「爸，你認識蔡宗洋法官嗎？」

「嗯？我以前短暫帶過他。為什麼問？」

「他是海濱命案的審判長……沒什麼，只是想了解一下他的法律見解。」

「這是作弊啊。」

「不算吧，歸納法官過往見解，然後擬定策略，是辯護人的職責啊。」

「辯護人？」

「你知道，我在公辯室，所以……」

「你是要當法官的人。」連正儀提醒道。

「當法官，總是也要了解這些辯護人在想什麼……才不會被騙，對吧。」連晉平巧妙地找了藉口。

連正儀點點頭，淡淡地說：「他是中規中矩的人，聽說想升最高法院很多年了。所以，很聽話，照最高那套去打就沒問題了。」

「吳燦基準？」

連正儀點點頭。

「謝啦。」連晉平心領神會，轉身出門。

連正儀坐回沙發上，思考著方才的對話內容。雖然事情看起來沒什麼，但他還是決定要多加留意。現在正是兒子司法生涯的起點，絕不容許一點錯誤。想著想著，內心有了一些盤算，正要起身，電話就響了。

連正儀禮貌地招呼：「喂？你好。」

「連伯伯，我怡容。晉平在嗎？」

「他沒去找你嗎？」

「找我？我沒跟他約，只是有事找他，但他沒接手機……。」

連正儀努力掩飾自己的意外：「這樣啊，呃，他不在……去圖書館啦。你晚點再打吧。」

掛上電話後，連正儀再度感到無比憂心。

13

由於兩公約施行法的通過，使臺灣的死刑認定受到了相當程度的限制。其中以「必須為情節最重大之罪」（The most serious crimes）與「精神障礙者不得判死」最為重要。

前次交互詰問不僅未能削弱證詞，甚至可以說預謀殺人的事實幾乎已經確立。從案情來看，Abdul-Adl 連殺三人，包括一名毫無反抗能力之幼童，顯然已達「情節重大」的程度。

因此，接下來的辯護重點便落在「精神障礙」的判斷上。原審的鑑定結果對 Abdul-Adl 不利，若要在二審重新鑑定，勢必得說服法官原審鑑定有瑕疵。其中最重要的關鍵就在於對鑑定人的交互詰問。

為了備戰，佟寶駒難得留在辦公室裡加班到深夜。

林芳語下班前不忘虧他兩句：「此地不宜久留。切記，刑場，槍聲！」

佟寶駒沒好氣地趕走她，然後開始研究一審判決中，關於 Abdul-Adl 精神狀況的判斷：

「……由本院所調取之監視器畫面、證人證詞以及現場跡證可知，被告 Abdul-Adl 於案發前使用大眾交通工具、包裹兇器避免他人注意目光、至便利商店購買食物、於被告社區外徘徊等待，直至被害人返家後尾隨進入屋內著手犯行，犯後脫免逮捕等事實均堪確認。揆諸整體過程中之思考、反應、行為、言語以及當時之環境情形等一切情狀，堪信被告對於外界事物之認知、感受、反應、理解等意識能力，與常人無異，核與精神鑑定報告所認定之情狀無違，足認被告行為時並無精神障礙事由，致不能辨識其行為違法或欠缺依其辨識而行為之能力，故應對殺人行為負完全責任……。」

雖然連晉平主張 Abdul-Adl 具有泛自閉症類群障礙的特徵，容易受人忽略與誤解，然而一審判決的論述也不能說沒有道理，尤其在有鑑定報告的佐證下，並不容易攻破。

佟寶駒反而認為，重新鑑定的目的不在證明「精神障礙」，而是為「教化可能性」提供更多說詞。

一審判決中，關於「教化可能性」的論理脈絡：

「……被告 Abdul-Adl 於本院一〇九年六月二十二日最後一次審理辯論時，經審判長詢以：『現在被害人及家屬都在庭，你有什麼話想講？』時，表情漠然，不答一語，益徵被告 Abdul-Adl 全然未顧及被害人及家屬之感受，核與上開精神鑑定報告書所指被告對他人感受難以共情、以自我為中心之特質相符，實難認為被告 Abdul-Adl 對自己犯行有任何真正悔悟之心，並體悟被其殘忍殺害之三人之生命的可貴及無價……

……並衡諸我國一般國民對法律應實現社會公義、良知、人性普世價值等之期待與認知，就被告 Abdul-Adl 僅因工作與金錢糾紛，而預謀本件犯罪，犯罪時未受何刺激，犯罪手段兇殘冷血，毫無人性，尤以連殺二人後，為避免犯行曝光，更溺殺年僅二歲之幼童，堪認罪大惡極，罪無可逭，實屬情節最殘酷嚴重之犯行……

……被告 Abdul-Adl 如事實欄所示之殺人犯行，以其手段、情節、所生損害及犯後態度等一切情狀，均顯示其惡性重大至極，且毫無悔意，難以教化，其他教育矯正刑不能導正其思想及行為，致本院欲求其生而不可得，被告 Abdul-Adl 應與社會永久隔離，核屬罪刑相當……。」

「教化可能性」作為迴避死刑之事由，最早出現於二〇〇八年的最高法院判決中。雖然其概念內容迭有變動，但後來在張鶴齡家暴殺人案中，最高法院吳燦法官參考日本的「永山基準」，為死刑定下更具體的量刑標準。法界人士習稱為「吳燦基準」。

吳燦基準要求「教化可能性」必須以實證調查方式，評估被告人格形成的所有因素，使刑罰裁量得以符合「比例原則」。簡單來說，只要一項人格成因沒有考量，判決就有違法的可能。

然而，在吳燦基準出現後，法院判決仍莫衷一是，鑑定方法與程序依舊毫無標準。難怪教化可能性的認定總是招致民意批評「流於恣意」。

佟寶駒經常為此覺得可笑。最高法院為了使量刑更細緻，增加就連兩公約也沒有的「教化可能性」要件，實際上是將原本應該交由立法者制定的標準、行政部門主張的廢死政策，攬到自己身上，結果卻無法說明其內涵，獨自承擔罵名。

無論如何，只要不排除被告有一絲絲復歸社會的更生可能性就可以逃死，比起精神抗辯操作空間更大。可以說是死刑辯護的最後戰場。這麼說起來確實有點諷刺，雖然「教化可能性」

語意不明，卻是臺灣司法史上辯護方所能獲得最強力的終極武器。

下次開庭，法院將傳喚一審的鑑定人出庭作證。佟寶駒必須充分攻擊鑑定報告的瑕疵，求得重新鑑定的機會。

如果重新鑑定能夠做得更細緻，利用「教化可能性」加上「吳燦基準」，就極有可能逆轉死刑裁判。

14

又是球賽的夜晚。

佟寶駒本來打算再度在球場上討回公道，結果才剛到更衣間，一個地檢的年輕小法警跑來對他說，今晚隊伍已經滿了。

小法警大概也不清楚那是什麼意思，但佟寶駒沒有為難他。自己不受歡迎又不是一天兩天的事了。

連晉平提議去釣蝦。

「釣蝦？」佟寶駒很好奇這個想法所為何來。

「你不會釣嗎？」連晉平用挑釁的方式回應。

「不要問那些有的沒的，釣蝦有什麼難？」佟寶駒咕噥了幾聲。

結果是佟寶駒連餌都不大會掛，折騰了半天，才讓連晉平代勞。拋鉤入池後，佟寶駒很興奮地以為馬上會有收獲，結果卻是無盡的漫長等待。

連晉平教他觀察水流還有池面折射去判定蝦的位置，持竿的手法也必須迎合蝦的習性，佟寶駒卻只覺得他煩。兩人七嘴八舌地互相指教，蝦子卻沒釣上半隻。

連晉平點了罐啤酒喝，佟寶駒見他自飲自得，頗不以為然：「是不是因為我是原住民你才不敢請我喝酒？」

「你到底有什麼毛病？」連晉平趕緊加點。

兩人生活和喜好本來就沒有太大交集，一陣子過後，打球的事情聊完，幹話講得差不多了，話題又回到案件上。

「比起責任能力，教化可能性還比較好操作。」佟寶駒終於說出心中想法。

「為什麼？」

「精神狀況很難裝，但是悔悟不會。」佟寶駒顯然覺得自己很有見地：「道歉、抄佛經，諸如此類的……好操作！我跟你講，我們去買一本古蘭經……中文版的，這樣抄寫才夠誠意。」

「就是有你這種人，精神抗辯才變得如此廉價。」連晉平說：「你到底為什麼反對死刑？」

「我沒有反對死刑，我只是反對法院判我當事人死刑。」佟寶駒理直氣壯：「那你說說看，你為什麼反對死刑？」

「因為我們無法排除誤判的可能性。」

「誤判在任何情形下都有可能發生，所以整部刑法都應該廢除。」

「死刑和其他刑罰不一樣，是永不可回復的。」

「是嗎？青春也是無法回復的啊，所以有期徒刑也應該廢除。」佟寶駒說。

「但是要拿生命和青春來比，任何人都會選擇生命吧。生命是不可侵犯的絕對價值。」

「那被殺死的人怎麼辦？他們連嗶嗶都沒有機會了。」

「什麼是嗶嗶？」

「你知道，就是……被消音了。」佟寶駒搭配著猥褻動作。

「犯罪很大程度是受到各種社會環境因素所影響，階級、教育、經濟……不是每個人都有相同的機會和資源去翻轉困境。」

「哇啊，絕招終於出現了。」

「而且根據實際的數據，死刑的嚇阻力並不如想像中高。」

「怎麼說？」

「很多廢除死刑的國家，其犯罪率並沒有顯著上升。」

「那也沒有顯著下降啊？你怎麼知道有多少人不是因為死刑存在而放棄殺人呢？究竟嚇阻

力要多高，死刑才有正當性？」

「這是支持死刑的人應該說明的吧？如果一個制度沒有作用，它就不應該存在。而不是要反對的人證明它存在理由。」

連晉平揚起釣竿，俐落地將上鉤的蝦子取下，放入簍子中。

「主張改變現狀的一方，才應該負舉證責任吧？」佟寶駒反駁。

「如果死刑廢除了，你就會去殺人嗎？死刑的嚇阻力根本是迷思。大部分的人不殺人，與死刑存在與否根本無關。」

「這又回到刑罰無用論了嘛！」佟寶駒語氣帶著不屑。

連晉平從未遇過像佟寶駒這樣答辯如流的人，若非他是個極度聰明的辯論奇才，就是他對於這些議論早有想法。這引起連晉平更深的好奇，如果佟寶駒對死刑論理的脈絡如此清晰，究竟他真正的態度是什麼呢？

「你有讀過傅柯的《瘋癲與文明》嗎？過去曾經人們認為精神失常是因為體內生產過多的黑色膽汁所導致……我們對於瘋癲的認識與處置，取決於文明的進展。我們不能藉由隔離瘋子來證明自己精神正常。死刑就是我們這個時代排除瘋子的方式。」

佟寶駒搖動手中的釣竿，思考話中的道理。傅柯？或許吧。「正常」本來就是一個想像出來的邊界。他好像被說服了，但旋即擺出假意好奇的臉。

「傅柯是中國人嗎？」

「法國人。」

「難怪，外國的月亮比較圓嘛！」

「如果您這麼在意月亮，一定聽過月暈效應吧？」連晉平硬轉的功力也絕非常人。

連晉平說的月暈效應，是一個心理學名詞，是指人們會根據第一印象，推論他人的整體特質。亦即，我們對他人的認知，往往係基於侷限的資訊，以偏概全而來。如果初步印象是好的，那麼這個人通常會被正面的光環圍繞，所做的一切都會被賦予正面評價。反之亦然。

連晉平補充道：「人是不理性的，偏見讓我們可以很容易恨一個人，或者很容易不恨一個人。在死刑，那就是生與死的差別。」

佟寶駒正在思索如何回嘴，釣竿突然傳來震動，他猛力抽拉，一隻大蝦揚起水面：「啊啊啊啊啊啊啊啊啊！」

「幹嘛那麼大聲啦！」

佟寶駒用手指捻著釣繩，盯著不時跳動的蝦子：「接下來要怎麼辦！」

「把蝦子拿下來啊。」

「可是鉤子吃好深。」

「硬拔啊。」

「會痛吧？」

「從頭部後方抓，就不會被螯到啦。」

「我是說它會痛！」

連晉平不由得翻出白眼，取過釣竿，原本要露一手給佟寶駒瞧，卻不小心被掙扎的蝦子刺傷了手指。蝦子從指縫中逃脫，落入池裡。

連晉平尷尬地笑：「它還有教化可能性。」

「那個要去看醫生。」

「看什麼醫生？」

「手啊，手指。」

「不要誇張啦。」連晉平滿不在乎地說，順手又幫佟寶駒把餌掛上：「我這邊很多隻，等等夠吃啦。」

佟寶駒再度把釣鉤拋進水池。他坐下後，靜靜思考著連晉平的話。他沒聽過月暈效應，但大概可以猜得出來意思。偏見嗎？偏見不算什麼新鮮事，若要說，程序本來就是為了解決偏見而存在的。對於廢除死刑，偏見好像不算太糟糕的理由。

15

魚餌用完後，他們兩個烤起蝦子，叫了更多啤酒。

連晉平很得意地透露他的調查結果：「我老爸說用吳燦基準就沒問題啦！」

「所以呢？」

「對我們有利啊！你看原審鑑定報告那麼落漆，什麼都沒調查。」

「你不要老說些理想化的東西……這是現實的問題。被告在臺灣無親無故，過往的行蹤不明，沒有病歷、沒有成長史、無法對親友進行訪談，鑑定機關本來就很難找到充分的參照資料。」佟寶駒說。

「如果是這樣，鑑定機關就應該拒絕鑑定。」

「這樣的說法對我們並沒有幫助……拒絕鑑定等於否定重新鑑定的可能。」佟寶駒說：「我們必須能找到更重大的瑕疵，才有辦法說服法官重新鑑定。」

「如果是通譯的利益衝突呢？在鑑定過程中的翻譯有錯誤，不也是一種瑕疵嗎？說得過去嗎？」

「陳奕傳？沒有證據啦，他都依法具結了，法院也不會那麼簡單就……」

連晉平打斷佟寶駒：「等等……精神鑑定的時候，翻譯人員需要具結嗎？」

連晉平隨即從背包翻出法典，很快地確認現行法中，並未要求精神鑑定的翻譯人員具結。

佟寶駒馬上領略連晉平的想法。精神鑑定中的翻譯人員雖無通譯之名，卻有通譯之實。通譯等同於證人，如果沒有具結，翻譯的內容便不能作為證據。如果法院採納這樣的鑑定報告，等於是違反傳聞法則。就是判決違法！

這件事在通譯制度聊勝於無的臺灣，顯然是長久被低估的問題。

佟寶駒面露燦笑，因為沒什麼比找到法律漏洞更讓人爽快的事了。

「你笑起來很猥褻。」

「我知道，但是我忍不住。」

「你知道自戀也是一種反社會人格嗎？」連晉平露出一樣的燦笑，能夠像這樣參與在海濱命案中，藉由討論激盪出火花，他內心充滿成就感。

連晉平比出V手勢：「勝利！」

佟寶駒：「你真的要去看醫生。」

「你才要看醫生。」

「不是，我是說手指啊。」

連晉平再也受不了佟寶駒無端的執念，拿筷子丟他：「你別煩啦！」

16

幾天後的夜裡，連晉平在公園涼亭與 Leena 分享美食時，興奮地告訴她這個新發現。Leena 雖然一知半解，但是看見連晉平如此雀躍，沉鬱的心情也終於稍微緩解。

他們決定今晚要好好放鬆，不再談法律。

「你的名字是什麼意思？」連晉平問。

「一種樹，會長果子，可以吃的，跟你的一樣。」

「我的？」

「蓮霧……。」Leena 模仿佟寶駒的口音：「lián-bū。」

「那是寶哥亂說的啦，我叫晉平。」

Leena 認真地學：「晉……平……。」

「對，晉平。」連晉平咧開嘴笑。

兩人互動熱絡，經過的路人無不多看幾眼。他們的組合確實並不常見，一個是端正陽光的臺灣男孩，一個是戴著頭巾的甜美印尼女孩，也難怪引人注意。

連晉平說到開心處，不小心打翻飲料，弄髒褲子和鞋子。Leena 連忙拿出濕紙巾，蹲下幫忙擦鞋。

坐在一旁的歐吉桑終於忍不住：「少年耶，這個不錯喔，手腳俐落又生得很美。哪裡人？」

他身旁的歐巴桑連忙搭腔：「黑白講，他那是外勞吧。」

「這馬很多外籍新娘啊。」

「人家生得這麼將才，哪需要找東南亞的。」

「你怎麼這樣說？這姑娘戴頭巾也很好看。」

兩人說著說著竟鬥嘴起來。連晉平擠出微笑，不想理會。

Leena 見他們指點她的頭巾，好奇地問：「他們說什麼？」

「沒什麼。」

「是頭巾嗎？」

「沒有，他們說，你長得很漂亮……臺語，我也不大懂。」

連晉平的笑容有些不自然。Leena 知道他沒有說實話。

Leena 又望向那兩位路人。他們的微笑不具惡意，卻有距離。

Leena 問連晉平：「我戴頭巾，覺得奇怪嗎？」

「不會，當然不會。」

「他們，是不是不喜歡。」

連晉平的語氣變得認真：「你應該做你自己。」

Leena 點點頭，這是很溫暖的告白。她想起 Nur 說過的話，那些她憧憬的自由與無畏。她緩緩拿下頭巾，露出茂密的長髮。

連晉平看著 Leena，被她清麗的模樣所吸引，頓時說不出話來。他強烈地感受到自己的特別，因而情緒激動。

Leena 望向連晉平，不害怕展露自己的心意。這段旅程走到這裡，她開始體會，不論外在的差別有多大，人的內心是可以相通的。邪惡可能有各種不同分支，但善良只有一種面貌。拿下頭巾不是為了揮別什麼，而是探索自己是誰。

如果說海濱命案帶給 Leena 什麼，那便是野心。雖然還在摸索，但是躁動已經無法靜止。對生命有熱情的人，不可能停止追尋。就像 Nur 一樣，Leena 開始相信，在她成為一個什麼以前，變動是難免的。反抗必須過度，甚至逆絕，才能回歸平衡。簡單來說，她想見識自己能成為什麼樣的人。

就在這麼一個奇妙的時刻，佟寶駒遠遠地目擊了一切。他手上拿著稍早在菜市場裡買的穆斯林頭巾。那是他為答謝 Leena 辛勞，而精挑細選的禮物。

佟寶駒一時之間手足無措，就近選了一棵樹，躲在後面觀察兩人。他看著褪去頭巾的 Leena，心裡產生奇怪的情緒，一種大叔獨有的不堪。自己本來也沒有要圖什麼，就是，難免也會有浪漫想像。

佟寶駒走出樹後，假裝什麼也沒看見，正要強作瀟灑地邁開步伐時，才想到腋下還夾著要送 Leena 的禮物，又亂了分寸，倉皇離去。

17

終於到了交互詰問鑑定人的日子。連晉平早早就走進法庭等待，還挑選了一個視野最棒的旁聽席位置。

沒多久，連正儀走進法庭，輕聲地在連晉平身旁坐下。連晉平驚訝地看著父親，但連正儀只淺淺地笑，沒有多說什麼。

鑑定人名叫謝衡玉，年紀約四十歲的女性，戴著無框眼鏡，留著俐落的及肩短髮，帶有大學教授的孤高氣質。

反詰問過程出奇地順利。

佟寶駒一開始便直指鑑定報告有違反傳聞法則的疑慮：「鑑定開始前，您有無確認翻譯人員是否具結嗎？」、「按照您的鑑定流程，對於翻譯人員有何專業資格要求？」、「您採用的鑑定方法，對於翻譯內容有檢核機制嗎？」

答案當然都是否定的。

「翻譯人員不是我們找的，是法院指派的，我們也沒有置喙的餘地吧？」謝衡玉這樣回答。

佟寶駒藉由這些問題，先確立程序瑕疵的印象，如此一來，謝衡玉接下來的證詞都將籠罩在翻譯錯誤的疑慮之下。

寶哥接著質疑謝衡玉的法學專業能力。

「請問您有考量過被告的就審能力嗎？」

「就審能力？你是說責任能力嗎？」

「那麼就訊能力呢？您能區別這三者的差異嗎？」

謝衡玉遲疑了一下說：「不能。」

「您有判斷過被告是否足以理解刑事審判程序及其意義之能力嗎？」

「那不在法院囑託鑑定的範圍內，我無法表示意見。」

「您是否有檢視過被告的行為，是否具有泛自閉症類群障礙的特徵？」

「有，但被告並不符合。」

「您可以為我們說明一下這種障礙的診斷方式嗎？」

「根據美國精神醫學診斷手冊 DSM-5 的診斷標準，泛自閉症類群障礙者的生活行為有兩種特質。第一，他們與社會溝通和互動有質的缺陷；第二，狹窄反復固定的行為和興趣。診斷必須透過觀察與描述患者在不同情境與環境下的狀態才能確認。」

「以你從業的經驗，要確診某人是否具有這類障礙，一般來說要花多少時間？」

「如果包含收集資料、周遭親友會談的話，大約二至三週吧。」

「請問本件鑑定，您花了多少時間確認被告並沒有泛自閉症類群障礙？」

「面談加上心理測驗，過程大約四小時吧。可是必須說明的是，這種障礙除非嚴重影響日常生活功能，否則不過是一種人格特質，而不是精神疾病。在我看來，被告並沒有這樣的障礙。他在犯案前仍舊可以搭車、買東西吃，也懂得隱蔽自己……。」

「您說的都是起訴書上寫的。」

「那些都是事實。」

佟寶駒滿意地點點頭。他不確定是謝衡玉太過憨直，還是單純不理解司法實務。起訴書所載的犯罪經過，並不等同於事實，而是必須受到嚴格檢驗的「一種觀點」。謝衡玉的回答直接了當地暴露出鑑定結論的偏頗事實。

「您平常都是怎麼接收新聞資訊的？」

「一般電視新聞、報章雜誌，網路新聞……都有吧。」

「您每天都會看新聞嗎？」

「會。」

「所以在接受本案鑑定委託以前，您其實已經主動或被動地接收關於本件命案的新聞資訊……至少也有三個月以上吧？」

「差不多吧……。」

「那麼您對命案的細節還有被告的資訊都很清楚囉？」

謝衡玉知道寶哥在暗示什麼，趕緊解釋：「要完全沒有接收到新聞資訊是不可能的，沒有一個鑑定人能做到。我本於專業良知進行鑑定，參考卷證資料做判斷，過程絕對符合學術倫理的要求。」

「你有好好看過被告嗎？」

「我不明白你的意思。」

「你看過他嗎？這個人？」

謝衡玉望向被告，覺得莫名其妙：「當然有。」

「那您有看過他的手嗎？」

「為什麼要看手？」

寶哥以眼神暗示 Leena。她隨即對 Abdul-Adl 說了幾句話。

Abdul-Adl 慢慢將右手舉高，露出充滿傷痕與硬繭的手，還有那從第二指節斷去的食指。

「你曾經想過，為什麼他的手指會斷掉嗎？」佟寶駒拋出最後的問題：「還是你覺得起訴書和新聞報導已經讓你夠了解他了？」

謝衡玉欲言又止，寶哥也未再追問。

連晉平為這一整段詰問感到血脈賁張。雖然他本來就知道佟寶駒的策略，但若非多年經驗淬鍊出的老練與從容，這些問句不可能帶出如此說服力。

接著，審判長對謝衡玉發問。

此時佟寶駒與劉家恆都豎起耳朵聆聽，因為透過法官的提問，多半可以推測他們的心思，但麻煩的是，不能再像交互詰問程序一樣介入，所以不論對哪一方，都意味著不確定的危機。

「您覺得一個人有無教化可能性，應該參考哪些事項？」審判長問。

「那不是心理學的名詞，沒辦法很精確對應，但我認為目前最接近的概念，就是臺大心理系助理教授趙儀珊在吳敏誠案中發展出來的三個變項：矯治、再社會化與再犯可能性。我的鑑定報告也是採用這樣的方向去做評估。」

「這樣的鑑定方式，在心理學界是廣泛受到認可的嗎？」

「我不敢肯定。」

「所以不同的鑑定人，如果使用的方法不同，結論很有可能會不一樣？」

「有可能。」

審判長不帶情緒地點點頭，結束訊問。

18

看著謝衡玉離開法庭，佟寶駒鬆了一口氣，對於重新鑑定更多了幾分把握。這段交互詰問已經充分顯示原審鑑定報告的瑕疵。謝衡玉最後也坦承，不同鑑定人使用不同的方法，結論可能就會不一樣。那麼以更細緻的方法重新進行鑑定，理當是必要的。

調查證人的程序結束後，審判長問：「檢辯雙方還有證據要調查嗎？」

「被告要求重新進行精神鑑定。」佟寶駒答。

「調查必要性？」審判長問。

「原審鑑定報告違反傳聞法則，判斷基礎不足，未能正確呈現被告的精神心理狀態與教化可能性。」佟寶駒答。

「法律沒有規定翻譯人員需要具結，重新鑑定也是一樣。」劉家恆反駁：「這不是鑑定報告的問題。本案被告的參考資料取得有其事實上的困難，鑑定人已經盡力蒐集。如果沒有新的資料可供參考，重新鑑定只是徒增矛盾，影響司法威信。」

「兩公約規定精神障礙不得判死，這關係到被告的生命權，難道不應該有更高的標準嗎？」

「請你不要誤導法院。兩公約並沒有明文規定精神障礙不得判死，根據最高法院一〇三年度台上字第三〇六二號彭建源案判決，聯合國人權委員會決議的用語是Urge，僅是『敦促』各國勿對精神障礙者判處死刑，並無強制拘束力。」

「最高法院已經改變見解了。在一〇四年度台上字第二二六八號蔡京京案判決中，認為我國死刑應受人權委員會決議的限制。」

「這只能說明精障者不得判死的法源有爭議。況且精神鑑定不能回答終極問題[10]。」劉家恆義正辭嚴地辯駁：「最高法院就在湯姆熊殺人案判決中明確指出，法院不能僅憑鑑定報告，便迴避判斷事實之責任。精神鑑定不是越多越好，也不是結論符合被告利益才算沒有瑕疵。」

細究劉家恆的說詞，雖然多少有邏輯上的跳躍，但乍聽之下仍極具說服力。

佟寶駒趕緊指出劉家恆的謬誤：「偏誤的鑑定報告，導出的就是錯誤的事實。況且，這和量刑也有關……。」

審判長突然中斷辯論：「說到量刑，關於教化可能性……檢辯雙方有什麼意見？」

劉家恆早有準備：「本件被告犯案情節極端嚴重，非判死刑不足以彰顯正義。死刑刑罰之目的在處罰及一般性預防，而非教化，故不必考慮教化可能性。最高法院在鄭捷案中便是採取

10 終極問題（Ultimate Issue）係指針對犯罪事實之法律適用意見，如構成要件、證據證明力、阻卻違法事由或量刑因子（例如教化可能性）。精神鑑定若對終極問題表示意見，將侵犯法官判斷事實之權力，法官不得採為證據。

這樣的見解。」

佟寶駒趕緊反駁：「該判決屬於少數見解。按照吳燦基準的概念，即使被告所犯之罪已經達到必須科處死刑的程度，仍須考量被告復歸社會之更生可能性。因此，資訊充分、公正客觀的鑑定報告，是極其必要的。」

「可是你們認為，教化可能性是科學嗎？」審判長終於拋出真正的問題：「還是偽科學？」

這個意外的觀點，讓檢辯雙方都遲疑了。

審判長補充道：「所謂實證調查，應該從科學的角度去做評估，而不是邏輯辯論或現象描述。更何況所謂的矯治、再社會化與再犯可能性，根本不是法學論述。推其概念，是對未來的人性預測，但這真的有可能嗎？」

佟寶駒突然理解審判長方才補問鑑定人問題的背後含意。他驚訝地發現自己完全想錯了。審判長所遲疑的，不是教化可能性該如何認定，而是，有沒有可能被認定。

這兩者將導向天差地別的結論。

「這是科學嗎？」審判長語重心長地又問了一次：「能夠通過同儕審查，具有可證偽性、再現性嗎？如果不行，豈不是偽科學？」

審判長顯然已經對這個議題有過深入研究。佟寶駒一直以來深信的教化可能性，在偽科學的質疑下，將根本性地被否定。他答不出來，不是因為準備不夠充分，而是這個問題，是教化可能性的根本矛盾。

受人盛讚的「吳燦基準」，竟然如此不堪一擊。

連晉平看向身旁的父親，依然那麼沉著，那麼威嚴。他不明白，怎麼事情和父親說得不同。連正儀察覺他的眼光，拍拍他的肩膀。雖然沒說話，但好像解釋了一切。

法律不過是觀點。差別只在於，是誰的觀點。

審判長和其他兩位法官稍微討論後，做出決定：「如果沒有其他證據要調查，下次庭期就要進行言詞辯論。」

言詞辯論，係判決前的最後一道程序。

這意味著重新鑑定已沒有可能。

目擊證人
四

1

佟寶駒將 Leena 的酬勞裝進紅包袋。這兩次開庭包含休息時間，耗時約十個小時，一小時一百二十元，總共一千二百元。他又在書店挑了一個可愛的紙袋，將那個精心挑選的穆斯林頭巾放進去，準備一併送給 Leena。

另外他還準備了水果禮盒。總不會再出錯了吧。

這次是許奶奶開的門。

佟寶駒將水果禮盒放到桌上，聽見房間裡吹風機的聲音。Leena 打開門，頭巾還濕濕的。

「你先吹，不急。」

「沒關係。」

佟寶駒把紅包袋交給她。Leena 點點頭，打開紅包袋算錢。佟寶駒不好意思盯著看，便望向她的房間，卻被眼前景象震懾。

那不能稱作房間，儲藏室應該是更貼切的名字。兩坪大小的房間堆滿了紙箱雜物，除了一張單人床以外沒有其他活動的空間，就連電風扇也必須放在床上。枕頭旁堆著她常用的背包與個人物品。雖然有對外窗，但由於面對著陽台，所以只開了一道小縫。房間悶熱，一股洗髮精的香味暖暖地飄散出來。

「少一百二十。」Leena 說。

佟寶駒正遲疑，Leena 補充道：「塞車。」

佟寶駒趕緊掏錢給她。

陽台傳來巷口垃圾車音樂〈少女的祈禱〉，Leena 問：「寶哥，你可以陪我去倒垃圾嗎？」

佟寶駒有點意外，但沒說不好。Leena 從廚房拎起垃圾袋走向門口，他趕緊跟著出去。

他們兩走進電梯，裡面有另一名戴著頭巾的印尼移工，手上也拎著垃圾袋。Leena 親切地和她打招呼。佟寶駒突然想起，伸手要為 Leena 提垃圾。Leena 拒絕，佟寶駒卻堅持，兩人互不相讓。搞得一旁的印尼移工不知如何自處。

出了電梯，佟寶駒看著她走進人群，迎面而來又幾位移工向她打招呼。她以笑容回應，停下來說了幾句話。佟寶駒看著手上可愛的紙袋，漸漸覺得有些尷尬。

Leena 和朋友道別後，對佟寶駒說：「奶奶看電視，我們去公園一下。」

他們沿著公園人行道散步。就在佟寶駒決定要送出手上禮物時，Leena 皺著眉頭說：「寶哥，我不想做了。」

「怎麼了？錢不夠嗎？」

Leena 搖搖頭：「我很害怕。」

「為什麼？」

「Abdul-Adl 很奇怪，我不知道他。」Leena 說：「他說什麼聽不懂，爪哇話，但很奇怪。」

「他說什麼？」

「說足球、捕魚的事情，還有常常問救生衣在哪裡。」

「不要理他。」

「我會被關。」

「被關？」

「沒有翻譯，會被關。」

「和案件無關的事情，沒關係。」

「蓮霧說你們要幫他不要死刑。」

佟寶駒嘆口氣：「你不要管我們，他說什麼你就翻譯什麼。」

「可是，我不想要他死刑。」

「他殺了人，還有小孩子，死刑也沒辦法。」

Leena 停下腳步，眼神透露出不滿：「他不是壞人。」

「但是也不能殺人啊。」佟寶駒咕噥著說。

Leena 低下頭，語氣堅定地又重複一次：「他不是壞人。」

「這就是法律……」佟寶駒想要減低 Leena 的負罪感，卻不知道怎麼做，生硬地說：「他被判死刑，不是你的責任。」

Leena 緊抿著嘴唇，突然感到非常寂寞。她無端被捲進這場訴訟，被放置於一個最矛盾的位置，更令她沮喪的是，在陌生又冰冷的制度裡，她的無能為力被極度放大。在臺灣這片土地上，只有她能聽見自己的聲音，另一個人卻需要她拯救。

Leena 沒有說再見。轉過身，一個人默默地走回家。

佟寶駒待在原地，他終於理解 Leena 所面臨的三重困境。身為通譯，肩負真實義務，卻促成死刑結果；同為移工，無可避免地投射情感，卻必須保持客觀；面對殘酷的犯行，承受內心道德與正義的審問，最終竟內疚得像共犯一樣。

然後他發現禮物還在手上。

Leena 在睡前傳簡訊給連晉平，用英文問他 Abdul-Adl 會不會死。連晉平回訊息解釋，現在情況不樂觀，但是他和佟寶駒會盡一切努力。

連晉平再撥電話給 Leena，想試著安撫她。但 Leena 決定不接。

連晉平在宿舍的交誼廳看電視新聞直到深夜。所有名嘴都在討論著教化可能性是偽科學的新說，一面倒地誇讚法官的勇氣。

他想起家裡書櫃上自己那本精裝版的碩士論文，莫名地覺得荒謬。他混亂地想著，法律不過是語言。我們創造了這種語言，卻依賴它描述人生，迷信它能夠解決所有問題。自己的論述，在眾口鑠金的這個世界，原來不過是雜音。

他回到寢室後仍舊睡不著。二十四小時不間斷的冷氣讓空氣冰冷又乾硬。他躲在被窩裡，又傳了幾次訊息給 Leena，等待她的回音。

Leena 躺在床上，卻沒睡著。等到對窗的鄰居熄燈後，她將窗戶打開。可惜今晚無風，沒能讓房間涼快一點。她將頭巾解下，蜷曲在自己茂密的長髮裡。

那晚她沒再回訊息。

2

連晉平一早進辦公室，便衝著佟寶駒說：「我們要訴諸媒體。」

佟寶駒從他排了半小時的「阜杭豆漿」早餐中抬起頭：「你終於要出櫃了嗎？」

「你不要鬧，我是說海濱命案。」

「你才不要鬧，別拿人權團體那套來亂。」
「為什麼不行？辯護人受訪表示意見，不違法，也很正常。」
「不要幼稚了，你以為能改變法官的想法嗎？」
「這不是個案的問題，裡面有更重要的東西必須被看見。改革從來就不能背對群眾。」
「總之就是廢死。」
「我的意思是，至少要讓社會上有衡平的聲音出現。我認識不少在媒體工作的學長姐，他們都願意幫忙。你不想受訪也沒關係，我可以從一個觀察者的角度發表意見。」
「你什麼屁都不准給我放。」佟寶駒語氣變重：「你這種人，要學會閉嘴。」
「我是哪種人？」
「你是要當法官的人，沒聽過法官不語嗎？[1]」
「我說過了，這與個案無關。」
「那些人才不在乎。」佟寶駒問：「你現在還在用臉書嗎？我勸你最好把帳號刪了，網誌什麼的都關起來。」
連晉平不可置信地搖搖頭。

1 「法官不語」意指法官不應該以判決以外之任何形式發表個人意見，以避免損及司法公正客觀之形象。

「如果你總有一天要否認，為什麼不一開始就把嘴巴閉上？」佟寶駒瞪著他：「你發表的任何意見，最終都會被拿來對付你。要在這個體系裡面活得舒服，就要學會隱藏。」

「從什麼時候開始做法官的目的是為了活得舒服？」

佟寶駒沒理會連晉平，越說越大聲：「不要公開和我或這個案件有任何牽扯。你愛出意見我沒阻止過你，但是該離開的時候，給我滾得遠遠的。」

佟寶駒又吃起早餐，冷冷地說：「你今天不要待在辦公室裡，我不想看到你，隨便要去哪裡都好。」接著他看見連晉平的手指還包著紗布：「叫你看醫生，到底看了沒？你到底都在幹嘛？把時間花在有意義的事情上面好嗎？連公子！」

3

連晉平走出高等法院，漫無目的地在法院周邊閒晃，最後在東吳大學城中部的圖書館裡吹冷氣，趴在桌上睡著了。醒來時已經接近中午，他走去後門的「樺林乾麵」，點了一大碗傻瓜乾麵，加滿醬油、醋、胡椒粉還有辣椒渣，憤怒地吃。

那天晚上連晉平騎車到司法官學院等李怡容下課。李怡容雖然意外，但很開心。兩人在士林夜市解決晚餐，吃了大腸包小腸、古早味豬血糕、藥燉羊肉以及一大杯港式凍檸茶。

吃飽後，連晉平問她不回宿舍會被處罰嗎？李怡容卻反問他不回家會嗎？連晉平知道李怡容在問父親，直說自己受夠那些司法老男人了。

他們決定騎車上陽明山，在文化大學後山稍作停留看夜景，然後選一家溫泉旅館過夜。這是他們第一次在外留宿，李怡容發現連晉平今晚話特別少，她猜是因為害羞。所以進房後，李怡容主動抱住連晉平，在不必擔心他人眼光的房間裡，沒有人發現他們是司法的未來，所以他們決定用前所未有的方式親吻。

連晉平抓住李怡容的手，將她拉向床鋪，指尖卻感受到奇怪的觸感。原來是她的手腕下方，橫跨著長形的疤。連晉平望向李怡容，她沒有迴避。

連晉平輕撫著那些疤痕。醜陋卻實在，安靜又響亮。

李怡容語氣柔軟，眼神卻不容懷疑：「如果你背叛我，就不是法律可以解決的事了喔。」

連晉平呼吸變得急促，粗魯地解開李怡容白色襯衫的鈕釦，接著親吻她。

她卻喘著氣說：「大腸包小腸，蒜頭加太多了。」

兩人大笑，暫時分開，分別洗澡刷牙，然後做愛。

結束後，連晉平在黑暗中抱著李怡容，終於對她吐露今早與佟寶駒的爭執。

「他說的也不無道理。」李怡容閉著眼睛說：「當了法官還怕沒機會嗎？我們可以用判決去實踐理想啊。」

連晉平點點頭，但不確定李怡容有沒有感覺到。

突然連晉平的手機震動，是一則訊息。

李怡容問：「你要看嗎？」

連晉平輕聲地說：「除了我老爸，還會有誰？」

李怡容不再作聲，沉沉地睡去。

連晉平想起今晚本來和 Leena 有約。

4

佟守中將器材室裡的個人物品收拾乾淨後，將鑰匙交還給球隊教練。

「Looh，謝謝。」

佟守中見教練還想解釋些什麼，便揮手要他停止。自己既非編制內的人員，來去本來就無需冠冕堂皇的理由。

解雇通知是在佟寶駒詰問完鑑定人當天晚上，由學校一個不知名的職員以電話通知。沒有書面文件，沒有歡送儀式。佟守中並不感到意外，因為目睹佟寶駒在法庭上的行動後，他便體認到這件事情絕無可能善了。

佟守中這輩子始終是顆棋子，而且總是最先被犧牲的那種。照理來說，也該習慣了，但這次卻有點不一樣。畢竟是親生兒子所為。奇怪的是，看著佟寶駒在法庭上的恣意張狂與揮灑自如，一種奇怪的情緒卻油然而生。

前次開庭的最後，佟守中已經無法理解雙方在爭執什麼。他放空的腦海中浮現多年前死去的那個表弟，這麼久以來，他的臉孔第一次這麼清晰。右手突然有一股震動傳進心裡。那股震動雖然早就無蹤無跡，但他從未忘記。那是怨恨的刀砍向柔軟脖子和胸口的鈍悶回饋，是血肉橫飛又早夭的無聲起義。

佟守中莫名地發抖。他害怕失控的感情，害怕那震動不停。他幾乎是用跑的離開法院，在便利商店一口氣喝完一瓶米酒。胸口的喧騰不減反增，壓得他喘不過氣。

然後，他接到解雇通知的電話，世界頓時安靜下來。

就這樣，如此簡單，佟守中從無名的恐懼中解放出來。就算到這個時刻，他還是不能很好地描述那種恐懼，但是沒關係，他現在是無敵的人。

佟守中照常喝酒，照常打牌，甚至開始贏錢。身體有時候痛，但他一點也不在乎。

佟守中與佟寶駒再度碰面，是在數日後，扶養費訴訟的法庭上。

「你兒子佟寶駒，要求法院免除扶養義務，」法官問佟守中：「他說因為你跑船，幾乎不在家，賺來的錢都拿去喝酒、賭博。後來長期待在監獄裡，完全沒有照顧家庭，出獄後也沒有撫養過他。你有意見嗎？」

「沒有。」

「你有收到他的答辯狀嗎？」

「有。」

法官看向佟寶駒，發現他和自己一樣滿臉問號，只好再度向佟守中確認：「你是承認這些事實嗎？」

「是。」

「如果是這樣，法院可以免除他的扶養責任，」法官最後提醒他：「他就不用再給你錢了喔。」

「我不想再和這個人有任何關係了。」佟守中說。

佟寶駒不明白佟守中在想什麼，或許他正為自己這種輕蔑野蠻、玩弄理性的行徑沾沾自喜？對比佟守中向洪振雄展現的那份卑躬屈膝，現在的滿不在乎變成一種難以忍受的侮辱。佟寶駒感到憤怒，但其實更多的是傷心。

基隆下起大雨。

開完庭後，佟寶駒坐在車裡，不知道自己該去哪裡。他很疲倦，卻不想睡覺。他想回家，但是臺北好遠，而且家裡沒人。他想起八尺門改建前，下雨時，家裡用船板拼成的床，會散發陣陣霉味。下雨時，母親會帶他去海邊撿海螺、撈海菜。下雨時，窗戶望出去，和平島看起來像在雲霧中漂浮的海龜。

他想去看雨中的海，但才上路，雨就停了。他轉往和平之后天主堂，在圍牆外徘徊。他聽見教堂裡傳出練習聖歌的聲音，用的是阿美語。

剛下過雨的天空還不那麼清澈，按照佟寶駒對基隆的理解，下一波會是細密的雨霧。今天不是週日，教堂裡應該不會遇見熟人，但佟寶駒最終決定不進去。他就那樣盯著牆壁上的裂縫，憑著微弱的聖歌，任心思迷走在多年的時空中，直到副本堂神父喊他名字。

「來了就進去坐坐。」副本堂說。

「我要走了。」

「裡面沒人。」

「我不信神。」

「沒關係，因為不信就不保護你的神，不值得信。」

「你都是這樣講道的嗎？」

「不是，所以你不能跟別人說。」

佟寶駒態度有些軟化：「孩子們都好嗎？」

「好，都好，沒什麼大事。」

「我要走了。」

「我反對死刑，教宗跟我一樣[2]。」副本堂突然這麼說。

佟寶駒知道副本堂總是善於安慰人，他沒有拒絕，點點頭回應：「是嗎？」

「但我的教友都不聽我說話。」副本堂露出笑容自嘲後，補充說：「他們需要一點時間才能理解發生了什麼事。你也需要。」

佟寶駒嘆口氣，副本堂的話很暖，但天色依舊沒有好轉。他頷首示意後轉身離開。

「Looh 的問題我們都會幫忙。」副本堂在他身後說。

「什麼問題？」

副本堂有些遲疑：「他們不讓他在球隊工作了。」

父親沒工作了？竟然沒有大發牢騷？還不要扶養費？回想起來，今日法庭上的佟守中確實反常，既沒有口出惡言，也沒有凌人盛氣，反而有一種頑固的、令人厭惡的高傲神情。

「Holy 媽祖。」佟寶駒脫口而出：「我操他媽！他以為他是誰啊？」

副本堂神父微笑點頭。反正沒罵天主。

5

佟寶駒回到海濱國宅的家時，佟守中一個人坐在餐桌前吃午餐。上次進來已經不知道多久以前，家具擺設還有雜物什麼的，都還是老樣子。自佟寶駒對這間房子有印象以來就是這樣。

佟寶駒自己拿了副碗筷，從電鍋裡添了一碗地瓜稀飯，坐到佟守中對面。桌上半開的罐頭分別是茄汁海底雞、香辣鎖管還有土豆麵筋，另外還有一盤加辣椒炒得軟爛的空心菜、一鍋大頭根排骨湯，和喝剩半瓶的米酒。

「你官司輸定了。」

「那又怎樣？沒有你扶養，我就可以拿低收入戶補助了，不用看你這條狗的臉色。」

佟寶駒沒想到還有這個盤算。他搖搖頭，懷疑面前的這個人究竟可以多麼奇葩。

佟守中繼續吃著，佟寶駒也沒客氣，筷子像是帶著脾氣一樣，將食物大把大把地送進嘴裡。兩人之間只剩下咀嚼和吞嚥的聲音，直到所有食物被清光。

佟守中拿起米酒，作勢要佟寶駒來一杯。

---

2 教宗方濟各（Pope Francis）於二〇一八年八月批准《天主教教理》（Catechism of the Catholic Church, CCC）第二二六七號有關死刑之新文本，明確指出「死刑是不能接受的，因為它殘害人的不可侵犯性和尊嚴」，教會應「致力在全球各地推動廢除死刑」。

佟寶駒搖頭：「我不喝酒。」

佟守中抬起右手，將手掌張開放在佟寶駒面前。五隻手指像帶著個性，各有彎曲的姿態。灰白色的繭皮覆蓋在繃緊的蠟黃掌心上，掌紋幾乎看不見。佟寶駒這才發現，他從沒有這樣看過父親的手掌。

像極了某種不知名的海洋生物，他想。

佟守中握住拳頭，留下僅剩半截的食指，邊喝邊說：「那個人叫做阿中，少年船長，船東的長子，福州人啊。第一次出海捕魚運氣好，就以為自己厲害了。一條大白鯊拉上來，非要過去指東指西。大白鯊啊，母的，肚子裡都是小孩，跟你搏命的。尾巴一甩就把阿中打倒，我衝過去拉他，大白鯊一張嘴，手指頭一下就被削掉了。我運氣好，只有半截，大家都說我運氣好。操他媽王八蛋，還怪我不小心。結果我把手指綁起來，又作業了七八小時才肯返航。幹拎老師，還沒有保險……預支的薪水利滾利，我還倒欠他一條手臂勒幹拎娘！操雞巴！運氣好？」

佟守中咿咿啊啊地笑了起來，將剩下的米酒一口喝完，繼續說：「阿中把鯊魚的鰭割下來，狠狠地踢她的肚子，踢到變形，才扔回海裡。你覺得那些孩子能活嗎？我有一次做夢，夢到一隻小鯊魚吞下我的手指，活了下來，變成大白鯊來報仇。她認得我，只要我回去，一定會死在她手裡。大海不會忘記的……。」

佟守中流眼淚卻沒有哭，抬起斷指：「這個，還有那個外勞，在陸地上只是一個故事。怎麼斷的重要嗎？你聽了，但你沒有親眼看見，所以你不可能懂。」

佟守中站起來，漸漸口齒不清，搖搖晃晃地走向房間：「討賺沒那麼簡單啦。你不懂海，不懂這種工作……討海的，拚的是命，你能有他們狠嗎？書念那麼多也沒用啦。」

佟守中自言自語地爬上那像淺抽屜一樣的床：「要了解一個人，就要看他睡覺的地方……，」他兩手扳住床沿凸起的隔板，雙腳一蹬抵住床腳，漸漸安定下來：「站在陸地上，才知道搖晃的是自己……。」

佟寶駒看著佟守中躺在那古怪的床裡，像極了標本。父親這麼睡覺已經好幾十年了，但他現在才了解原因。就像斷指故事，還有其他從小到大，父親說過的似真似假的故事一樣，那是父親作為父親的方式——他本來就沒有打算讓任何人理解。

佟寶駒明白了。傳聞法則也好，教化可能性也罷，都只是讓自己看起來體面的說法。要救 Abdul-Adl，非挖出船上的事不可。

6

陳青雪和佟寶駒約在午夜的老地方。

陳青雪接到佟寶駒的電話時並不感到意外。她知道按照目前態勢，情況明顯不利於辯方。

而且，佟寶駒已經走投無路。

這要從兩點來談。第一，雄豐船業實際上是由透過複雜持股與轉投資的金主所掌控。按照陳青雪的調查，同樣登記在雄豐船業地址的公司，高達數十家。每一家公司的股東雖然不盡相同，但仔細比對後可知，彼此互有關係，顯然是由一個更大的集團所擁有。簡單來說，雄豐船業應該只是一個龐大組織的末端機構，一個絕對合法的防火牆。再加上「平春十六號」是一條設籍於萬那杜的權宜船，移工仲介則是位於新加坡的中資公司，在沒有司法互助的條件下，相關資料根本難以追查。

第二，當然雄豐船業或者它背後更大的組織不能代表全臺灣的捕魚事業。但是談到漁業，就不能忽略它國際事務的本質。一旦以國家為劃分標準，不論船隊的大小，都是命運共同體。鮪延繩釣漁業是我國產值最高的遠洋漁業漁法，每年產值高達數百億。歐盟連續三年九個月將臺灣列為非法捕撈黃牌國之殷鑑不遠。好不容易解除禁令的臺灣漁業，絕對不想再經歷一次制裁的衝擊。

這便是海濱命案最棘手的地方。Abdul-Adl 的殺人行為或許是獨立事件，但這個案子確實踩在整個臺灣漁業，也就是全世界最大遠洋船隊的敏感神經上。[3]

除此之外，因為臺灣漁業大到不能倒，也成為執政者最矛盾的三重難題。按照臺灣的國際情勢，面對國際漁協毫無談判籌碼；但為了符合國際規約，又必須祭出重罰；然而漁業界面對重罰的強力反彈，總以金援、選票為要脅，重擊民意政治最軟的那一根肋骨。

電話中，佟寶駒直接了當地提出要求：「我要知道船上到底發生什麼事。」

陳青雪很高興佟寶駒終於想通了。因為海濱命案的關鍵不在於用什麼刀，或者死了多少人，而是其中千絲萬縷的金錢、權力與政商關係。雖然陳青雪自己也還未能清楚全貌，但總統的特意關心和蔣德仁的善意提醒已經說明了一切：海濱命案的影響，就連法務部長也不可能置身事外。

即使夜深人靜，陳青雪仍注意隱蔽。她支開隨扈，刻意從杭州南路的側門進入校區，在成排椰子樹影下，穿過杜鵑花道，並在前排教室的拱型門廊下刻意停留，確認周遭有無可疑人士。

已經在池畔等候的佟寶駒，頻頻望向徐州路側的校區正門，沒有注意到陳青雪出現在身後，嚇了一跳。

「你再不來我就要吟詩作對了。」

陳青雪掏出香菸，邀請佟寶駒享用。他搖頭拒絕。

「忘記你不抽菸了。」陳青雪說著，點起菸。其實她沒忘，只是想試探。

「查到什麼？」

---

3 臺灣遠洋漁業登記作業船隻總數佔全世界三五．七三％，年產值約四百億台幣，對於周邊產業影響超過千億元。（資料來源：外交部、綠色和平組織）

「都是些沒用的資訊。」陳青雪拿出一封牛皮紙袋交給佟寶駒：「陪我走一段吧。」

陳青雪沒等佟寶駒答應，逕自轉身。佟寶駒跟著她走進前排教室的門廊，進入黑暗中。

「你不是唯一想抓他們把柄的人，也不是唯一抓不到把柄的人。」陳青雪說：「聽過 Kenny Dowson 這個人嗎？」

佟寶駒搖頭。

「他是美籍遠洋漁業觀察員，專門派駐在印度洋的遠洋漁船上。他在去年三月十日落海失蹤，至今未尋獲遺體……他在船上所有的紀錄資料也都不翼而飛。」陳青雪說：「你猜他是在哪艘船上執行任務？」

佟寶駒明白陳青雪的意思。

觀察員係受漁業組織委託，不定期派駐在漁船上，負責蒐集海洋科學資料，並紀錄捕撈作業，以確保漁船沒有非法捕撈之情形。由於職務內容具有高度監督的意味在，必須在茫茫大海上隻身與龐大的捕撈利益抗衡，實際上是一項非常危險的工作。

「據說他落海那天，風平浪靜。按照國際規定，有船員落海，漁船只需要在原地搜救三天，便可離去。在千里之外的大海上，這意味著不管發生過什麼，都石沉大海。」陳青雪說：「更別提臺灣連管轄權都沒有。」

「這件事媒體沒有報導過嗎？我完全沒有印象。」佟寶駒回想著。

「不能全怪媒體，臺灣人本來就不在乎這些事情。」

「這件事和海濱命案的關係是什麼？」

「國外有一個非營利組織，叫做『通訊者』，長期追蹤臺灣遠洋漁業的狀況。他們認定『平春十六號』有濫捕、洗魚、虐待漁工甚至走私等情形，推測Kenny Dowson落海一事並不單純。」

佟寶駒開始拼湊線索：「所以一返回臺灣，就將所有漁工資遣……。」

「這樣說法不完全正確。那艘船上所有外籍漁工都是境外聘僱，有些可能在新加坡外海就被仲介轉載走了。」陳青雪說：「我們連完整可靠的名單都沒有。」

「唯一逃跑的是Abdul-Adl，」佟寶駒說：「如果他確實目擊了什麼，鄭峰群一定發了瘋要找他。」

「但在海濱命案裡，另一件事才是關鍵。」陳青雪說。

「虐待漁工。」佟寶駒很快地作出判斷：「如果他被虐待，就可以解釋殺人動機。可是這不又回到了原點？我們沒有辦法證明船上的狀況。」

「寶駒，」陳青雪抽完最後一口菸，丟在地上踩熄：「你知道你面對的，是什麼樣的對手嗎？你真的準備好了嗎？」

佟寶駒神情漠然：「對一個辯護人來說，這個煩惱太奢侈了吧。」

陳青雪回想起當初為什麼會喜歡上這個原住民大男孩。

陳青雪淡淡地說：「根據我的情資，當初逃走的不只Abdul-Adl，還有另外一名印尼籍漁工也下落不明。如果你能找到他的話。」

「叫什麼名字？」

陳青雪拿出另一支菸放進嘴裡，然後從口袋抽出一張照片交給佟寶駒：「Suprianto。如果我們的推論沒錯，他的處境應該也很危險。」

7

關於海濱命案，陳青雪的盤算很單純，掌握越多的資訊，就越能站在主動地位，但她卻沒有預料到，有些麻煩與政治無關。

陳青雪和佟寶駒密會後數日，蔣德仁意外現身在陳青雪辦公室。他伸手示意秘書勿驚擾陳青雪，另一隻手已經敲在門上。

陳青雪對他的到來感到意外，但強硬阻止又顯得奇怪，只得讓他進來。

蔣德仁將一小布包遞到陳青雪面前。

「生日快樂。」

陳青雪有些訝異，但還是接過布包：「我不懂維基百科為什麼一定要把生日放上去。」

「不用維基百科我也打聽得到。」

陳青雪將布包打開。裡面是一串佛珠，傳出一陣檀香。

「紫檀木，西藏高僧加持過的。」

「謝謝。」

「有計劃嗎？」

「什麼？」

「生日。」

陳青雪拔開酒瓶，倒了兩杯威士忌：「我沒有，別人也會有。」

「不用當天，我們應該好好吃頓飯，」蔣德仁說：「我們可以去隱密一點的地方。」

陳青雪將酒杯放在蔣德仁面前，他卻抬手婉拒：「不喝了。最近在控制……你看，我連酒壺都沒帶。」

蔣德仁拉開西裝外套，露出得意的微笑。已經一個禮拜沒有喝了，如果你知道那有多麼困難。

陳青雪沒看他那樣笑過，心裡有些震動。蔣德仁的酗酒問題人盡皆知，據說是從他的前妻與女兒車禍雙亡之後開始的。另一種說法，酗酒才是他離婚的主因。酒精，是他在權謀鬥爭中麻痺自己的唯一良方。

陳青雪認為這些說法都沒有錯。就她的觀察，蔣德仁耽溺在酒精中，是因為恐懼自己的敏感多慮，是在迴避不被身分允許的情緒。

因此，比起酗酒，蔣德仁戒酒更讓陳青雪擔心。

「你感覺不是一個控制得住自己的人。」

「我已經控制得很好了。」

「還不夠好……吃飯的事，再看看吧。」

蔣德仁勉強地保持微笑，點點頭，卻瞥見陳青雪桌上的一份文件，那是「平春十六號」的調查案卷。

「為什麼？我說過了，不要把兩件事搞到一起。」

「如果你不幫我，也不要扯我後腿。」

蔣德仁語氣激動：「我現在就在幫你！」

陳青雪看著蔣德仁。這個男人越線了。她必須讓蔣德仁打消這個念頭。

「不然你以為我為什麼和你在一起？」

「你說什麼？」

「你知道佟寶駒吧？海濱命案的辯護人，」陳青雪說：「他也很喜歡那幅畫，很喜歡。」

「你們……你也帶他去和室？」

「各取所需。」

「你說了什麼？」蔣德仁盛怒地將桌面的東西掃到地上：「你對他說了什麼？」

門外傳來秘書敲門關心的聲音。

陳青雪看著散落一地的物品，冷冷地說：「祕書長，你應該離開了。」

「對不起，我……」蔣德仁喘著氣，顯得十分狼狽。

「你必須離開了。」

蔣德仁眼睛瞪著老大，好似缺氧，搖搖晃晃地退了幾步，接著又向前抓起桌上酒杯一飲而盡。快步離開。

陳青雪看著他離去的背影，意識到一件事情：把佟寶駒搬出來實在不聰明。

8

為了從 Abdul-Adl 挖掘更多資訊，佟寶駒決定再度造訪看守所。

佟寶駒在高等法院門口等著公務車。連晉平和 Leena 站在一旁，雖沒說話，但一股彆扭氣氛，看得佟寶駒都覺得尷尬。

公務車開到，連晉平和 Leena 正要上車，佟寶駒搶先一步卡位。

「來來來，你們兩個分開分開，」佟寶駒大聲嚷嚷：「我坐中間，對腰比較好。」

見到 Abdul-Adl，佟寶駒請 Leena 接連翻譯「船上工作與休息狀況？」、「飲食是否充足？」、「有無遭受肢體暴力？」等等幾個問題，但他依舊沉默。

佟寶駒拿出 Kenny Dawson 的照片，問他是否認識。Abdul-Adl 點點頭。佟寶駒追問：「你知道他發生什麼事嗎？」Abdul-Adl 又露出空洞的表情。

佟寶駒接著拿出 Suprianto 的照片，再問他是否認識？

Abdul-Adl 不帶情緒地說：#「Garuda.」

「Garuda?」

「Garuda.」

Leena 皺眉頭解釋道：「Garuda 是鳥，印尼的國家圖案，神話的鳥。」

「印尼國徽？金翅鳥？」一知半解的連晉平也不敢擅斷。

連晉平指的是印尼國徽：金翅鳥潘查希拉（Garuda Pancasila）。其形象來自於印度教中的神鳥迦樓羅（Garuda），而潘查希拉的詞源來自梵語，由「五」（Panca）以及「戒律」（Sila）所組成，意指印尼的建國五原則：信奉真神、人道主義、國家統一、民主主義以及社會正義。金翅鳥腳下的白色綬帶，則用老爪哇語寫著印尼國家格言「存異求同」（Bhinneka Tunggal Ika），宣示不同種族與宗教間和諧共存的立國精神。

Abdul-Adl 接著又說：#「Tegakkan kepalamu garuda.」

Leena 帶著遲疑地翻譯：「他說……抬高神的鳥的頭。」

「什麼意思？」佟寶駒問 Leena。

「那個好像是，踢足球，會說的那種話，加油。踢足球說的。」

Abdul-Adl 又說了一次：「Garuda。」

這樣問下去顯然無法有任何進展。佟寶駒低著頭，嘆了一口氣。

Abdul-Adl 突然說：##「Omah nang endi?」

Leena 翻譯：「他問家在哪裡？」

「什麼意思？」佟寶駒說。

「印尼？」Leena 抬起手想要比方向，卻發現自己並不清楚目前方位：##「印尼？在南方……」

Abdul-Adl 突然起身，衝向最近的窗戶。警衛連忙衝上去把他架住。

Abdul-Adl：##「Matahari, matahari nang endi?」

印尼語。

爪哇語。

「回去？什麼時候？」連晉平似乎抓錯重點。

「我也想，幫忙人，需要幫忙的人。」

「我最近看到印尼，很多抗議……刑法修正的問題，對嗎？」

Leena很訝異連晉平注意到故鄉的新聞，她點點頭。

「我看到新聞，那樣的法律很糟糕……如果你想念法律，可以留在臺灣。」

「沒有錢。」

「我可以幫忙……我認識一些人，或許可以申請獎學金。」連晉平說：「臺灣法律比較進步，比較有人權。」

「臺灣法律要殺掉Abdul-Adl。」Leena顯得有些不悅：「伊斯蘭喜歡原諒，不一定要殺人。」古蘭經鼓勵寬恕，Leena作為虔誠的穆斯林，記憶最深刻的便是：「一項傷害的還報是相等的傷害。倘若任何人寬恕並和解，安拉必予回賜。安拉不喜背義之人。」[4]這些日子以來的經歷，對於法律與文化差異所造成的衝擊，沒有人比Leena感受更深。

連晉平當然不懂印尼法律，更不懂伊斯蘭信仰。他對異文化的片段理解，讓他在意識到自己的可能偏誤時，連更正的話都說不出來。然而他真正讓人難以忍受的，是那種救世主的優越情結。

連晉平感覺自己說法偏差，趕緊補充：「你可以在這裡幫助移工。」

Leena沒有繼續說些什麼，畢竟已經習慣臺灣人對印尼的刻板印象。她喜歡連晉平，只是為自己覺得委屈。好像不管多麼努力，自己永遠是局外人。

Leena將一百元拿出來，放在桌上，不再說話。

她不打算解釋，那是老許前幾天塞進她褲子口袋的一百元。

10

連晉平整理著公文時，聽見走廊上一陣由遠而至的吼叫聲。初聽不以為意，漸漸地才意識到那是佟寶駒的聲音。

就在佟寶駒破門而入的前一刻，連晉平終於聽懂他在喊著「Garuda——」

佟寶駒衝進辦公室，身上竟穿著一件紅色足球球衣，又一次振臂高呼：「大家一起來！Tegakkan kepalamu garuda! Tegakkan kepalamu garuda!」

林芳語趕緊將門關上：「總有一天會有人丟垃圾進來。」

連晉平冷眼看著佟寶駒：「想必你的人生有了新的突破。」

4 古蘭經42：40。

佟寶駒扭腰，一屁股坐下，將腳抬到桌上：「不是我的人生，是海濱命案。」

「所以你了解 Garuda 的意思了嗎？」

「金翅鳥呀，印尼的國徽。」

「那是我告訴你的。」

「你看看我這身是什麼。」

「您改打足球了？」

「你不覺得在哪裡看過嗎？」

連晉平想了一下，努力不讓自己掉入佟寶駒的玩笑陷阱中。

「去翻卷！」佟寶駒老神在在地端詳著自己的指甲。

連晉平想到什麼，趕緊拿出卷宗，心裡的線索漸漸拼湊起來。他找到案發當晚，和平島觀光漁市監視器畫面擷圖，證實自己的猜測：Abdul-Adl 殺人時穿著的便是一件紅色足球球衣。

連晉平記得事件發生後，他在新聞上多次看過這段影片。錄影畫面中的 Abdul-Adl 搖搖晃晃地，手上的那把刀反射著寒光，在一身血紅的 Abdul-Adl 手上，即使隔著螢幕，仍顯得陰森逼人。

連晉平問：「這跟 Garuda 有什麼關係？」

「印尼足球國家隊的暱稱就是 Garuda。」

「好，那只能證明 Abdul-Adl 是個熱愛足球的殺人犯。」

「你再看仔細一點好嗎？」

連晉平仔細端詳那幾張擷圖。監視器設置在和平島觀光漁市的入口，Abdul-Adl 從畫面右上角進入後，沿著螢幕上方邊緣，背對著鏡頭漸漸走出畫面。他看不出這段熟悉的影片有什麼線索。

「球衣上面的名字是？」

連晉平從模糊不清的影像中，慢慢拼出：「S...u...p...rianto!」

連晉平恍然大悟：「他是印尼國家隊員!?」

佟寶駒無奈地搖搖頭：「Holy 媽祖，蓮霧，Where is your 邏輯？」

「講重點好嗎。」

「關鍵在這個，」佟寶駒指著監視器畫面擷圖說：「球衣上的聯盟縮寫，TIFL。Taiwan Immigrants Football League，臺灣外籍移民足球聯盟。」佟寶駒對於自己彆腳的英文發音顯然很有自信：「聽過嗎？」

連晉平搖搖頭。

「沒關係，我也沒聽過。總之那是臺灣外籍工作者發展協會主辦的一個足球賽，每年都吸引許多外籍人士或新住民組成隊伍比賽[5]。」佟寶駒將手指移往球衣中央的圖案，一個被足球

5 「外籍移民足球聯盟」於二〇二〇年一共有超過二十四支隊伍、八百名球員參賽。

心的懷疑，反而堆滿笑容：「誰沒有讓人頭痛的爸爸？」

連晉平和林芳語聽得一頭霧水，但氣氛好像不容許他們說話。兩人僵在原地。

連正儀將紅酒放到桌上，拍拍西裝外套上的灰塵，對眾人示意：「那麼，我就不耽誤大家工作了。」

連正儀步出辦公室時，對佟寶駒這個人已有了定見。做法官這些年來，他對於自己識人的能力非常有信心。他深刻地相信，在血液裡的東西，永遠不可能改變。

11

佟寶駒對基隆中元祭最早的印象是在佟守中入獄以後。

一切是從七彩的塑膠風車開始的。

八月的一個晚上，佟寶駒在床上等馬潔回家等到睡著了。聽到聲音張開眼，床旁竟堆了幾箱彈珠汽水和麥根沙士。馬潔溫柔地摸摸佟寶駒的臉，將一袋七彩膠片放在他面前：「把這些組好，你可以喝一瓶汽水。」

佟寶駒頂著睡意，跟著馬潔的步驟，默默地在床上組起各種顏色的塑膠風車。馬潔將第一個完成的風車送給佟寶駒。她插在窗邊，等待晚風。

夜深了，佟寶駒小小的腦袋變得很重，窗邊風車旋轉時發出規律的喀喀聲。佟寶駒見一整袋風車沒有盡頭，哭起來說要汽水。

馬潔拿一瓶給佟寶駒，也給自己開了一瓶。兩人坐在床上，窗邊的風車忽快忽慢地轉著。馬潔問佟寶駒說：*「不喜歡風車嗎？」佟寶駒搖搖頭。

隔天早晨，佟寶駒在七彩斑斕的光線中醒來。馬潔在窗外喚他。爬到窗邊，他看見馬潔站在滿載飲料的推車旁，上面還插滿各式風車，在風中瘋狂旋轉。

馬潔在那眩目的反射中，大聲地說：*「我帶你去看鬼。」

當晚的基隆市區比早晨的風車還要耀眼。佟寶駒第一次看見這麼多人，也感染了興奮激昂的情緒，他在推車四周來回跑動。所有的東西在他眼裡都在飄蕩旋轉。

佟寶駒看見所有的旗幟上都寫著「李」。他好奇什麼時候也能輪到自己風光，便問馬潔：什麼時候輪到馬？

*「馬？沒有佟也沒有馬。」

佟寶駒莫名地失落。

*「沒有關係啦，那個又不是我們的姓。阿美族沒有姓。」

*「明明有，我姓佟。」

*「你爸爸的阿公亂取的。」馬潔沒有打算好好解釋。她的腰非常痛，但眼下還找不到一個

適合擺攤的位置。

其實馬潔自己也說不清楚背後脈絡。日本戰敗，國民政府接收臺灣時她還沒出生，當然不了解當時去和名改漢名的政策。她的漢姓之所以為馬，是因為外公的阿美族名為Mayaw，音譯後戶政單位便登記以「馬」為姓。至於佟守中的漢姓，則是因為佟守中祖父辦理登記時，不知道該如何取姓，公所承辦人便以自己的姓氏做登記，導致整村的人都姓佟。

佟寶駒沒有繼續追問，但並非沒有疑惑。身為都市原住民，他很早就習慣與含混不清的世界相處。一句話說不清楚的，就沒有人會再花力氣解釋。他們的語言也好、信仰也好、名字也好，比基隆一月的雨還要曖昧。

馬潔在署立基隆醫院的對面巷子裡勉強找到一個安身的位置。她給了佟寶駒一瓶汽水，跟他說山上有吃的，你去吧。看到鍾馗以後就要下山。

佟寶駒隨著人潮往山上走。主普壇方向不斷傳來鞭炮與鑼鼓的聲音。走在路燈昏暗的中正公園石階上，看不清旁人的模樣。佟寶駒聽見各種不同語言，有方言也有鄉音。金髮碧眼的阿豆仔水手們，連笑聲都有特殊腔調。

佟寶駒鑽過人群，抵達主普壇。第一個映入眼簾的，是一塊巨大木板，上面高掛著一塊由紅布裝飾的肉色浮雕。佟寶駒靠近看了許久，才發現那是一頭從腹部剖開，攤平後比人還大的神豬屍體。佟寶駒被牠上吊的眼神嚇哭了，在主普壇的霓虹光彩下狂奔，卻發現迎接他的是更多死亡的眼神。

一陣風從和平島吹進基隆港，帶起主普壇前漫天飛舞的香灰與星火。明星花露水的香氣和檀香混雜，縈繞在五花八門的供品與彩雕之上。佟寶駒噙著淚水排隊領取摩訶粿與必桃，又吃了幾碗麻油雞與八寶飯。吃飽以後不再害怕，因為他覺得自己餓的時候，比起無主遊魂更像鬼。

幾年後，他才漸漸了解基隆中元祭的歷史涵義。在這座海洋城市的角落裡，充斥著各種死亡的記憶。那些漳泉械鬥的亡魂、被海吞噬的孤魂，各種死於非命的遊魂，必須被紀念、必須被安撫。各種移民族群的衝突，在道教科儀的喧鬧中，在豐盛浮誇的討好中，都歸於和解。

曾經有一度佟寶駒很擔心自己死後不在招喚之列，因為對這些外來者而言，他不是移民。好在自己有一個漢人名字，他想，或許蒙混一下還是可以的，反正東西也吃不完。

佟寶駒與馬潔回到八尺門的家裡已經是半夜。拖著疲憊的身軀躺上床，黑暗之中馬潔說風車應該貼上符咒貼紙會更好賣。佟寶駒則說，死掉以後還能吃飽是一件很棒的事。

*「阿美族的鬼不用擔心吃不飽，天主會接走你，你會回到祖靈身邊。」馬潔說完便發出沉沉的鼾聲。

佟寶駒莫名地擔心起來，天主的食物會不會吃不慣？

12

三十年後，佟寶駒從八尺門的鬼，變成了臺北的人。基隆中元祭則在漫天的煙火與無盡的歡騰中，堂堂邁入第一百六十六年。

趁著中元祭回基隆走走成為佟寶駒這些年來固定的習慣。他不在意好兄弟是否吃飽，也對民俗科儀沒有興趣。他單純只是想重溫摩訶粿與必桃的味道，還有品嚐各式小吃。或者也帶著緬懷，遙想曾經那麼多年的風車回憶。

由於海濱命案有了新的線索，佟寶駒整個人都輕鬆了起來。他想起 Leena 因為案件而低落的模樣，還有那個遲遲未能送出的頭巾，決定邀請她出去透透氣，見識見識這場臺灣最盛大的民俗盛事，也算是慰勞她的辛勞。

Leena 出現時，維持著原本的裝扮，只是褪去了頭巾。茂密微捲的黑色長髮自然垂下，整個人看起來更為清瘦。佟寶駒雖然遠遠看過，但近距離觀察才能體會 Leena 那種含蓄的光芒。

佟寶駒彬彬有禮地幫 Leena 打開車門：「約會模式開啟。」

「什麼意思？」Leena 問。

「意思是，準備出發！」

佟寶駒發動引擎，露出招牌笑容。

佟寶駒先帶她到基隆印尼街的餐廳吃點開胃菜。中正路與孝三路周邊開起許多東南亞商店與餐廳，不過是這幾年的事。佟寶駒對這些巷弄太過熟悉，以至於回想起來有些超現實。

民國五六〇年代的基隆港區，酒吧、唱片行與委託行林立，旅客和船員熙來攘往。眼裡看的是眩目的霓虹燈，耳朵聽到的是爵士樂，穿戴的是海外流行先端，基隆彷彿就是世界的中心。如今異國風情依舊，只是臉孔不同，曲風變成 Dangdut 與 Pop Daerah[6]，氤氳蒸汽之中多了辛香料的芬芳。建築老了，街道小了，但庶民的活力依舊。

佟寶駒替 Leena 點了一碗海鮮酸辣湯，自己則吃牛肉丸湯。接著他們漫步走向廟口，感受沿路慶典的氣氛。

「印尼話，吃飽了嗎，怎麼說？」佟寶駒問。

「幹嘛？」

「這是臺灣人的傳統，不問你過得好不好，而是問你吃飽了嗎？」佟寶駒說：「因為我們餓怕了。」

「Sudah makan kenyang belum?」Leena 教他，但還是覺得怪：「這樣問印尼人會覺得奇怪。」

「沒關係，我不覺得怪就好啦。」

6 在台印尼移工經常聆聽、點唱、表演的印尼流行音樂類型。

已。

Leena 出現在車邊。她神情自在，頭髮紮起馬尾，俐落卻帶著距離感。

連晉平試著維持一般性的態度向她打招呼，但 Leena 顯然比他更無所謂。連晉平想打開話題，向她解釋此行目的。她卻淡淡地回應：「寶哥跟我說過了。」

Leena 接著揮手指示連晉平坐前座，因為後座是女生的。

佟寶駒對此非常滿意，向連晉平做了一個鬼臉。你也沒份啦。

風和日麗，車子奔馳在高速公路上。Leena 將車窗搖下，享受這短暫的自由。連晉平從照後鏡瞄著她，倍感困窘。佟寶駒很快融入音樂，隨著打拍子。

三人各帶節奏，極不協調地踏上追尋證人的未知旅程。

臺中工業區的馬路筆直又安靜。他們沒有困難地找到 Bayu 服務的工廠，但打聽之下才知道他當天正好輪休。接待人員聽到是法院來的，顯得有點緊張，趕緊叫人事主任出面處理。佟寶駒避重就輕地解釋來意後，主任才解除疑慮。

「你們去東協廣場找找吧，他放假都去那裡。」主任說：「很好認的，穿紅色球衣，旁邊跟一群女生的那個就是了。」

佟寶駒不記得自己是否來過東協廣場。就算有，這個地方也有了很大的改變。

東協廣場原名第一廣場，民國八〇年代曾是臺中青少年休閒遊樂的據點。然而在衛爾康西餐廳大火後，民間謠傳廣場上方出現抓交替的白色幽靈船，因而失去人潮逐漸地沒落。

進入民國九〇年代後，第一廣場反映出臺灣經濟與生活型態的變動，出現帶有東南亞異國風情的各式餐廳、舞廳以及商店，成為移工放假休憩的首選地點。臺中市長也在民國一〇四年特定將之改名為東協廣場，宣示創建友善移工環境之官方態度。

假日的東協廣場人聲鼎沸。佟寶駒一行人抵達時，一樓入口右側的財福殿正好舉辦地官大帝聖誕暨蘭盆法會。

「據說這間廟是為了鎮壓此地的冤靈而建立的。」

「為什麼這裡有冤靈？」

「衛爾康大火你沒聽過吧？謠傳這個廣場上方出現白色幽靈船，要載滿一百人才會啟航。」

「可是這是財神廟耶。」

「因為沒錢比鬼更可怕。」佟寶駒這麼下了註解。

他們在東協廣場的一間服飾店外面找到 Bayu。清瘦結實的他，神態機靈有戲，被一群女生圍繞還能面面兼顧。所有人都向著他有說有笑。

Leena 上前搭話。Bayu 看見她，眼睛都亮了。頭也不回地隨著 Leena 走向佟寶駒和連晉平。

佟寶駒拿出 Suprianto 的照片，問 Bayu 是否認識。

「他說他不知道。」Leena 翻譯道。

「你跟他說，我們不是要來抓 Suprianto 的。我們只是想請他幫忙。」佟寶駒說。

Leena 又溝通了幾句。Bayu 的回答逗笑了她。佟寶駒不明就裡，也在旁邊跟著笑。連晉平則存著戒心繃著臉。

Leena 回頭對佟寶駒說：「他跟我要電話。」

「什麼？」

「我給他電話，他才要跟我說。」Leena 說。

「還有 Facebook。」Bayu 突然中英夾雜地補充。

佟寶駒一副無所謂地點點頭：「給他。」

「怎麼可以？」連晉平馬上反駁。

「要個電話又不是幹嘛，大家交個朋友，你別這麼封建啊。」

「那又不是你的電話。」

佟寶駒不理會連晉平的意見，對 Leena 說：「先給電話，等他講完才有臉書。」

Leena 覺得也無不可，便與 Bayu 交換號碼。連晉平只得默默地把話吞下。

Bayu 按照約定說起有關 Suprianto 的事：他和 Suprianto 是踢球認識的。Suprianto 自稱是北部漁港的逃逸移工，聽他抱怨過船上的生活，但 Bayu 並未過問細節，因為這在移工圈裡也不是奇怪的事。Suprianto 平時在工地打零工為生，定期會回北部探視他的女朋友和小孩。

「他在臺灣有小孩？」佟寶駒相當訝異。

Bayu 點點頭：「聽他說，沒看過。」

「你知道 Suprianto 在哪裡嗎？」

Bayu 搖搖頭：「人不見，手機那個不通。」

佟寶駒拿出 Abdul-Adl 的照片：「你認識這個人嗎？」

「看過，他和 Suprianto 是好朋友，但是不熟，他不說話。」Bayu 的回答有些戒心。

「我們該怎麼找 Suprianto？」

Bayu 聳聳肩，表示不知道。他見眾人沒有繼續追問，便揮動手機，提醒 Leena 交換臉書帳號。

佟寶駒按住 Leena 的手機說：「拿 Suprianto 的臉書交換。」

Bayu 咕噥一陣，Leena 翻譯道：「他說沒有 Suprianto 的，但有他女朋友的。」

「你這臭小子，女生臉書倒是收集地挺勤快的啊！」佟寶駒挖苦 Bayu：「來來來，我也要加你。」

Bayu 一臉嫌棄，但也沒辦法拒絕。三個人便圍成一圈交換起臉書帳號，連晉平不知如何自處，尷尬地在旁邊踱步。

「最後一個問題。」佟寶駒問 Bayu：「東協廣場裡面哪間印尼餐廳最好吃？」

14

他們在東協廣場二樓找到 Bayu 推薦的印尼餐廳。佟寶駒學 Leena 點了「GADO-GADO」[8]，連晉平則選擇牛肉丸湯麵。

「如果把花生醬換成 ABC 辣醬的話，吃起來會更像臺灣賣的印尼菜。」佟寶駒如此評論「GADO-GADO」的味道。

「那是沙嗲的味道。」Leena 說：「你到底想吃臺灣菜還是印尼菜？」

佟寶駒露出笑容：「你中文進步很多耶，說不定官司打完，你就可以用中文說笑話了。」

「比你好笑。」Leena 回嘴，惹得佟寶駒哈哈大笑。

連晉平看他們兩個鬥嘴，自己插不上話，死命又扒了幾口麵。

佟寶駒和 Leena 開始用手機瀏覽 Supriantо 女朋友的臉書頁面。連晉平因為剛剛沒有參與交換帳號的活動，只能湊近佟寶駒的手機看。佟寶駒刻意逗他，把手機偏開，連晉平一把將他拉回來。

Suprianto 女朋友的臉書名稱是「Indah」。從首頁的特寫沙龍照可以看得出來是相當外向與自信的女生。相片集裡多是她出遊的自拍，沒有看到任何 Suprianto 和小孩的身影，卻有一張她與臺灣男子的親密合照。那名臺灣男子身材壯碩，手臂上刺著羅漢與惡鬼，氣質冷酷的他臉上卻有著違和的幸福微笑。

「不管怎樣，一段感情裡都要有人受傷。」佟寶駒假意地感慨。

「她會知道 Suprianto 在哪裡嗎？」連晉平說。

「我傳訊息？」Leena 問。

「會打草驚蛇。」連晉平說。

「可是她在哪裡不知道，怎麼找她？」Leena 問。

「在基隆。」佟寶駒把手機轉向他們，上面顯示著一張 Indah 的自拍照，背景是一間巷弄內的夾娃娃機店，打卡地點是「八斗子漁港」，臉書自動翻譯的留言寫著：「歡迎來我的地方。」

「就像所有偉大的旅程一樣，必須回到原點。」佟寶駒總是很有大道理：「就像八斗子我只吃『春興水餃』。」

8 一種印尼爪哇島料理，混合生菜、豆角、炸豆腐、蝦餅、雞蛋等食材，並佐以沙嗲醬。

Leena的手機突然有訊息傳過來，她低頭檢視訊息。

「Bayu？」連晉平問。

Leena點點頭。

「他騷擾你的話就封鎖他。」

「他叫我跟著你們要小心一點。」

「小心一點？」

Leena抬頭，表情有些不安：「他說，我們不是唯一在找Suprianto的人。」

15

佟寶駒三人在八斗子漁港附近問人，沒有費什麼力氣就找到照片中那家夾娃娃機店。

這家店名為「八斗妖」，用LED跑馬燈作為招牌，不斷放送著各種優惠訊息。店內燈光設計走夜店風，加上各種大小機台的眩目閃光和快節奏音樂，即使在白天也能感受出八斗子人對休閒文化的強烈自信。

連晉平到店內走了一圈，空間比想像中深，走到底還有一個拐彎，一樣擺滿機台。他沒有看到Indah，也沒有其他任何與移工或印尼有關的線索。他走回車上問：「接下來呢？」

「等啊！」佟寶駒打開車窗，關掉引擎，然後把心裡準備很久的笑話抖出來：「八斗妖就吃『春興水餃』。」

「是到底有多想吃？」連晉平懷疑自己還能忍受佟寶駒多久。

他們觀察了整個下午。這間店生意不錯，稱得上老少咸宜，也有許多移工模樣的人出入，就是沒有 Indah 的身影。

接近傍晚，滿天的彩霞從八斗子漁港順著海風吹過來。在這半明不暗的魔幻時刻，「八斗妖」在灰暗單調的街頭上更顯艷麗。

「你不覺得很奇怪嗎？移工有這麼愛玩娃娃機嗎？」連晉平問。

「對，而且他們進去以後都沒出來。」佟寶駒說：「裡面肯定有賣水餃。」

「Toko Indo。」Leena 突然醒悟：「裡面有 Toko Indo，印尼店！」

印尼店泛指以印尼人為主要客源對象的雜貨店、小吃店、卡拉ＯＫ等場所。這類空間除了交易，也為在臺印尼人提供了宗教、集會與交誼的功能。經營者多是印尼華僑或新住民。雖然大多是一般性的開放商家，但 Leena 也曾聽說有些印尼店以舞廳形式經營，因為不合法，所以需要熟人帶路方得進入。

三人走進「八斗妖」，在轉彎盡頭處發現一道與牆壁同色的門，外觀毫無標示，看起來就像是普通的儲藏室。不過仔細聽，竟有音樂從門裡傳出。利用店內音樂與機台音效作為掩護，難怪連晉平先前並未發現異狀。

「印尼人竟然和臺灣人一樣聰明。」佟寶駒不忘貧嘴。

「你可以閉嘴嗎？我們要怎麼進去？」連晉平說。

「我來。」Leena 說。

Leena 挽住連晉平的手，開始敲門。沒多久門半掩地打開了，帶著撲克牌老J氣質只是稍胖的一位印尼人伸出頭。Leena 熱情地用印尼語跟他交談，還對他介紹了佟寶駒與連晉平。完全聽不懂的兩人，只得笑著回應。

老J的表情從警戒漸漸轉為柔和，最後打開門，允許三人通行。

Leena 持續挽著連晉平走在前面，佟寶駒尾隨他們進入一道狹窄昏暗的走廊。老J在他們身後迅速關上門。眼睛適應黑暗後，音樂與人聲也愈發清晰。最後他們進入一個煙霧繚繞的陰暗空間裡，必須透過簡陋舞台的霓虹燈才能稍稍辨識整體構造。

空間中央是舞池，有許多印尼人正隨著舞台上樂團的現場演奏搖擺身體。舞池外圍則散置著簡易桌椅，許多人在其中聊天和親熱。四處盡是空的啤酒罐與紙杯。他們三人找了一張空著的桌椅坐下。樂團演奏正好來到高潮，一時之間場面有些混亂。

「你說了什麼？」佟寶駒問 Leena。

「我說蓮霧是我男朋友，你是他爸。」Leena 鬆開原本挽著連晉平的手說：「還有是 Indah

邀請我們來的。」

「欸你這女人，這麼重要的事不用先和我討論嗎？」佟寶駒顯然頗為介意：「你是我女朋友，他還是可以當我兒子啊！」

連晉平沒有回嘴。得了便宜的他還感受著Leena在身上留下的觸感與溫度。

一名穿著與舞客無異的侍者走來，端著一壺半滿的飲料，從霹靂包中取出三個紙杯給他們，分別斟滿後離去。

佟寶駒一口飲盡，味道酸甜嗆辣，猜測有蘋果西打、伏特加或蔓越莓汁吧。連晉平見佟寶駒沒事，也將飲料送入口中。

身為穆斯林的Leena不願破戒，正看著杯子猶豫，連晉平迅速把自己的杯子與她的調換，又一口喝光。

此時另一名侍者走近，用印尼語問還需要點什麼？

「問他Indah在不在。」佟寶駒說。

Leena看旁人桌上大多是臺灣金牌啤酒，就點了三罐，假裝順便問起Indah的事，但侍者搖頭說不認識，隨後快步離開。

三人編制的樂團演奏起新的曲子，前奏有點耳熟，竟然是張震嶽的〈自由〉，但編曲搭配著手鼓與竹笛的聲部，帶有Dangdut的樂風，歌詞也是印尼語。現場舞客似乎非常熟悉旋律，不僅跟著跳，口中也哼著歌詞。

佟寶駒打開啤酒，示意連晉平照做，然後叫他起身擺動：「融入一點，你看起來太像臺灣人。」

現場音樂節奏越來越強，眾人的舞步像是波浪一樣，攪動空氣中漂浮的酒精與香菸味道，霓虹燈閃過一張張陌生的異國臉孔，竟有置身異邦的夢幻氛圍。

佟寶駒和連晉平感覺到微茫。先前那酒比想像中強烈。

燈光迷濛之中，Leena 瞥見熟悉的臉孔閃現，一瞬之間消失在牆後。她快步跟上，發覺那是另一扇隱蔽的門。她不知道哪來的勇氣，推門進去，後面是一條更漆黑的甬道。她才在猶豫，一隻手便抓住她的脖子，將她推到牆上。

她聽見門在身後重重地關上。

#「Indah 說不認識你，你是誰？」這個人帶有臺灣口音，低沉地令人喘不過氣。

Leena 看見那雙手臂上羅漢與惡鬼的刺青，意識到他正是與 Indah 合照的那個臺灣人。她顫抖地說：#「我們是一個朋友介紹來的。」

#「誰？」

#「Suprianto。」

#「騙人。」刺青男一把將 Leena 抓起，往甬道裡拖行。Leena 大叫，聲音卻淹沒在吵雜的

音樂之中。

突然入口的門被一腳踢開，是連晉平。他沒有太多時間判斷情勢，直覺地衝向刺青男，卻在臉上重重挨了一拳。

更多的人從甬道另一側跑出來，叫嚷著聽不懂的語言。連晉平頓時覺得天旋地轉，沒辦法站穩。

佟寶駒慢一拍出現，吼叫著阿美語的髒話，衝向眾人，架勢帥氣兇猛，結果滑倒，被一群人制服在地上。

刺青男走向佟寶駒：「你們到底是誰？」

佟寶駒在地上喘著氣：「我們要找 Suprianto，問到我們就走。」

Indah 從刺青男背後現身，冷冷地說：「我不知道他在哪裡。」

「他有生命危險，只有我們能幫他。」佟寶駒說。

連晉平狐疑地望向佟寶駒，不確定他說的生命危險是什麼意思。

「我不知道他在哪裡。」Indah 堅持。

「你們的孩子呢？」

印尼語。

「那不是我的孩子。他女朋友已經死了。」Indah 的語氣空洞，毫無感情。

「這陣子是不是也有其他人在打聽他？」佟寶駒氣息逐漸穩定，語氣中帶著不容質疑的堅定：「我沒猜錯的話，那孩子也有危險。」

Indah 強裝的冷漠動搖了。即使她對實情只有片段的了解，她也知道佟寶駒是對的。

16

八斗子的夜色沉靜。三人回到車上，還沒從剛剛的驚險中回神。

連晉平拿著衛生紙擦拭腫脹的鼻子與嘴唇，忍不住問佟寶駒：「你說的生命危險是什麼意思？」

佟寶駒知道不應該對他們隱瞞，只好將陳青雪的情報，關於觀察員落海以及背後龐大的利益糾葛和盤托出。

「所以『平春十六號』上面……發生了謀殺案，Suprianto 和 Abdul-Adl 可能都是目擊者。」

連晉平不敢置信：「你竟然沒有先告訴我們？」

「我沒料到事情會變這麼複雜。」佟寶駒自知理虧，也明白不該拖他們下水：「總之你們……接下來我自己處理就好。」

連晉平望向窗外，淡淡地說：「你？辯護三流，滑倒一流。」

「Holy 媽祖！」Leena 打破沉默：「沒有我，你怎麼和 Suprianto 說話？」

連晉平看向 Leena，感受到她眼裡的無畏眼神。

「你要付 Leena 雙倍的薪水。」連晉平說。

「對，兩倍。」Leena 附和。

「蓮霧，這事不開玩笑的。你只是替代役。」

「只是替代役？你只把我當替代役？」

佟寶駒不知道該怎麼說。但當然不是。

「我只要你老老實實地回答一個問題，」連晉平神情認真：「『春興水餃』開到幾點？」

佟寶駒低下頭，覺得有人一起吃飯還是挺不錯的。

17

位於臺北市文山區的關愛之家隱身於興隆路老舊公寓一樓。狹小的騎樓空間在白天時總是排滿移動衣架，掛著五顏六色的孩子衣物，在陽光下隨風飄蕩。

接待佟寶駒三人的是楊主任。她穿著寬鬆連身長裙，堆滿笑容地打開門，語氣有非她不可的溫柔。

進入關愛之家後，便是一個開放式的聚會與辦公空間。左側的書櫃上擺滿育兒書籍，右側則擺了幾張面向牆壁的辦公桌。牆壁和柱子上貼滿了各種孩子的照片。

楊主任看過 Suprianto 的照片後，緩緩地點頭，表示認識這個人：「他的孩子確實在我們這裡，已經三歲左右了。」

「叫什麼名字？」佟寶駒問。

「他沒有國籍，沒有正式官方的名字。不過他爸爸都叫他 Reza。中文我們給他取綽號叫粽子。」楊主任接著說：「這個孩子的身分狀況是最困難的那種，父母都是印尼籍，由臺灣法律單方面認定為外國籍，卻不一定被母國承認。這種國籍矛盾的狀態下，既不能出養，也無法辦理歸化。簡單來說，就是人球。」

「媽媽呢？」

「我不知道。爸爸偶爾會來，留下一點錢，但我們沒有他的聯絡方式。」楊主任說：「這些孩子的父母大多都是逃逸移工，你還能怎麼辦呢？如果被遣返，帶著孩子回去的生活，或許比現在更慘。」

「他都什麼時候來？」

「我不知道。」楊主任回答時，佟寶駒注意到她瞄了一眼牆上的時鐘。

「這件事關乎一條人命，我們不會害他，甚至能保障他不被遣返。」佟寶駒說：「這是我的名片，如果你見到他，請替我轉告。這件事真的很急。」

楊主任收下名片，以微笑表示同意：「午睡時間差不多到了，孩子們要醒了，先這樣吧，恕我不送囉。」

三人客氣地道謝，便往外走。Leena 卻突然停下腳步，望向楊主任的背影，然後決定轉身跟著她。

佟寶駒和連晉平一時沒能阻止，只能趕緊尾隨。

楊主任走進陰暗的寢室。三人眼睛一時不能適應，直到楊主任將窗簾拉開，午後的日光才揭露未及預料的場面。

十坪大小的空間，木板地被一塊塊小被褥佔滿，放眼望去竟無法找到一點空隙。孩子們半數已經醒了，或坐或臥，有些開始慢慢地摺起被子。

楊主任接連把所有窗簾都拉開。三人望著逐漸甦醒的孩子們，像培養皿裡的豆芽，微小而奮力地迎著陽光。他們有條不紊地收拾自己的被褥，摩擦之間發出柔軟的絮語、模糊的足音。

他們對陌生的訪客產生好奇，幾位放下手邊的被褥，靠近 Leena。

「這裡有多少孩子？」Leena 問。

「三十幾個，最多曾經六十幾個。」楊主任說：「他們都是幸運的一群。」

Leena蹲下來，對靠近她的孩子釋出善意。他們也不怕生，主動上前抱住她。更多孩子擁上來，圍住三人。

連晉平看著這些皮膚黝黑、帶著異國輪廓的孩子們，乾啞地問：「像這樣的孩子有多少人？」

「預估至少有上千名，但誰知道呢？」楊主任說：「他們沒有身分，和父母一起逃亡，死了也不會有人發現。」[9]

Leena看著孩子們清澈的眼睛，她覺得自己像乾掉的蟲子，被風吹到了很遠的地方，落地時沒有一點聲音。

「他們長大以後會去哪裡？」Leena問。

「每個孩子都有自己的命運。」楊主任沒有直接回答，因為她自己也不知道。

「粽子是哪一個？」佟寶駒問。

「你沒有權利知道。」楊主任不帶歉意地說：「不管他父母是怎麼樣的人，都與孩子無關。」

18

佟寶駒把車停在一個足夠隱蔽，又能觀察關愛之家門口動靜的位置。

「你怎麼確定他會來？」連晉平問。

佟寶駒回憶著楊主任偷瞄時鐘的表情：「我不只滑倒一流，預感也是。」

連晉平沒有特別好的點子，便靠向椅背，玩起手機。結果才五分鐘就接近沒電。他將手機丟進背包裡，看向百般聊賴的佟寶駒，開始懷疑人生的第一場跟監行動會持續多久。

Suprianto 在傍晚時出現。他揹著一個棕色背包，比照片上看起來更瘦，白頭髮讓他看起來比實際年齡老了十歲。佟寶駒三人等到他再度離開關愛之家時，才上前攔住他。

「Suprianto。」Leena 近乎祈求地說：[#]「Abdul-Adl 需要你。」

Suprianto 握緊背袋的手漸漸放鬆，乾繭摩擦發出砸砸聲。高度警戒的語氣中帶著恐懼：

---

9 根據移民署自二〇〇七年至二〇一九年三月底的統計資料，經醫院通報生母為失聯移工或以不實身分提供新生兒通報，經查去向不明者共有七二四人。社工員初估包含在家出生未通報的嬰兒，全國約有二千個黑戶寶寶。然截至二〇一九年六月為止，關愛之家共收容一三二名、政府安置四十一名，其餘均散落在外，隨父母過著逃亡的生活。

印尼語。

「他還好嗎？」

佟寶駒用上次 Leena 教他的印尼話，彆腳地發音：「Sudah makan kenyang belum?」（你吃飽了嗎？）

佟寶駒在附近的興隆市場找到一家清真認證的牛肉麵店，買上車給 Suprianto 吃。他瑟縮在後座，棕色背包放在膝上，一接過碗，不顧湯汁燙口，拆開塑膠繩便長飲一口，長到讓眾人誤以為他沒了呼吸，才放下碗，重重地吁一口氣。

他們安靜地等著 Suprianto 吃完，直到他氣息穩定，緩緩地說出他和 Abdul-Adl 的船上經歷。

「他在新加坡上船。我很有印象，他頭髮太長，剛上船就被船長剪頭髮，全部剪掉，剪光。他摸肚子，我知道他才剛割完盲腸，他是新手，根本沒有經驗。對，上船要有船員證，但是印尼那邊仲介會用假的，假的證件。他們賺錢，不管那麼多。

「Abdul-Adl 很奇怪，不捕魚，不說話，大家工作都很辛苦，船長罵他，打他，要他用刀子殺魚。他常常哭……他根本不會。他怕血，做很多奇怪的事情，常常工作做不完，發呆，還有禱告。反正很奇怪。

「船上工作很辛苦，工作時間長，根本沒有睡覺，回臺灣，我打電話回家，家人都沒有拿到錢。我和船長說換船，船長不給我護照。我再下去會發瘋，死掉。我和 Abdul-Adl 一起跑。」

「他的手指怎麼了？」佟寶駒問。

「被魚線割到，壞掉，爛掉，發燒，爬不起床，會死掉。船長不能回港口，只好刀子切，丟到海裡。」

「拿刀子切？」

「刀子割掉。」

「就在船上？」

「在吃飯地方的桌子上。」

連晉平對佟寶駒說：「這些證詞非常有利，創傷後壓力症候群……原審精神鑑定沒有考慮到這點。」

佟寶駒同意：「可是動機？」

「他為什麼去找船長？」連晉平接著問。

「他要回家，要那個護照，還有欠錢……。」

「他有沒有帶刀去？」

「船長的。他偷的。」

「偷的？」

印尼語。

「那是船長的，殺魚吃的。他偷的。」

「為什麼要帶刀？」

「船長不給，他要殺。」

原來彭正民說的是真的。Abdul-Adl 確實有殺人預謀。

眾人陷入沉默。Suprianto 的證詞不全然都對 Abdul-Adl 有利，即使上了法庭，會產生什麼效果還很難預測。

佟寶駒拿出 Kenny Dowson 的照片問：「你認識他嗎？」

Suprianto 驚恐地推開照片：「他們，推下海。」

「你看到了？」

Suprianto 點點頭。

「誰？」

Suprianto 低下頭，整個人縮了起來。

Leena 安慰他：#「不要害怕，他們是法院的人，是好人，會幫你。」

Suprianto 整頓自己的情緒，緩緩地說：「船長還有大副……。」

「為什麼推他？」

Suprianto 說：「他拍照……不可以殺的魚，還有不好的事情，都有拍照。」

和推測一樣，佟寶駒想著，這解釋了為何雄豐船業和洪振雄如此極力想掩蓋事實。以此事的嚴重程度，船公司不可能不知情，甚至可以說是他們授意下所為。這已經不是罰錢、漁業黃牌，那種虧損倒閉的問題。這是以走私、偽證、人口販運還有謀殺所構築起來的龐大邪惡犯罪計畫。

「他殺船長女兒。」Suprianto 突然說：「我知道為什麼。」

眾人感到非常驚訝。

關於這件事，檢方和法院始終認定 Abdul-Adl 的目的是避免事跡敗露。已經連續殺了兩個大人，何妨再殺一個無力抵抗的小孩？因為太過合理，這樣的推理一直都沒有受到挑戰。況且，為如此殘忍的行徑辯護，實在顯得太過無情，引發的負面觀感，不一定對被告有利。

佟寶駒幽幽地問：「為什麼？」

「Abdul-Adl 一直以為有船要來接他。有一次，他去穿救生衣。船長和大副非常生氣。他們說 Bad luck，穿救生衣 Bad luck。我們都不敢穿，但是 Abdul-Adl 不知道，沒人跟他說。船長和大副打他，踢他。他就哭。船長生氣，把他的頭壓在水桶裡，要看手錶，那個兩分鐘才放開。

「後來，每次哭，他們就壓他，水桶裡。一直到不哭。他們會輪流，壓他，兩分鐘。」

印尼語。

Leena 感受到這個證詞的力度，趕緊問佟寶駒：「這樣是不是沒有那個殺人故意？」

他們沒有回答。他們的沉默並非出於質疑，而是就整起案件背後深不可測的空缺感到害怕。究竟有多少事情，是他們所不知道的？有多少推論，理所當然到連他們自己也不曾質疑？要逃過死刑，需要有多幸運？

連晉平喃喃自語道：「所以 Abdul-Adl 真的以為兩分鐘不會溺死？沒有殺人故意？」

佟寶駒盯著 Suprianto 的眼睛說：「如果你作證，Abdul-Adl 就不會被判死刑。」

Suprianto 激動地反駁：「我被抓走，抓回去。欠好多錢。不能回去。」

「他們也在找你。」佟寶駒說。

Suprianto 臉上那種驚恐的神情又回來了。

「你是人口販運的被害人，只要你出庭作證，可以適用證人保護法，不用被送回去，還可以在臺灣合法工作。」佟寶駒說：「我可以幫你。」

Suprianto 的眼神充滿懷疑。

「你的小孩可以取得臺灣國籍。可以當臺灣人，一輩子在這邊生活。」

連晉平狐疑地看著佟寶駒。按楊主任的說法，Reza 要取得臺灣身分幾乎不可能。為什麼佟寶駒卻胸有成竹地保證？他感到絲毫不妥，但也知道，現在不是一個爭辯的好時機。

「你保證？」Suprianto 問。

「我保證，只是有一個條件……，」佟寶駒話鋒一轉：「你不能說那把刀是Abdul-Adl偷的，你說沒看過就好。你也沒有聽他說過要拿刀子殺船長的話。這些都不能講。」

連晉平插話：「你不能教他做偽證。」

「但是他沒有記錯。」

「訴訟本來就是各說各話，更何況記憶也會出錯，偽證很難成立。」佟寶駒反駁。

「誰會知道？現在情況對 Abdul-Adl 非常不利，你自己也說他們的證詞都是套好的，我們不能放棄這種機會。」

「這是教唆偽證。」

「到底是你的優越自尊重要，還是 Abdul-Adl 的性命？」

「如果我們這樣做，那跟他們有什麼差別？」

「差別就在於，我們不是殺人，是救人！」佟寶駒說：「從頭到尾，這場訴訟從來就沒有公平過。」

連晉平低下頭，不再作聲。

Suprianto 默默聽完 Leena 翻譯，點點頭表示同意。一時之間沒有人再接話，沉重的氛圍籠罩著眾人。

Suprianto 突然想起什麼：「Abdul-Adl 有東西在我這裡，他要嗎？有他的古蘭經。」

佟寶駒認為一點線索也不能放過，趕緊說：「在哪裡？我們現在去拿。」

Suprianto 見佟寶駒如此積極，突然別有心思：「下次，保護我還有孩子，我給你們。」一

佟寶駒知道強逼不會有效果，也就不再堅持。他與 Suprianto 約定下次開庭的時間地點後，Suprianto 便溜下車，消失在巷弄的陰影內。

車內三人都不再說話，彼此各有心思。雖然追尋終於有了結果，但事實真相遠比他們想像要沉重。

佟寶駒啟動引擎，帶大家踏上歸途。他們沒有注意到後方有一臺停在角落的車。車上坐著一個人。

那臺車從很早開始，便尾隨著佟寶駒一行人。跟著他們到臺中，又北返關愛之家，觀察他們盯哨，直到 Suprianto 現身。

那個人是彭正民。

他現在要去追 Suprianto。

言詞(五)辯論

1

彭正民回到海濱國宅的家已經接近凌晨六點。

他輕聲進門，將剛買的早餐放在餐桌上，一個人坐在客廳沙發上發呆。雖然累，但是沒多久他的妻子陳嬌和三個兒女就要起床。他得送他們上學，現在還不能睡。

他太累了，眼睛幾乎閉上。再張開眼時，陳嬌站在他面前。

「你有吃藥嗎？」陳嬌問。

「早上的還沒。」他想要站起來，卻沒有力氣，感覺自己只剩下眼睛可以動：「幫我拿。」

陳嬌嘆了一口氣，沒有多問，轉身去找藥。

彭正民聽見孩子們起床的聲音，兩個兒子不知道為什麼又吵起來，他聽不清楚，也沒能力解決。他此刻只希望在愛撒嬌的女兒出來前，自己的症狀能夠好轉。彭正民想著，但願陳嬌別責怪他老是沒有按時吃藥。天知道自己是花了多大的力氣，才有辦法每天維持正常的樣子。

他送完孩子們回到家時，陳嬌穿著清潔隊的制服正要出門：「你昨晚去哪裡了？」

彭正民沒有回答，他一直都不是多話的人，在鄭峰群死後更是如此。陳嬌也習慣了他的沉默，關上門後留下一道空白。

房子裡剩彭正民一個人，他感到呼吸困難，走到陽台想透氣，卻瞥見陽台的角落擺放著一堆雜物。或許是陳嬌趁他不在家的時候清理出來的。走近觀察，裡面竟然有他的釣具。

自己有多久沒有去釣魚了？即使在陸上休息的日子裡，他最愛的還是回到海邊，在黑暗潮溼的礁岩間，和鄭峰群享受拋餌甩竿的樂趣。北海岸的每一個磯釣場，對他們而言都像自家後院。

鄭峰群遇害的前一天，他們才約好要到南方澳開發新的漁場。這個季節，臭肚魚最肥。鄭峰群還說，再過幾年，孩子們就可以幫忙扛冰桶。然後，彭正民在傍晚接到電話通知，請他去太平間認屍。

「那個……彭先生，不好意思，還有他的老婆和小孩。」警察的聲音聽起來是真的抱歉。

警察會找上他，是因為鄭峰群沒有更親近的人了。他們的父母在多年前就先後離世，兩人也從未感到孤單，因為他們有彼此，從一開始就是這樣。在八尺門還沒有變成海濱國宅前，在基隆還沒有從世界的舞台退下前，就是這樣。

冰櫃裡的鄭峰群毫無血色。「我要看他的身體。」彭正民對法醫說。法醫顯得有些為難，但彭正民依舊堅持：「他傷在哪裡？我要看。」

負責相驗的檢察官說：「彭先生，這對事情沒有幫助。」

彭正民抓住冰櫃邊緣，對著檢察官大吼：「我要看！」

幾名法警上前安撫他，半強迫地將他帶離太平間。他口齒不清地抽噎起來。冰櫃在他身後重重地關上。

「哐噹！」陳嬌開門的聲音打斷彭正民思緒。他發現自己還站在陽台上，全身被汗浸濕。

「你有吃點東西嗎？」陳嬌問。

「幾點了？」

「中午了。」陳嬌察覺事情有異：「你有睡一下嗎？」

彭正民感覺有什麼滴到自己的手上。手一摸才知道自己正在流眼淚。他很恐慌。一把抓住陳嬌，將她拖進房。陳嬌雖然反抗，但是憤怒多於害怕。她能夠習慣彭正民的沉默，卻無法忍受他的情緒。

*「Lekal，你瘋了嗎！」陳嬌大叫。

彭正民扯開陳嬌的褲子，粗暴地進入。陳嬌痛得大喊，他卻更不留情，像是故意令陳嬌哀號，他腦袋裡喧鬧的悲傷才能被掩蓋。這世界就連痛苦都不公平。

陳嬌停止叫喊，用手在彭正民背上抓出一道又一道血痕。在射出來之前，彭正民的眼淚終於乾了。

2

就在陳青雪與佟寶駒密會後沒幾天，國民法官法在立法院二讀會逐條審查，多數意見就死刑評議改採多數決。陳青雪聽聞消息後，知道自己不能再犯錯。對付蔣德仁那個情感豐沛的大男孩，得用更聰明的方法。

蔣德仁對於陳青雪的出現並不意外，只抬起頭看她一眼，又回到手邊的工作上。他不待陳青雪發難，直接了當地說：「現在的共識就是多數決，不管你喜不喜歡，法案的運作就是這樣，這才叫民主，這不是你一個人的事，坐在那個房間裡的每個人，各自代表不同的利益，都有選民壓力，你必須尊重這點……。」

陳青雪從容地坐下，語氣和緩：「你沒問我為什麼來？」

蔣德仁面對這樣的態度反差，竟有些無所適從：「為什麼？」

「你沒回我訊息。」

「我以為，你希望這樣。」

「對不起，我那天，說了一些情緒話。」

「不只是情緒話吧？」

陳青雪伸出手，露出蔣德仁送她的佛珠，搭上他的手：「都是情緒話。」

蔣德仁望著那串佛珠：「你不怕別人知道？」

「我想過了，如果知道自己要的是什麼，有什麼好怕？」

蔣德仁知道這些曖昧的應對，都是陳青雪的把戲。他保持著冷漠的態度：「部長，現在討論一致決，真的有難度，委員會那邊我已經盡力了。」

「謝謝，我知道。」

陳青雪起身，走向蔣德仁，從他外套裡摸出酒壺，坐回位置上，旋開瓶蓋。

「什麼時候要二讀？」

「就這陣子吧。」蔣德仁看著陳青雪淺嚐的模樣，試著維持態勢：「部長，日本裁判員制度實施了十年以上，他們死刑也只要求過半數同意，但是這些年下來，死刑判決並沒有變多，反而量刑結果更多樣化……反映了每個案件背後不同的人生故事……這不就是你所追求的嗎？為什麼要執著無意義的文字標準，反而走向死路？」

「如果我們有機會，為什麼不努力？」

「我們真的有機會嗎？」

蔣德仁顯然比想像更頑強。陳青雪還沒拿定主意該怎麼繼續，手機突然響起。

來電者是佟寶駒。

陳青雪微笑，這次機會站在她這邊。

「我們找到他了。」佟寶駒在電話裡說：「那個外勞，Suprianto。」

陳青雪打開手機擴音，望向蔣德仁：「你說什麼？我沒聽清楚。」

佟寶駒提高音量：「我們找到他了。那個逃逸外勞。」

「是嗎？」

「他可以證實船上發生的所有事情，足以重啟對雄豐船業的調查。」佟寶駒說：「法務部必須提供證人保護，沒問題吧？」

蔣德仁的不安眼神讓陳青雪嚐到勝利的滋味。她淡淡地說：「沒問題。」

陳青雪掛上電話，溫柔地看著蔣德仁，將酒壺遞給他，順勢用戴著佛珠的手拍拍他的肩膀：「還有機會，我們……所有的事情都有轉圜的餘地，對吧？」

3

連晉平在八斗子涉險那晚，李怡容在他的房間裡，發現數張他與Leena的自拍照。按攝影時間推算，都是他聲稱自己在家或宿舍的日子。

李怡容之所以出現在連晉平家，是因為他手機不通，加上在中元祭遇見Leena時產生的第六感。她決定親自驗證自己的猜想。

連正儀對於李怡容來訪有些意外，又不好拒絕，還是打開門請她進來家裡坐。李怡容有禮貌地表示不願打擾家人平日作息，直接在連晉平房間等待即可。

連正儀為她端來茶，聊了幾句就沒有話題，不想造成壓力，便藉故暫離。李怡容這才有機會好好觀察連晉平的房間。她四處張望，一切都那麼充實與正常。書櫃上除了法律與幾本知名小說，別無他物。休閒部分則多是籃球明星的海報與小物，還有幾盒極需腦力的桌遊。

李怡容目光最後落在書桌上。一大疊海濱命案的卷宗資料非常醒目地散落著。大多是筆錄證據以及法律意見的整理，其中最吸引她的是一份關於洪振雄的筆記與剪報，內容雖然大多是推論，但可以看出連晉平抽絲剝繭的用心。洪振雄的照片旁邊還大大標註著「幕後黑手？」

李怡容好不容易說服自己，試著登入連晉平的電腦。她小心翼翼聆聽房外動靜，然後迅速嘗試密碼。第二次就猜中，是她和連晉平的生日組合。她的生日擺在前面。

雖然這個密碼讓李怡容頗為感動，但接下來她看見的東西卻澈底震動她的心靈。那些自拍照裡，連晉平和 Leena 多麼融洽，甚至可以說有些親密。一般人看來或許沒什麼，但對李怡容來說，那就是背叛。她摸著手腕上的疤痕，連晉平明明知道！

數日後的週末，連晉平和李怡容在北投的某間旅館過夜。正當連晉平以傳教士體位緩慢起伏時，李怡容突然開口問他。

「洪振雄是誰？」

「什麼？」連晉平還專心在那件事上。

「我聽你提過，就是那個洪振雄。」

連晉平不上不下地說：「他是……船公司老闆，我們懷疑海濱命案，可能會牽扯出海上的非法勾當……他絕對脫不了關係。」

「他會為了這件事殺人嗎？」

「什麼都做得出來吧……。」

「我可以看你手機嗎？」

連晉平這才停下動作。

「怎麼了嗎？」

「有 Leena 的照片嗎？」

連晉平終於瞭解狀況，生硬地答：「有。」

李怡容推開連晉平，以棉被裹緊身體。連晉平感到一陣涼意，更加不知所措。

「那只是討論案情的時候……我們沒有什麼。」

「你們出去很多次了嗎？」

「有幾次。那只是工作，所以……。」

「你能別再和她聯絡了嗎？」

「我還是得幫忙海濱命案。」連晉平莫名感到生氣，他不可能放棄這個案子，這對他太重要了。

「你不過是一個替代役，有差嗎？」

連晉平沉默著，羞愧與憤怒在心中糾纏成硬塊。他怕一開口就有東西碎裂。

「如果我和海濱命案，你只能選一個？」雖然聽起來荒謬，但李怡容不是在開玩笑。

連晉平良久才冷冷地說：「這個問題不公平，我也不會阻止你追求你想要的東西。」

李怡容翻過身，蜷曲在棉被裡，將頭深埋進枕頭，不再說話。

4

連正儀的書桌大而沉重，桌上整齊地擺滿卷宗書籍。他進入最高法院服務將近七年，這間辦公室自然也累積了許多個人物品。除了許多帶古味的藝品外，最顯眼的便是高掛在座位後方牆上的那幅書法作品。

「政嚴刑緩」

此四字出處為唐代白居易創作的一篇散文，原文摘錄為：「政不可寬、寬則人慢；刑不可急，急則人殘……。」大意是施政必須嚴明，使人敬畏，但懲罰必須使人悅服，不應過苛。

這幅作品是連正儀榮升最高法院時，原法院同仁合送他的禮物。由書法名家執筆，粗中有細、剛中帶柔，轉筆鋒健又格局平衡。端坐在四字之下，就連李怡容都覺得自己對於法官的職務有了更深的體悟。

連正儀緩緩傾斜茶壺，澄黃的湯汁在透白的杯中旋轉，揚起一股清氣。

「照片……是嗎？只是正常朋友出去，你也不用太擔心吧。」

「他對我隱瞞……如果沒有什麼，為什麼要隱瞞？」

「我會去了解一下，但晉平不會亂來的，我了解他。他對自己在意的事很有熱忱，這個案子，他很積極。你一定也知道。」

「連伯伯，那些照片，不是公事。」

「你怎麼看到那些照片的？」

連正儀雖然提出問題，但實際上早已猜到答案。多年職業經驗累積，讓他對一般事理有超乎常人的敏銳度。那晚李怡容突然到訪，他已嗅到不尋常。他之所以問，只是在暗示李怡容，無故侵入他人電腦設備，可是刑法的問題。

「男生有理想是很棒的事情，女生應該多幫忙。聖經裡面說，妻子要凡事順服丈夫……你們年輕人或許不認同，但聖經也說作丈夫的，也要愛妻子，如同愛自己、愛教會。這是有智慧的，互相支持……是兩邊的責任和義務。」

「就算背叛也一樣？」

「那當然不行，男女還是要有分際。連伯伯會好好了解一下……我還是希望你們的感情可以穩定長久，這對你們的工作也有幫助。」連正儀以教誨的態度說：「審判工作，是很神聖嚴肅的，情緒不穩定，會影響當事人權益，很不好……。」

李怡容只能點頭表示了解。

連正儀將茶杯遞給李怡容。她雙手去接，不小心露出手腕上的傷疤。

「你的手？老李怎麼沒說過？」連正儀顯得不悅：「你……唉，我就想難怪。一個人情緒是假不了的。」

李怡容表情不變，下意識地護住手腕。

「我認識很多輔導老師，他們都很專業，有時候，適時尋求協助還是必要的。」連正儀態度變得冷硬：「你自己多注意一點，不要影響了晉平。」

連正儀這番話，雖然說得平穩，卻盡顯父權守舊的本性，還有護兒心切的焦慮。對李怡容而言，已經失卻了他作為長輩的品位。

李怡容看向連正儀，語氣依然客氣，但眼神已經完全不同：「連伯伯，有一次我打電話到家裡找晉平，你原本以為他來找我，後來又說他去圖書館。你其實早就知道……早就知道晉平隱瞞我，和別人見面，對嗎？」

連正儀剛舉起的茶杯懸在空中。李怡容的指控不全然正確，但八九不離十。

5

佟守中在家裡沒菜煮的時候，會拿兩罐啤酒放進塑膠袋裡，拎著走向社區東南角的一塊邊坡地。那區本屬公園用地，是社區的公共空間，但在閒置多年後，漸漸被族人開發為都市菜園。他們都戲稱為「開心農場」。

這樣的習慣在八尺門拆遷改建前就已經存在。當時從花東地區移居的族人，仍保有栽種的知識與技術，會在周邊的公共區域自行劃界，種植可食用的野菜。實際上這不僅是舊時傳統的生存方式，透過植物的辨識與選擇，也產生一種人與環境、人與人的互動關係。

阿美族性喜分享，在公寓大門的聚會是如此，在菜園更是。即使這些菜園都有所主，他們大多不吝於互通有無。這些空間某種程度上不僅維繫社區的物質網絡，也容納了像佟守中這樣的邊緣人物。

佟守中最喜歡造訪的是 Anaw 的小菜園。他清楚知道 Anaw 何時會出現在菜園裡，也掌握每一種作物收成時間。

「Looh，有沒有缺什麼？茄子剛成熟，最好吃。」佟守中才剛走近，Anaw 便抬起頭問，接著按遠近點名一遍：「辣椒、地瓜葉、籐心、九層塔……那邊的山蘇剛剛有人採了，要再過去幾棵看看有沒有。」

佟守中點點頭，拿出一瓶啤酒遞給 Anaw，自己則開了另一瓶。兩人默默地喝了幾口。

*「上次，對不起，我那兒子。」佟守中說。

*「什麼？」

*「在法庭上……。」

*「沒關係啦，那是工作。」

*「工作有什麼了不起？」

Anaw 停下喝酒的動作，有些感慨：*「寶駒和阿民以前其實感情不錯，唉。」

*「以前？」

*「你不在那幾年，我們本來都玩在一起。直到有一次……我還記得就在那裡，會館後面那邊的山坡，我們和幾個漢人小孩打架，哇啊，有好幾個現在還住在下面那幾棟，你問 Lekal 他一定記得……那次我們打贏啦，Lekal 就說……」Anaw 猶豫起來，不確定該不該接著說。

佟守中安靜等待，給他時間。

*「……Lekal 就說，我們要像 Looh 你一樣，當部落的英雄，把漢人幹死。結果 Takara 笑他，

說他很蠢，說長大以後只會跟那些大人一樣沒出息……他們兩個打起來，打得可兇了，滾到山下去哈哈。後來他們再也不說話了。我們都討厭寶駒，說那什麼鬼話，操。」Anaw 把酒乾盡，捏扁罐子，丟到旁邊的水桶裡：「但是後來想想，可能是因為……我們都害怕他說對了。」

佟守中冷冷地回應：「他只是運氣好。」

Anaw 笑笑不再說話，蹲下繼續翻土。佟守中喝下最後一口，拿起塑膠袋，走向茄子那區。

6

彭正民抵達雄豐船業總部時，港區下起大雨。

雄豐船業總部位於基隆市政府後方的大樓內。一般人很難從這個坪數不大、裝潢老舊的總部外觀，看出這是掌領數十艘遠洋低溫鮪延繩釣漁船的國際級公司。

彭正民在會議室等待，望著窗外模糊的基隆港，一時半刻以為自己回到海上。他在失神前，向櫃檯小姐要了一杯水，吞下雙倍藥量。

他最近開始會看到鄭峰群——尤其到了午夜，在各種黑暗的角落。

彭正民不打算告訴醫生，他不能冒險留下病情惡化的紀錄。他必須要回到大海。按照過去的經驗，在船上一切都會好轉。

陸地上的鬼，沒辦法出海。海上的人，也只能偶爾靠岸。這是從他出海的第一天就曉得的道理。

「你在吃什麼藥？」洪振雄突然出現。

彭正民把藥包塞進口袋：「找到 Suprianto 了。」

「好，很好。」洪振雄說：「他絕對不能出庭，你了解吧？你也跑不掉。」

「我要出海。」

「我說過了，這件事結束，你才能出去。」

「我會帶著他出去。」

洪振雄聽懂，點點頭：「我安排一條給你。」

彭正民不置可否，緩緩站起，在褲子上抹抹手，準備離開。

洪振雄點起一支菸，眼神銳利地望著他：「你多久沒做健康檢查了？你知道規矩，出海就是要做。公司會幫你安排。」

彭正民沒有異議。如果不回到海上，他不確定自己還能撐多久。

7

蔣德仁突然接到通知，總統請他過去一趟。他自覺不妙，因為稍早兩人才通過電話交代事務。這個通知意味著有意外狀況，必須由他親自處理。

蔣德仁快步走進總統辦公室。宋承武正坐著與洪振雄對望。兩人似乎剛聊到一個段落，又沒有什麼需要繼續交流，空氣有股令人不安的靜默。

蔣德仁戒慎地說：「老闆？」

「蔣先生，我們正好聊到你。」洪振雄抬起頭，緩緩地說。

「嗯？」

「我以前小時候養了一隻狗，叫伍佰。不是因為牠會唱歌，而是因為我爸都會給牠伍佰元，去市場買魚。你知道，狗也能這麼聰明。」

蔣德仁幾乎可以確定，洪振雄是為了陳青雪而來，雖然不確定洪振雄知道多少，但以眼前情況推斷，這次自己肯定會因為包庇陳青雪而付出代價。

「洪董……我可以解釋。」

洪振雄伸手制止，繼續說：「牠每天買回來的魚，分量都不一樣。我爸也沒跟牠計較，魚嘛，每天價格都不一樣，而且，牠也需要吃東西啊。你會跟一隻狗計較嗎？會嗎？會嗎？」

「不會。」

「可是我爸後來還是把伍佰殺了，用鐵鎚，從這裡……，」洪振雄手指向眉心說：「敲碎。你知道為什麼嗎？」

「……牠買錯魚。」

洪振雄大笑：「宋先生，你這隻狗不算笨喔。」他轉向蔣德仁說：「伍佰沒有買錯魚，也沒有把魚吃掉……牠是分給了隔壁的貓。伍佰死之前問我爸，有這麼嚴重嗎？我老爸說，本來是沒有，你要分給豬吃也沒關係，可是……，」洪振雄神情突變，聲調漸高：「那隻貓吃飽太閒，天天到我家放尿、放屎、還抓拎盃的老鼠！」

宋承武緩緩地轉向蔣德仁：「狗和貓，適合嗎？」

「不適合。」蔣德仁知道這個問題沒有第二個答案。

「那就做好一條狗該做的事。」宋承武說。

洪振雄微笑，對宋承武禮貌地點頭致意。

8

李怡容發現洪振雄並不難找。她故意在電話留言裡強調「握有海濱命案的重要情報」，沒多久便有人和她聯繫。

他們約在洪振雄的海鮮餐廳。李怡容依約現身，看門小哥不懷好意地打量她，還刻意刁難向她要電話。李怡容不為所動，冷冷地警告他不要做讓自己後悔的事。

看門小哥收起笑容，不再抖腿，領著李怡容穿過層層貨架，來到洪振雄面前。

洪振雄正在享受一碗魚翅羹，揮手示意李怡容就座，然後使喚身旁小伙讓廚房也給她送上一碗。

「頂級的大排翅喔……李小姐，你這款人，也有我可以服務的地方嗎？」

「我聽說你很在意海濱命案，我有東西可以交換。」

「交換？我們的東西都是用命拚來的。」

李怡容望向魚翅羹說：「這個嗎？這就是你拿命拚的東西？」

「哈哈哈哈哈，我知道你是怎麼想的，但我不是那種人。你知道臺灣遠洋漁船捕獲鯊魚的數量是多少嗎？全世界的百分之二而已喔，百分之二！臺灣遠洋漁船數量和規模卻是世界第一。你甘知影這是什麼意思？」

李怡容毫無懼色，拿起湯匙，將魚翅送進口中。

洪振雄望著她吞嚥，從紅潤的嘴唇，往下到細微伏動的喉頭，又慢慢往上，最後停在她細緻的雙頰。貪婪出神。

「你的皮膚，真幼，比我的魚翅還幼。你都用什麼保養品？」

李怡容對於洪振雄的輕浮沒有反應，保持著優雅的吃法。

洪振雄見她如此冷靜，更有興味，大聲發表議論：「吃魚翅很殘忍，吃魚丸、吉古拉就不殘忍？你知道這世界上誰消費最多鯊魚嗎？角鯊烯你聽過嗎？鯊魚肝臟裡面的東西……都被阿豆仔都拿去做保養品了，抹在臉上，漂漂亮亮，到底誰殘忍？阿豆仔說禁，阮政府就綴著喊聲……有幾個真的知影阮是安怎捕魚的？毋拚命，甘會使？」

「那也不能殺人吧？」李怡容說。

洪振雄陰沉地盯著李怡容，然後笑逐顏開：「那是隱喻啦！李小姐，我不會刣人[1]啦哈哈哈哈。你也袂穲[2]，有才調，來！講看麥，是什麼代誌讓你來我這拚命？」

李怡容端起碗，將羹湯喝盡後，緩緩地說：「那個公辯，找到一名叫 Suprianto 的證人。他好像可以證明船上發生什麼事。」

洪振雄大笑：「怎麼每個人都知道啦？」

李怡容努力掩飾自己的慌張。

這件事是連晉平對她說的。他是在解釋手機沒電那晚的行蹤時，難掩興奮地和她分享這個突破性發展。李怡容心裡想著那些自拍照，對連晉平的熱忱感到厭惡，為他的背叛感到痛苦。她今晚來到這裡，就是希望利用這個情報，破壞連晉平珍視的海濱命案。

洪振雄原來早就知道了。

既然如此，只剩下最後一個辦法。

李怡容秀出手機，用手指輕輕點開。

「那個印尼通譯，和公辯室的替代役助理有一腿。」李怡容冷冷地說：「那個公辯，大概也有。」

連晉平和 Leena 的甜蜜自拍照，一張又一張地慢慢滑過螢幕。

洪振雄收起戲謔，認真地盯著李怡容：「你想欲啥？」

「我想要知道，你會怎麼做？」

洪振雄再度冷笑起來：「你只要負責食[3]，垃圾[4]的代誌我來就好。」

---

1 臺語，thâi-lâng，殺人。

2 臺語，bē-bái，不錯。

3 臺語，tsia̍h，吃。

4 臺語，lah-sap，骯髒，汙穢。

9

Leena 在陽台晾衣服時感到一陣暈眩。她將衣服放下，在原地等待狀況好轉。應該沒什麼事，她想，只是太累了。如果中午能夠擠一點時間把錄音檔聽完，晚上就可以早一點睡，但轉念又有些焦慮。距離下次庭期剩不到一個禮拜，她很有可能無法如期完成翻譯。

結果整天完全沒有休息空檔。她在晚上洗碗時又經歷了一陣暈眩。

晚餐過後，老許突然回來，帶了一大袋水果，坐在客廳陪母親看電視，吆喝 Leena 也來吃。

「媽，我下個月搬回來，怎麼樣？孩子都大了，反正距離也不遠。」老許嘴裡吃著水果，眼睛還盯著電視：「你那邊是不是還有一點錢？我想說，最近不景氣，先休息一陣子。」

許奶奶一如往常地沉默。Leena 則一個字都沒有聽進去，她強忍著疲倦，只希望今天趕快結束。

「我可以幫忙 Leena 啊。她也滿辛苦的，」老許沒有期待誰回應：「反正她都要煮飯，我順便吃也不麻煩。」

老許離開後，Leena 送許奶奶上床，加上整理清掃，又花了一小時才結束家務。她又感到暈眩，扶著牆壁走回房間，突然一股想和 Nur 說話的衝動。他們已經好久沒有聯絡。這幾天印尼的抗爭愈演愈烈。她幾次撥電話給 Nur，沒有任何回音。

Leena 等待暈眩過去，打開臉書，竟看見 Nur 的頁面出現許多哀悼留言。她驚覺不對勁，再一搜尋，才在印尼當地新聞中確認不幸的消息。Nur 在一次衝突中意外身亡，似乎是在受警方追逐時摔落天橋，但詳情並不清楚。

Leena 關上手機，倒在床上無聲地哭，但沒有維持很久。她的意識掉入黑洞，沉沉睡去。

隔天，連晉平來找她。他們一樣約在便利商店的用餐區。Leena 看著連晉平帶來的泰式奶茶加珍珠，還有一包印尼蝦餅，卻提不起任何食慾。

「對不起，還是沒有翻譯完。」

「沒關係，還有時間，下次開庭只是傳 Suprianto 當證人，不會是最後一次。」

Leena 注意到鄰桌一名抱著嬰兒的年輕婦女。不知性別的嬰兒正對著母親發出溫柔的喘氣聲，圓滾滾的小眼睛像是找到世界上最美的形狀，視線緩慢地在母親臉上游移。

Leena 突然想起關愛之家那群孩子，還有 Abdul-Adl 那對像老鼠的眼睛。

「他以前也是那樣的小嬰兒。」

「誰？」

「Abdul-Adl。」Leena 說：「還有我們。」

連晉平看向那對母子。他們不論在外觀或氣質上，都極其尋常。他能理解 Leena 的感慨。

活了七千多日子的 Abdul-Adl，究竟是經歷了什麼樣的旅程，才從無邪嬰孩變成殺人惡魔。這不是印尼與臺灣間三千七百多公里足以鋪陳的故事。

連晉平突然強烈地感受到，Abdul-Adl 不是一隻魚，或一艘船，他本身是一片大海，深沉之中還有起伏，喧騰之中埋藏寂靜。有理解的可能嗎？

連晉平才在想著，Leena 突然靠向他的肩膀。他感受到 Leena 身體隨著呼吸緩慢起伏，不敢稍動。落地窗外的街道被消音，小嬰兒的咿呀軟語頓時清晰無比。泰式奶茶的塑膠杯上，有一滴水珠滑落桌面。

「Abdul-Adl 不會死的。」連晉平輕聲地說。

Leena 想起 Nur 說過的話，她喃喃地說：「人死了就什麼都沒有了，所以要為了活著的人而努力……。」

連晉平聽不懂，但沒有追問。他用手摟住 Leena，頭髮香氣撲鼻而來。在這個親密的時刻，連晉平卻萬分憂慮，因為懷裡的 Leena 全身熱得發燙。

10

佟寶駒正在看球賽轉播時，門鈴響了。

打開門，竟是許奶奶。Leena 不在身邊，顯然她是自己走來的。

佟寶駒跑進許家，衝進 Leena 房間，看見她縮在床角瑟瑟發抖，意識模糊。床上還散落著翻譯筆記和參考資料。

Leena 感受到他的出現，喃喃地說：「對不起，還沒翻完……。」

佟寶駒心頭一緊，用手確認 Leena 額頭的溫度。必須去醫院。他輕輕地把 Leena 扶起，告訴她：「沒事了，我抱你。」

佟寶駒緊緊摟著 Leena，在巷口招計程車，小心地將她抱上車，然後對司機說：「等等！還有一個阿嬤。」

急診室醫生簡單診斷後，認為是過勞加上感冒，沒什麼立即危險，但還是要留院打點滴觀察一陣子。佟寶駒看著昏睡在病床上的 Leena，本想開個玩笑逗她，但腦袋裡只有一個畫面，就是那間陰暗狹窄的儲藏室，和她窩在那張床上翻譯筆錄的模樣。

兩坪不到的一切，是除了工作以外，Leena 生活的總和。

佟寶駒和許奶奶並肩坐在急診室外，時間已經晚上十一點多。他正煩惱該如何處理許奶奶，就看見老許急步走來。

印尼語。

「佟先生，這是什麼意思？」老許手上揮舞著Leena的翻譯筆記，盛氣凌人：「你為什麼讓她做這些事？為什麼誘拐我們家的外勞？」

「你說話小心一點。」

老許將Leena的筆記撕開，然後用力揉成一團：「她是我花錢請的，你憑什麼要她做這些？我媽有個三長兩短，你賠得起嗎？」

「她是你請的，不代表不能利用空閒時間。」

「她就是二十四小時都要照顧我媽，不然請她幹嘛？難道還周休二日加三節獎金嗎？」

「她不用休息嗎？」

「她休息的時間都在弄這些，所以才有今天這齣！」

老許將筆記甩到地上。許奶奶低下頭看著筆記上密密麻麻的小字，有印尼文也有英文，甚至有幾個簡單的中文字，歪歪斜斜地像小孩的筆跡。

「好啊，現在累倒了，你要怎麼賠？」

「錢嗎？我賠你。」

「我知道你啦，新聞也有在報，在法院做事了不起？我也認識不少律師。你敢再騷擾我的外勞，我一定報警！」

佟寶駒知道法律拿這個傢伙沒轍，自己也沒有任何立場，只得悻悻然轉身離開。

老許沒打算讓他好過，繼續在他身後叫囂：「滾！她是我的，如果你再來，我就把事情鬧大！」

11

陳青雪倚坐在辦公桌邊，看著新聞快訊。

「就在今日，國民法官法在執政黨強勢主導下三讀通過，其中最引人關注的便是死刑評議維持多數決。由此可以看出，執政黨就死刑的態度漸趨保守。不過廢死團體表示，這不過是執政黨為了掩飾貪瀆醜聞的一枚煙霧彈……。」

蔣德仁走進來，在陳青雪對面坐下：「我警告過你。」

陳青雪伸手撥動瀏海，露出手腕上的佛珠。

「停止調查洪振雄，不要再插手海濱命案。如果你還想坐在這裡。」蔣德仁的態度冷漠堅決。

「你是要我無視法律嗎？」

5 在臺灣的外籍家庭看護工不受任何勞動法規保障，無法適用工時上限與休假制度之規定。

「如果只是法律，事情就簡單多了。」

「如果我們不堅持，事情不會有結束的一天。」

「不要再和佟寶駒見面。」

「這是他們的條件，還是你的？」

「下次我不一定能保你。」

陳青雪走回座位，脫下佛珠，放在手上掂掂分量，像是卸下一份重擔，又看似決定掌握起什麼：「有些事情，連菩薩也沒轍，是吧？」

蔣德仁撇過頭，目光躲開佛珠，起身離開。

陳青雪看著蔣德仁絕決的背影，想想這樣也好。既然自己最重視的目標已不可能實現，那麼事情就單純許多。她盤算情勢，罷黜法務部長並不是小事，蔣德仁的警告雖有幾分認真，但一時半刻還動不了她。既然如此，手上剩下的籌碼，必須在還有價值的時候好好利用才行。

陳青雪拿出 Suprianto 的資料，吩咐秘書：「啟動證人保護程序。」

12

連晉平今晚和朋友打球，順道去吃宵夜。回到家時，父親正在客廳看談話性節目。他有點意外，因為這個時間父親通常會在書房閱讀，而不是浪費時間看那些煽色腥的低級爆料。

「爸。」

連正儀沒有回應，面無表情地盯著螢幕。連晉平意識到不對勁，望向電視。

新聞畫面中，連晉平看見熟悉的身影，雖然眼睛被打上馬賽克，但不難認出那是佟寶駒，還有Leena，還有，他自己。

節目標題：「法內情？案外案？海濱命案通譯，周旋兩男之間。」

主播正用誇張的語調，對跑馬燈般連播的偷拍照片指指點點：身穿家居服的佟寶駒陪Leena等待垃圾車、佟寶駒將Leena抱上計程車、連晉平與Leena在公園享用美食……當然，最引人浮想聯翩的，便是Leena倒在連晉平懷裡的照片。

節目來賓根據這些畫面，繪聲繪影地看圖說故事。從佟寶駒與Leena同居說起，到她與連晉平日久生情。最終結論是，Leena為了要取得臺灣身分，假工作真聯誼，周旋在兩男之間，希望騙得金龜婿。另一名司法資深記者則追論佟寶駒與連晉平的職業倫理，以及緋聞對海濱命案可能造成的影響。

節目最後還是帶回八卦話題上：「那名替代役小鮮肉，據說是臺大法研所畢業，未來的司法官喔，這筆買賣可划算了。」

連晉平聰慧的腦袋一片空白。自己被跟蹤多久了？

「我已經和怡容的父母打過招呼。他們知道年輕人玩心重，不會計較。」連正儀將電視靜音後，緩緩地說。

連晉平看著無聲的電視，彷彿世界在此刻靜止，只剩下自己的心臟還在跳動。

「晉平，在訴訟中代入個人情感，是最危險的事情。佟寶駒的父親……他沒有告訴過你吧？」連正儀幽幽地說：「佟寶駒這個人，某個東西一直讓我很介意。後來我終於想起來，那是我剛分發沒多久的案子。八尺門、阿美族、漁工、殺人……也姓佟，佟守中，原來就是他爸。」

連正儀嘆口氣，面色沉重：「我很同情他父親，沒有受什麼教育，只能做些低階的工作，來到城市，沒辦法適應環境，酗酒、暴力、惡性循環。我判得很輕了……他沒有告訴過你吧？如果你是他最重要的夥伴，他怎麼能隱瞞呢？」

連晉平低著頭，全面混亂。

「你明天會換單位，去司法院的司法行政廳。」連正儀將責備說得簡明扼要。

連晉平走回房間，拿出手機，看見排山倒海的未讀訊息。他快速翻找，沒有李怡容，也沒有Leena，卻有幾通佟寶駒的未接來電和一則短訊：「蓮霧，盡快與我聯絡。」

連晉平鑽進被窩裡。紊亂的思緒漸緩，只剩下一個問題在腦海盤旋。

我還當得成法官嗎？

13

隔日，八卦新聞的效應繼續擴大。佟寶駒與彭正民先前打架的影片又被挖出來，對他私德的批評甚囂塵上。在不理性的輿論氛圍下，不論佟寶駒先前的辯護策略有多合理，此時都蒙上一層挾怨報復的陰影。

不過 Leena 始終才是媒體關注的焦點。這多半與她姣好的外貌有關。幾張照片和聳動的標題，瞬間便能衝高點閱率。隨著 Leena 的身分逐漸被揭露，對她的批評更加不留情。除了嘲諷她玩弄男人的手段外，有人更注意到她前後不戴頭巾的變化，進而將她描述為連信仰都能夠拋棄的蕩婦。

某位節目來賓這麼評論：「對於一個穆斯林女性來說，頭巾有如貞操，大家就可以知道，她的決心有多麼堅定。」

老許得知新聞後，馬上抬著行李，搬進許奶奶住處。他還特地找了仲介來翻譯，對 Leena 提出嚴正警告。

「你再離開家，偷接外面的工作，或者跟那些人亂搞，我就把你解約，送回印尼。」

仲介如實翻譯後，附帶訓斥 Leena 一番：#「你被解約要賠多少錢你知道嗎？你借的錢還完

印尼語。

了嗎？不要以為在臺灣做什麼事不會傳回印尼，不要丟穆斯林的臉！」

老許繼續對仲介說：「你再幫我跟她說，如果我媽出事，就不是解約而已，我一定追究刑事責任。」

「我聽得懂中文。」Leena 冷冷地說。

老許非常不滿：「你那麼厲害，回印尼當律師啊，來做這個幹嘛？」

「除了照顧奶奶，其他不是我的工作，你要多付我錢。」Leena 說出就連自己也不敢相信的話。

老許怔怔地望向仲介，但仲介也無法反駁，只能維持高壓態度：「你要計較那麼多……許先生就解約啊。你這麼不配合，沒人會要你。你就回印尼啊。」

Leena 低下頭，沒有再表示意見，但她執拗的神情，讓老許怒火中燒：「把頭巾戴上去，不三不四！你是來工作，不是來釣男人的！」

Leena 默默走回房間，戴好頭巾。開始一天的工作。

14

連晉平走進高等法院，一路低著頭。即使不去看，他也能感受到眾人目光。昨夜一整晚的新聞放送，就差沒有公布他的全名，但對熟識的親友和法院同事來說，那已經足夠。

從小到大，他一直是同儕的榜樣，家族的驕傲。不僅舉止得宜，紀錄優良，就連感情也都能做到我不負人的境界。因此面對如此前所未有的狀況，強烈的羞恥感壓得他喘不過氣。即使有再多理想抱負，此刻都被留下汙點的恐懼所掩蓋。

他開始感激父親的迅速安排，使他可以盡快離開暴風中心，讓傷害減至最低。就像人家說的，什麼都是假的，只有平安退伍才是真的。剩下半年不到的役期，沒有必要把身家都賠進去。

他對李怡容則充滿歉疚。她完全無辜，卻被迫一起承受。那些共同的朋友該會怎麼看她？連晉平把事情解釋為 Leena 疲累，而自己已經盡力拒絕。

「我怕她昏倒，暫時讓她靠一下，然後她就自己回家了。」

這樣的說法，既保險又中立。即使連晉平心裡清楚，喜歡 Leena 的感覺假不了，但那已是過去式。還有機會把事情做對。他必須用行動證明，自己的謊言是真實的。

李怡容最終接受道歉。她輕撫連晉平的背，安慰他的情緒：「我也有不對的地方，有時候，太孩子氣。」

她也不算說謊。

印尼語。

連晉平低著頭走進公辯室，默默地在座位上收拾東西。

佟寶駒蹺起腳看報紙，心裡卻想說些什麼，插科打諢也好，暖意關懷也好，什麼都好，但什麼也沒說。

林芳語上前幫忙連晉平清理桌面，隨後送他到門口，眼神暗示要他保重。

連晉平在門口停下腳步，轉向佟寶駒：「判決是為了被告而存在……這句話是什麼意思？」

「誰說的問誰去。」

「你說的。在法庭上說的。」

「你記錯人了。」

連晉平難掩失望：「令尊的事，為什麼你從來沒跟我們說？」

「他的事，關我屁事？又關你屁事？」

「你放入個人情感，讓所有跟著你的人都陷入危險。」連晉平語帶責備：「你要讓 Suprianto 做偽證，我沒意見，但是不要拖 Leena 下水。那是犯罪。」

「你要我怎麼做？」

「不要再讓她當通譯。」

「如果你真的那麼擔心她，為什麼不自己和她說？」

「我們不方便再聯繫了。」

這個案子，從未像現在這樣，刺傷佟寶駒的心。

要讓這小子死心。

「Leena 要的是錢，我會給她很多錢，他們那種人只要有錢，什麼事都願意幹。」佟寶駒冷冷地說：「我們只是各取所需。難道你要養她？還是你要娶她？」

連晉平像被賞了一巴掌。佟寶駒明知八卦新聞造成的傷害，卻拿這件事來奚落自己。這個人瘋了，太危險。他想起連正儀的話，了解自己必須離開。

「要走正好，」佟寶駒指著桌上那瓶連正儀送的紅酒說：「把這個也拿走。」

連晉平最後看了一眼那瓶紅酒，毅然決然地退出公辯室。

15

彭正民拎著一個黑色提袋，走向社區廣場西南角邊緣。這裡有一條隱藏在稀疏樹林中的步道，由此翻過山坡便是基隆市原住民文化會館。他拾級而下，在接近平地時停下腳步，暗自後悔不應該選擇這條路。

這條步道的盡頭不遠處，在斑斕光點與蕨類蔓生的角落，有一段被遺棄的石階。那是過去八尺門聚落的出入門戶。彭正民記得自己曾在此跌碎要去換錢的米酒瓶和左邊門牙，還有枯坐眺望出海父親歸來的每一個無聊白日。如果鄭峰群還在世，應該也會記得他們曾在此聯手，與一群漢人小孩惡鬥。

他深呼一口氣，離開步道。

彭正民經過文化會館的祭典廣場時，看見幾位熟悉身影坐在舞台陰影中。

「Lakal，來啊！」Anaw 遠遠地喊他。

彭正民點頭回應。他為了追蹤佟寶駒，已經很久沒有與族人互動。為了接下來要做的事，維持正常是必須的，而且他們或許有酒。

舞台上四、五個人席地而坐，佟守中也在其中。帶有雜音的收音機正播著聽不懂的英文歌，眾人周圍擺放著簡單的零食與飲料。沒有酒，但有保力達和黑松沙士。他混了一杯來喝，沒有吃東西。

大家漫無目的地聊著。一群觀光客經過他們，朝阿根納造船場廢墟走去。Anaw 感嘆這裡越來越多觀光客出沒，應該擺一攤烤香腸和石花凍來賣。眾人便就著這個話題閒聊起來。

*「就是那個美國隊長嘛[6]，大家現在都知道這個地方。」

*「你看過那個廣告嗎？」

*「沒看過。」

「*廢墟有什麼好看的？」

「*越來越多垃圾。」

「*上次我抓到好幾個學生在那邊噴漆。」

「*該不會也要社區管吧？」

「*那邊不算社區範圍啦。」

彭正民回過神時，已經不知道過了多久。眾人不再交談，而是安靜聽著收音機的整點新聞。

「……海濱命案近期花邊不斷。今日又有民眾出面爆料，公設辯護人佟寶駒的父親佟守中也曾因殺人入獄。更讓人意外的是，他的案件也是起因於船員與雇主的薪資糾紛。網友紛紛質疑佟寶駒的辦案動機，就連廢死的支持者都認為他不適宜再繼續擔任辯護人……。」

佟守中默默聽著，沒有什麼反應。某位族人卻碎碎唸起來：「*有必要這樣嗎？還把名字說出來，都多久的事了。」

另一位曾經跑過船的族人評論道：「*他們什麼都幹得出來。」

「*你說雄豐船業啊？」

---

6 好萊塢超級英雄電影「美國隊長」之知名男星 Chris Evans 曾於二〇一四年十一月至基隆阿根納造船場廢墟拍攝廣告。

「*球隊和社區什麼的，現在都不補助了。」另一個人補充道：「*聽說連港區的工作也少了很多。」

Anaw 知道彭正民在意，眼看一群人正要說起來，趕緊轉換風向：「*那個外勞殺人，Takara 偏要幫他。」

「*沒事扯 Looh 幹嘛？聽了就不爽。」

「*是啊，Takara 那個臭小子才不會管我們的死活。」

彭正民打破沉默，惡狠狠地說：「*殺人償命，如果不是 Takara，現在怎麼會這樣！」

「*可是為什麼懲罰無關的人，這是什麼邏輯？」

「*是啊，感覺很不好。」

「*根本不關我們的事。」

「幹你娘！」彭正民將紙杯甩到地上：「操你媽的，幹！祝你全家被殺！幹！」

彭正民喘著大氣離開，還不斷咒罵著，留下錯愕的眾人。

彭正民當然有理由生氣，因為沒有人能夠理解他的處境。除了喪失摯友的悲痛外，在船上發生的骯髒事他也有份，不論願不願意，他和雄豐船業是命運共同體。除此之外，重回海上工作的機會掌握在洪振雄手中。他還有妻小，怎麼顧得部落的感受？問題不在該怎麼選擇，而在於他沒有選擇。

今晚必須解決所有的問題。

16

佟守中看著彭正民離去的背影，像是四十年前那個失控的自己。他想起 Anaw 說的那段往事，覺得一切荒謬至極。他從來不覺得自己是英雄，也不曾知道有人這樣看過他。心底莫名感到不安，因為前幾天他才在大賣場巧遇彭正民。

當時佟守中正在生食區挑選便宜的排骨，望見彭正民在遠邊的層架裡來去。他順著動線接近那區，本來預期會碰上，結果彭正民不在自己的推車附近。他本無意窺探，卻瞥見彭正民的推車內有些不尋常。

數條童軍繩、封箱膠帶、鋸子、清潔劑、漂白水、大型黑色垃圾袋……佟守中默默地走開，再度回望時，看見彭正民在行李箱那區徘徊。行李箱？他一股衝動打給佟寶駒，可是聽見兒子的聲音以後，本來想說的話全部卡在喉嚨裡。

「那個……生活費，這個月，還沒給。」

「你不是要領低收入戶補助嗎？」

「少廢話！」

當晚佟守中在廟口吃麵的時候，佟寶駒突然出現。

「你怎麼知道我在這？」佟守中問。

「沒錢的時候這家店最棒了。」佟寶駒坐下，拿出裝著生活費的信封交給佟守中：「這頓你請。」

老闆將餐點送上，佟寶駒拉開筷子大口吃起來。

佟守中望著佟寶駒不顧旁人的吃法，欲言又止。他放下筷子，又拿起來，最後推開吃剩的半碗麵。

「那個案子，要結束了嗎？」佟守中問。

「還有得打。」

佟守中又猶豫半晌，終於擠出幾個字：「小心一點。」

「什麼？」

「小心一點。」

「小心？小心什麼？」

「難道你就不能別管這件事嗎？大家都過得不好……。」

佟寶駒以為父親又來說項，壓不住厭煩的情緒：「你可以閉嘴嗎？」

「你永遠只想到自己，所以沒有人喜歡你。」

「難道要學你捧人家ＬＰ？」佟寶駒大聲打斷父親的話：「我就是只想到自己，才可以離開那個地方。我就是只想到自己，才不像你永遠是魯蛇！」

佟守中緊抿嘴唇，一臉執拗。

「和你見面有礙消化。」佟寶駒說罷，放下筷子，起身離開：「生活費以後用匯的，省得見面。」

佟守中望著自己的麵，都涼了。

17

彭正民將車停在新店第一公墓的外圍，一處路燈照不到的地方，然後要陳奕傳跟他一起下車。

陳奕傳望向漆黑的窗外：「這裡到底是哪裡？」

彭正民從基隆出發以後，一路上沒有說話，連表情也沒有。陳奕傳對他這樣怪異的舉動感到不安，尤其是後座的那個黑色提袋，透露出非常不祥的氣氛。他下意識掏出香菸，才發現是最後一根。

「我想先買包菸。」

彭正民拎起黑色提袋，鎖好車門，逕自走向旁邊的小路。陳奕傳只得跟上。他們沿著公墓的邊緣走，經過一個破舊的傳統工業園區，然後遁入國道三號高架橋下的那片黑暗。

他們最後停在一排幾近廢棄的公寓前。

「不管你要做什麼，我要回去了。」陳奕傳說。

彭正民抓住陳奕傳的衣領，將他推進其中一棟公寓的入口。陳奕傳聞到一股酸苦和燒焦的味道，然後在角落看見兩三對反射著路燈的污濁眼睛。

「跟他們說我們要找 Suprianto，不然就報警。」彭正民將他推向那群陰影。

陳奕傳看清楚了，全是東南亞移工，不過他們臉上沒有敵意，更多的是迷惑與恐懼。他按彭正民的指示翻譯後，那群人漸漸讓開路。彭正民繼續推著他，通過一扇半朽的木門，進入一個陰暗的空間。

適應黑暗後，陳奕傳幾乎呆住。裡面擠滿東南亞移工。他們或坐或臥，像是猴子一樣攀附著雙層床架。地上還有瓦楞紙板和被單權充的床鋪，也佔滿人——如果他們還能算是人的話。酸苦的焦味在這空間裡更加濃郁，還夾雜著生物的腐味。

房間安靜下來。彭正民踩到什麼，發出微小的碎裂聲。

#「我們要找 Suprianto。」陳奕傳像是在發聲練習一樣，提高音量又重複了一次：#「我們要找 Suprianto，印尼人，我們有工作要給他。」

一個人影在角落稍稍移動，彭正民馬上認出他就是 Suprianto。

「Assalam ualaikum.」（願真主保佑你。）彭正民靠近 Suprianto：「我們出去說，可以嗎？」

路燈下，彭正民將黑色提袋交給 Suprianto，請陳奕傳接著翻譯。

「裡面有五十萬現金。」彭正民說：「只要你不出庭，這些錢就是你的。還有這個。」

彭正民從口袋中掏出一小本東西，交給 Suprianto。

那是他的護照。

「前提是你要跟我走，回印尼，船已經準備好了。有這些錢，你回去印尼可以做任何事，還可以帶上你自己的孩子。」

陳奕傳如實翻譯。

Suprianto 聽見彭正民說到孩子，眼神變得警戒。

「帶著錢，跟我走。我只想解決問題。」

Suprianto 將那本護照收進口袋裡，然後翻開黑色提袋。一股鈔票香味傳出來。他用手去摸，像是可以辨識真偽一樣，感受鈔票上細細的紋理。

「Abdul-Adl 已經被抓了，而你救不了他。你了解臺灣的法律嗎？他們連你的話都聽不懂，

印尼語。

你能相信誰？那個律師嗎？你了解他多少？」彭正民語氣異常地溫暖：「我們知道你的孩子在哪裡，不要讓我們為難。」

Suprianto 將黑色提袋側掛到肩上，嚴實束緊：「我要回去拿東西。」

彭正民跟著 Suprianto 走到門口，看著他的身影消失在黑暗中，然後對陳奕傳說：「你可以走了。」

「什麼？我要怎麼回去啊？」

「我不知道，有些事情，不知道比較好。」

Suprianto 回到公寓裡，匆忙地拿起自己的棕色背包，草草收拾東西。他無意間翻出 Abdul-Adl 寄放的雜物和古蘭經，決定也一併帶走。

Suprianto 接著走向一扇破碎的窗戶，探出頭左右張望。

沒有人。

他打算翻越。

18

洪振雄獨自端坐在偵訊室中。陳青雪透過雙面鏡觀察著他。

這裡是法務部調查局的基隆市調查站。陳青雪以調查「平春十六號」的名義約談洪振雄，但形式上只是配合調查，因此不具強制力，他可以隨時走人。

然而，陳青雪真正的目的在Suprianto。

她已經派出幹員進行證人保護程序。他們會在約定的時間地點與Suprianto碰面，並帶回調查局安置。陳青雪盤算，如果時間控制得宜，他們可以即時訊問Suprianto，只要獲得確實的證詞，就可以當場逮捕洪振雄，進行正式偵訊。

調查員敲門進入，對陳青雪點頭示意。

「證人那邊進度如何？」陳青雪問。

「已經出發了。」

陳青雪點點頭，然後走向門口：「我去和洪振雄聊聊。」

「部長？」

「我們留不了他太久……隨時回報進度。」

陳青雪走進偵訊室，將桌上的錄音筆關掉。

洪振雄說：「這還有點意思。」

「洪總，歐盟那邊給我們很大壓力……我們只需要一個說法，就當交差了事。」

「你們找到他了？」

「誰？」

「這樣毋對喔，我們應該坦誠相見啊。不然這樣子好了，我問你一個問題，你若答得出來，我就什麼都告訴你。」

「什麼問題？」

「一艘鮪延繩釣船，抓到一條大白鯊，肚子裡有十六條寶寶……船長應該放生，還是帶回來做成一斤五十元的魚丸？」

「臺灣禁捕鯊魚，連抓都不應該抓。」

「哈哈哈哈哈，我是說鮪延繩釣船喔，抓鮪魚的啦……長長的釣繩，放下去好幾十公里……鯊魚也會來吃餌啊，也會吃中餌的鮪魚啊，那叫混獲……不是故意的。安怎？該怎麼辦？」

「放生。」

「哈哈哈哈哈，部長，你跟人家湊什麼熱鬧啊？阿豆仔說要調查你就調查，可是你什麼都不懂耶。」

「我不懂海，但是我懂法律，走私、洗魚、虐待漁工，還有殺人，都是犯罪。」

「你不懂海，就什麼都不懂。這是戰爭，部長，這是戰爭。」

「戰爭？」

「阿豆仔拚了命要賣我們玉米、小麥、牛肉……然後我們抓個魚，被他們處處刁難？這是現代的經濟戰爭、糧食戰爭啊，部長。油料漲、人工漲、漁獲資源枯竭……這是大環境的問題，臺灣多少人靠這個吃飯……自己都顧不好了，還管外勞？」

「所以你就可以虐待他們？」

「我們不是國家，阿豆仔喊阮漁業實體，Fishing Entity！你懂嗎？出事沒人救，談判沒籌碼，別人吃麵我們喊燒，什麼都禁。臺灣漁民真的很可憐。」

調查員敲門，探頭進來：「部長，他的律師來了。」

林鼎紋跟著出現，走到洪振雄身旁。

洪振雄微笑聳肩，從容地起身：「部長，抓魚厲害不是我們的錯，錯的是付錢讓我們這樣做的人……是那些可以不用流血，就把魚肉吃下去、把魚油抹在臉上的人。」

他經過陳青雪時，拍拍她的肩膀，輕聲地說：「部長，捕到鯊魚，要先電牠、刺牠，直到牠死透了。不管牠肚子裡有幾條都一樣，人命，還是比較重要嘛。最後，要把牠帶回來，但不是做魚丸，是要交給漁業署做科學研究。這是法律規定喔。你不是懂法律嗎？」

洪振雄大笑著邁出偵訊室時，陳青雪手機響起。

「部長，體面一點，三天內自己提出辭呈。」蔣德仁的聲音聽起來既遙遠又空洞。

「你們找不到理由換掉我。」

蔣德仁輕聲的鼻息像是在笑：「部長，值得嗎？」

陳青雪還沒回應，蔣德仁就掛上電話。

調查員接近陳青雪，對她耳語：「部長，現場回報，未尋獲證人。」

陳青雪輕輕點頭，輕到難以察覺。

19

Leena 走出電梯，聽見有人喚她。

佟寶駒從樓梯間探出頭，示意她靠近，然後交給她一個紅包：「這是你的薪水，全部都在這裡了。」

Leena 感受到厚實的分量：「沒有這麼多。」

「這才是通譯應該有的薪水，我之前都是騙你的。」佟寶駒壓低音量，盡量把話說得簡單：「下次，不用來開庭了。」

Leena 手裡捏著紅包，低頭不發一語。她知道自己也不可能去。

佟寶駒接著拿出一張紙條：「這個，幫我翻譯？」

佟寶駒抵達臺北看守所時，一輛囚車正駛入大門。門衛示意佟寶駒原地停留，等待囚車通過。囚車的暗色車窗被鐵網包覆，像裝著秘密的巨大鐵盒，在烈日下緩慢無聲地消失在高聳柵門後面。

佟寶駒辦手續時，熟識的承辦人問他，這次只有一個人嗎？

「是，一個人。」

「你會印尼話喔。」

「我都跟他說臺語。」佟寶駒一改常態，完全不想閒聊。

沒多久管理員將 Abdul-Adl 帶到位置上，佟寶駒起身對他說：「Assalam ualaikum.」（願真主保佑你。）

見 Abdul-Adl 沒有反應，他又補了一句：#「Wes warek?」（你吃飽了嗎？）

若非 Abdul-Adl 緩緩點頭，佟寶駒大概再也沒有勇氣說下去。他從口袋中拿出一張皺巴巴的紙，吞吞口水，開始照著唸起爪哇語：「我們找到 Supriantо 了，他要我向你問好。他說他

爪哇語。

們贏了今年的比賽，第一名。他過得很好，他的孩子也很好。臺灣人將他照顧得很好……。」

佟寶駒唸得很慢，覺得不標準的地方，會重複再唸一次。

#「Suprianto 答應為你作證，說出船上的遭遇。讓那些混蛋付出代價。讓他們知道。他們做錯了。」佟寶駒說完最後一句，將紙交到 Abdul-Adl 手上：#「麥加在西方，稍微偏南，太陽落下的地方。」

Abdul-Adl 低頭看。在紙的末端，佟寶駒畫了一個臺灣、印尼還有麥加的相對位置圖。

Abdul-Adl 眼睛濕潤，但佟寶駒沒有期待他會說些什麼。

20

佟守中在半夜醒來。又是同樣的夢。確認自己在房間床上後，他漸漸放鬆，用力頂著床框的手腳感到一陣酸軟。

他摸黑走到廚房，抓了瓶啤酒喝。一道車燈從陽台閃過去，接著是引擎熄火的聲音。他尋聲看去，彭正民在他家公寓樓下，埋頭在後車箱整理東西。

因為角度關係，佟守中看不見後車箱裡是什麼。

不管是什麼，他認為自己必須下去看一看。

彭正民一見佟守中出現，立刻將後車箱關上。雖然動作迅速，但已足夠讓佟守中辨識裡面的物品：一個嶄新的大行李箱。

*「要去哪裡？」佟守中問。

*「出海。」

*「他們讓你出去了？恭喜。」

*「你要幹什麼？」

「睡不著。」佟守中舉起手中的啤酒，接近彭正民：「很久沒有在教會看到你。」

*「我有自己的事。」

*「你還信上帝嗎？上次副本堂說教宗反對死刑。」佟守中說：「他還說，以前阿美族也沒有死刑。犯罪是所有人的事，賠豬就好。殺人不用償命，你不覺得很棒嗎？」[7]

「你想要什麼？」

「我想幫忙，什麼都能做，只要給我錢。」佟守中收起戲謔的態度：「洪振雄要你做什

爪哇語。

7 阿美族信仰認為部落內有犯罪發生，便會得罪天神和祖靈，神靈隨時可能降害於任何一個部落成員。因此部落首長必須殺豬祭祀，以息神靈之怒，祈求部落平安。如此宗教信仰漸漸形成阿美族習慣法，規定任何犯罪皆得以豬或牛賠償，若犯罪者無法支付，則應由其氏族合資，共同為其罪行負責。

麼？」

彭正民兇惡地推開佟守中：*「Looh，不要多管閒事。」

*「你殺過人嗎？」

彭正民呼吸變得沉重，那種疲勞的感覺又來了。他伸手到口袋裡確認藥包還在。

「我殺過，記得吧？他們都說我仗義。哈哈哈……我是為了錢啊！有人給我錢，要我去殺船東。我連原因都沒問，因為那些人本來就該死。」佟守中濃濁的聲音帶著邪氣：「告訴洪振雄，給我錢，我什麼都可以代勞。」

彭正民別開頭，鑽進車裡，甩上車門。他用顫抖的手轉動鑰匙，卻點火失敗。再試一次，引擎運轉，猛踩油門。

噪音劃破寧靜的社區。

佟守中看著車子開遠，喝下最後一口啤酒。

21

彭正民將行李箱拉到下層甲板，然後靠著船壁喘氣。待呼吸穩定後，他把冷凍庫的門打開。一陣寒氣緩緩滲出，他站在交界處，享受片刻涼爽，直到有些寒意，才轉身去取掛在船壁上的防寒衣和手套，然後穿上。

彭正民拉起行李，往冷凍庫裡拖。幾次被凹陷的甲板卡住，他便暴力地扯，一直到行李箱深入庫房角落。接著他暗罵髒話，似乎忘了什麼東西。他離開庫房，脫去防寒衣。

佟守中在黑暗中觀察著。待彭正民離開船後，他攀上船舷。經驗告訴他，這艘船非常奇怪。通常這種噸位的遠洋漁船，一定會有移工駐守，或者至少有顧船的爸爸桑，但這艘船卻沒有一絲氣息。

微微的震動從船舷傳到他手上，發電機在運作。一艘停泊的船需要什麼電力？冷凍庫。

佟守中熟練地走下中板，看見棄置在地板上的防寒衣。他打開冷凍庫的門走進去。

彭正民揣著帆布回到船上時，發現冷凍庫的門半掩著。

離開時明明已經關上。

環顧四周，沒有發現什麼異狀。他穿回防寒衣，正要進入冷凍庫時，聽見上層甲板傳來可疑聲響。

彭正民再度關上庫門，脫下防寒衣。他望向上層甲板，順手拿了一個魚叉。

今晚必須解決所有的問題。

22

Leena 在清晨五點半起床。她穿好衣服，戴上頭巾，把辭典和筆記本放進背包裡，然後想到髒衣簍已經滿了，便走去陽台，將衣服放進洗衣機裡。

距離開庭還有四個半小時。她決心要去。

自從老許搬回來住以後，她的工作加倍，更必須日夜提防他不懷好意的舉動。

前一天晚上 Leena 洗完澡走回儲藏室時，發現老許坐在她的床上，嚷嚷著這裡面太悶了，應該裝個冷氣。Leena 站在房門邊不知道該怎麼辦，僵持了一下，老許才緩緩地起身走出來。經過她身旁時，老許突然滿懷愧疚地道歉，說自己上次太兇了，而且在家裡，可以不用戴頭巾。

「你還缺錢嗎？」老許抓住她的手臂，把她拉近自己：「我可以幫忙。」

Leena 試著推開老許，卻不敵他酒後的蠻力，被強拉著往他的房間裡去。她害怕地幾乎癱軟，連聲音也發不出來。

「賣安捏啦。」許奶奶虛弱的聲音，幽幽地從客廳傳來。

老許鬆手。Leena 跑回房間，用盡全身力量靠著那扇沒有鎖的門，臉上還留有老許酒臭的鼻息。她沒有哭，只是發抖。

她很清楚沒有人能救自己。她越了解臺灣的法律，越體會自己什麼都不是。她越相信佟寶駒和連晉平，事情越變得和他們說的不一樣。Abdul-Adl 的處境如此，自己肯定也是。

Leena 想起 Nur 的開朗笑聲，和她追求的理想，開始覺得這個世界不值。這是她自參與海濱命案以來，第一次感到憤怒。不是害怕，不是困惑，也不是悲傷。是憤怒。要經受什麼遭遇，才能毫不猶豫地殺人？還要多少苦難，才可以揭露正義也有它的標價？

Leena 唯一可以肯定的是，Abdul-Adl 只有她，她也只剩 Abdul-Adl 了。

她決心要去。

啟動洗衣機後，Leena 走回房間。她拿起背包，又忍不住看看時間，還早，或許應該先把早餐準備好。她又輕聲地回到廚房，從冰箱拿出食材料理。

Leena 熱稀飯、燙青菜，又蒸了一碗蛋，卻發現許奶奶最喜歡的醬菜吃完了。是不是該去便利商店買一小瓶應急？老許知道自己母親最愛吃哪一種嗎？他要花幾天的時間才能找到接替自己的看護呢？回到印尼，那些還欠的仲介費，怎麼還？又該怎麼和家裡的人解釋……。

Leena 聽見老許起床的聲音。怎麼這麼早？

一切都來不及了。

距離開庭還有三個小時。

23

今天連晉平請了病假。

當然這也是連正儀的指示。雖然連晉平已經調至司法院，但畢竟與高等法院只是一牆之隔。在海濱命案開庭的這天，自然要極力避免各種牽連。

連晉平待在空無一人的宿舍裡，不知道自己該做什麼。他到球場投球，做了幾個動作，卻怎樣都走不順腳步。跳投的姿勢過於僵硬，手腕也總是過度修正。他最後放棄，走回交誼廳，打開電視新聞。

宿舍裡沒有半個人，這樣應該無妨吧，他想。

距離開庭還有兩個小時。

24

佟寶駒在公辯室裡穿好法袍，然後問林芳語想不想聽笑話。

「有一次開庭，被告遲到，法官等得無聊，便向檢察官和律師提議說笑話比賽。三人同意後，法官先說『無罪推定』，大家笑了。檢察官接著說『偵查不公開』，大家笑得更大聲。律師接著說『律師倫理』，三個人差點沒笑到岔氣。正當大家覺得彼此笑話難分軒輊時，終於趕到的被告衝上法庭，對著法官大喊『庭上，冤枉！』」

「最後一個不算笑話，不自證己罪是被告的權利。」

「笑中帶淚不行嗎？」

「那公辯的笑話是什麼？」

「公辯是法院裡最認真的員工，他不說笑話。」

林芳語看著佟寶駒走出辦公室，感受到他深深的焦慮。不是因為笑話很難笑，而是因為他從沒有提早半小時去開庭過。

25

Leena 聽見老許拖著步伐回到床上。原來他只是起來上廁所。

她跪坐在廚房地上，無聲地哭起來。不是因為她重新獲得機會可以逃走，而是她剛剛以為自己沒機會時，竟然鬆了一口氣。一直迴避面對的情緒終於爆發。

如果失去這個工作，未來該怎麼辦？許奶奶需要她，家鄉的母親也是。自私沒有錯，更何況自己真的已經盡力。

Abdul-Adl 能理解吧。會嗎？

Leena 聽見許奶奶在房間裡喚她，趕緊擦乾眼淚。

對不起 Abdul-Adl，我真的不能去。

Leena 將奶奶從床上扶起來，捏捏她的肩膀和手臂，示意她倚靠著自己站起來。許奶奶卻未如往常配合，伸手去抓枕頭，但沒有搆著。Leena 又嘗試要抱，許奶奶竟揮手抗拒，堅持要碰觸枕頭。

Leena 將枕頭移開，看見被單下隱約埋藏著某物。她將之翻開，才了解許奶奶的目的。那些被老許撕開扭爛的筆記，竟藏在底下。雖然破損皺折，但經過細心整理拼接，字跡仍清楚可讀。

Leena 聽見老許在床上翻身。

許奶奶伸手擦去 Leena 的眼淚。

26

旁聽的群眾已經陸續抵達法庭外。佟寶駒在走廊上看見 Anaw 和幾個部落族人，但卻沒有彭正民的身影，也沒有佟守中。有一種奇怪的感覺。

庭務員在走廊上點呼 Suprianto 的名字，打亂佟寶駒的思緒。

Suprianto 還沒有現身。

書記官跑到走廊上，對佟寶駒說：「公辯，要開庭了，先進來坐吧。」

「再一下。」

「法官在等……」

「我知道。」

「法官已經……」

「我的證人還沒來！」

書記官悻悻然地走回法庭。

Anaw 此時走向佟寶駒，神情有些扭捏：*「Takara，那個，不知道有沒有人通知你。Looh……今天早上在漁港被發現落海。現在人在三總，沒有意識，還在搶救……。」

佟寶駒腦袋一片空白。

佟寶駒這才想起手機裡有一則未聽的語音訊息。他趕緊拿出來聽，時間是昨天深夜，佟守中似乎在室外，但環境很安靜，背景有熟悉的海浪與風：*「你在哪裡？接電話啊，笨蛋！」

什麼意思？

兩名法警帶著 Abdul-Adl，經過佟寶駒，走進法庭。

庭務員進行最後點呼。

Suprianto 還是沒有現身。

「庭上，辯方要求延期。」佟寶駒一進法庭，便舉手發言：「關鍵證人沒有到。」

劉家恆反駁：「連有沒有這個人都不知道，這是幽靈抗辯。」[8]

「你還有其他證據要調查嗎？」審判長問佟寶駒。

「我們要求進行第二次精神鑑定。」

「這件事我已經說過了。沒有新的事證和資料，就沒有重新鑑定的必要。」

「今天這個證人就是新的事證。他與被告長期相處於船上，能證實被告的心智狀態，以及犯罪動機。」

「可是證人沒有出現。」

「難道再等一次也不行嗎？不過就是一次庭期，這是關乎人命的事情！」

「法院這邊對辯護人的要求一直都很忍讓，可是，公辯你不管法庭內法庭外，都讓人非常失望。連通譯都要法院臨時去找替代人選，你真的在意被告的權利嗎？」審判長顯然有些情緒：「你要怎麼證明這個人存在？既沒有入出境資料，也沒有詳細年籍，法院怎麼判斷？」

「我可以證明！」

眾人看向聲音來源，竟是 Leena。

Leena 顯然是一路跑來的，還喘著氣。她用手抹去額頭上的汗珠，堅定而大聲地說：「我看過 Suprianto，真的有他，這個人。」

佟寶駒看著 Leena 堅毅的模樣，卻沒有一絲欣喜。他知道 Leena 來這一趟，將要付出什麼樣的代價。

「通譯，你可能不懂法律。」審判長緩緩地說。

「偽證罪。我沒有說謊，沒有偽證罪。」

「你這樣做，違背通譯的倫理，我可以禁止你出庭。」審判長不為所動：「調查證人 Suprianto 的聲請駁回。調查證據程序終結。現在開始辯論程序。」

Leena 低下頭。沒有用。果然一切都是徒勞。

27

辯論程序，是刑事訴訟的最後階段。由檢辯雙方先針對事實及法律進行辯論，再就量刑提出意見。

8 被告於案發後，將犯行推卸給已經死亡或無法證明存在之人，稱為「幽靈抗辯」。

對於事實及法律，雙方依然各執一詞。劉家恆詳列證詞與現場跡證，推論 Abdul-Adl 殺人係出於預謀、手段殘忍。佟寶駒則從程序問題出發，主張 Abdul-Adl 的心智狀態無法理解訴訟，應裁定停止訴訟，最後並強調檢方舉證未能達毫無合理懷疑之程度。

針對量刑，劉家恆舉精神鑑定結果，認為 Abdul-Adl 的精神狀況正常，卻連殺三人，甚至連幼女都不放過，加以犯後毫無悔意，既未坦承犯行也未道歉，理應處以極刑。他甚至將檔案照片投影至布幕上：血跡、兇刀、屍體姿態、解剖證據，最後是鄭峰群一家三口甜蜜的合照。

劉家恆表情嚴肅，語氣懇切堅定：「在程序的最後，其實我們只需要簡單回答三個問題……人是誰殺的？為什麼殺？該如何處罰？前兩個問題，鐵證如山……那麼，最後一個問題呢？請大家看看坐在那邊的被告。」

Abdul-Adl 面對指控，毫無反應，只是淡淡地看著劉家恆。

「如果殺人償命不是正義，那麼原諒毫無悔意的人也不會是。死刑也許不是解答，但應該是一種可能。只是在這個案子裡，我想不出第二種可能。」劉家恆說完，沉靜地走回檢察官席。

輪到辯方，這是佟寶駒在程序裡最後一次的發言機會。為此，他在心中演練過很多次，但是，今天發生的一切完全逸脫他的預測。他必須說些什麼，以爭取較輕的量刑。問題是，沒有新的精神鑑定，沒有 Suprianto 的證詞，他只是自說自話而已。

不知道為什麼，佟寶駒想起一件往事。

在父親判決定讞那天夜裡，母親準備了一桌豐盛酒菜。餐前禱告時，母親感謝神，因為父親沒有被判死刑，是神的眷顧。佟寶駒問：「那祂怎麼不給我們錢就好？」母親說：「有些人沒有錢，連命也丟了。」佟寶駒不再說話，因為他認識很多這種人。

佟寶駒低著頭，良久沒有發言。審判長耐著性子問：「公辯，你還有意見嗎？」

佟寶駒站起來，眼睛垂下看著桌面的卷宗，然後將之闔上。他用手抹抹臉，表情像是想起了一件上古的祕密，不很肯定該從何處開始說起。

「我一直以為自己是世界上運氣最背的人。生在八尺門部落，用船板當門，和幾百個人共用一間廁所，父親是罪犯，而母親為了養活我，疲勞地死去。有人對我說，你能念大學，能夠在法院工作，能夠不去跑船、不作清潔隊員、不作土水、木工，真的好幸運。我只想回他一句，操你媽，那不是運氣。弱者只能寄望運氣，而我不是。我靠的是努力。

「可是有好幾次，我差點被仲介騙上船。因為我需要錢。念書要錢，生活要錢，埋葬我媽也要。但我卑躬屈膝地活了下來，我什麼都肯做，就是不跑船。因為我那個混蛋老爸常說，在漁港，被宰的不一定是魚。這句話，是他給我的唯一禮物。

「所以我逃過了坐在這個被告席的命運。逃過了在海上超時工作、飲食不足，還被扣留證件、暴力威逼、惡意懲罰的命運……。

「我也逃過了被另一種語言質問、審判的命運。逃過了找不到證人為我說話的命運。或者，找到了證人，他卻和我一樣，為了活下去，必須繼續逃亡的命運。最後的最後，我還必須逃過沒有人願意多花一點時間，理解我的缺陷、懦弱還有恐懼的命運。

「就差那麼一點。

「是的，那些人說對了。他媽的，我是幸運的人。我不認為殺人者無罪，但是在這個法庭上，在臺灣的司法裡，死刑不是法律問題，卻是運氣問題。這麼顯而易見的事情，在所有人面前，竟像是一則笑話……。

「一個人要有多幸運，才能像諸位一樣，坐在舒服的位置上，認定這世界十分溫柔，而我們擁有絕對的權力，對罪犯殘忍？」

佟寶駒坐下時，法庭上沒有一點聲音。

原本就非常爭議的海濱命案，因為佟寶駒的結辯陳詞，再度激化了各方的對立。追崇人性尊嚴的人，視佟寶駒為英雄，深受鼓舞；憤慨正義缺席的人，則認為他編造故事，訴諸人道高論，嚴重背離社會現實；另外有一派則聚焦在法律規定之上，以專家自居，爭相預測判決結果。

大家都忙著說自己的話，在意自己能夠激起多少共鳴。

只有奇浩部落異常安靜。

28

彭正民醒來時天是黑的。他不肯定是自己沒睡著，還是又過了一天。甚至開始懷疑，前一晚的事情只是夢境。

他摸黑打開燈，走到客廳。

Suprianto 的棕色背包在沙發上。

是真的。

一種極端的飢餓感襲來，彭正民卻不打算去翻冰箱。他知道裡面什麼都沒有。陳嬌和兒女回去臺東老家已經幾個禮拜。這些日子都是他一個人。

「我叫你回來再回來。」[*]彭正民這麼對陳嬌說。

「Kaniw 的死不是你的錯。」[*]陳嬌留下這句，默默地離開。

彭正民在沙發上打開 Suprianto 的棕色背包，翻出雜物與一本古蘭經。他很快地想起這是屬於 Abdul-Adl 的，只是不明白為何落在 Suprianto 手上。

彭正民隨意翻閱，發現封底鼓鼓的。他取出夾藏在裡面的東西：一張記憶卡。

門鈴響了。彭正民倉促將古蘭經塞回背包內，放在沙發上用衣物蓋住。

來訪者竟是佟寶駒。

「你要幹嘛？」彭正民警戒地問。

「嗯……那個……有件事，我可以進去說嗎？」

佟寶駒走進客廳，看見滿室雜亂的物品與垃圾，有些感慨。彭正民正要清出一個座位，佟寶駒揮手示意。

「我自己來就好，沒事。」佟寶駒在沙發上蹭了一個位置坐下，隨手將附近雜物挪開，竟意外搬動蓋著衣物的棕色背包，古蘭經掉到地上。

佟寶駒撿起古蘭經，拿在手上，對彭正民尷尬地笑：「你老婆在嗎？不好意思這麼晚……。」

彭正民的沉默回答了問題。佟寶駒很快意識到不該多問，趕緊又補一句：「我不會待很久。」

彭正民看著佟寶駒手上的古蘭經，陰沉地別過頭：「我去拿點喝的。」

彭正民走進廚房，在冰箱裡找到僅剩的幾罐飲料，然後看向流理台上的刀具。事情還沒結束。

佟寶駒坐在客廳裡，手上拿著古蘭經，沒有目的地四處環視。某項東西吸引了他的注意力。

彭正民拿著飲料回來，遞給佟寶駒。

佟寶駒順手將古蘭經放到茶几上，接過飲料：*「是你做的嗎？」

彭正民一手揣在口袋裡，緊盯著佟寶駒的脖子：*「什麼？」

*「你做的對吧？」

彭正民幾乎要把刀抽出來。

*「那個。」

彭正民順著佟寶駒的手指，看向客廳角落。那是一座未完成的木雕。

*「我記得你以前就喜歡雕，很厲害。」

彭正民緩緩地坐下：*「你來有什麼事？」

「前幾天，想起一件事，小時候，我們三個人有一次，划船出去，在晚上，差點回不來……記得嗎？」佟寶駒說：「我還記得是，瑞芳那邊礦災，死了好多阿美族的……那個時候，為什麼找我？」

*「我忘記了。」

「Kaniw 說，是你提議的，因為我沒有朋友。」佟寶駒自嘲地笑：「沒朋友……到現在也一樣。」

*「Kaniw 說的？你放屁。」

「八尺門拆遷那幾年，有一次我在臺北遇到他。」佟寶駒回憶起來：「那時候我在輔大。學校不知道什麼工程，總之他在那邊做板模……他說海濱快蓋好了，很想趕快回去住。還是八尺門住得慣，可以看見山還有海。我還帶他去女生宿舍，在門口看女生走來走去，輔大出美女啊。他說應該找你一起來，你很缺……。」

彭正民低著頭，肩膀鬆垮下來。

「最後他要我回來看看，說海濱蓋得很漂亮，終於有颱風吹不動的房子可以住了……。」佟寶駒頓了一下，接著說：「可是我跟他說，我才不要回去那種地方。」

*「既然走了，為什麼要回來？」彭正民喃喃地說。

佟寶駒嘆口氣，將飲料放上茶几，卻不小心打翻，潑溼古蘭經。他趕緊拿起來用衣服擦，又翻看確認是否乾淨，然後漸漸地停下動作。

*「Kaniw 的事，我很抱歉。」佟寶駒說。

彭正民盯著他手上的古蘭經，眼神不再凌厲。

*「Takara，你該走了。」

六

最後手段

1

旭丘山是位於基隆大沙灣東方的一片高地，日治時期曾以臺灣八景之一「旭岡觀日」而聞名。如今三軍總醫院基隆分院便設置於此。鮮有人知，在院區東南角的制高點上，有一座外型特殊的小教堂，可以俯瞰基隆港區。

這座帶著藍屋頂、黑窗框的白色教堂，正面尖頂上安置著一個紅色十字架。從佟守中的病房望出去，在林蔭中依稀可見。佟守中住院的日子，佟寶駒經常不自覺地望著教堂，卻從未親自踏足。

佟守中轉至普通病房已經三個禮拜，雖然生命狀況穩定，但依舊昏迷不醒。醫生診斷結果認為，他因為溺水導致腦部缺氧，加上糖尿病等慢性病病史，腦部損傷可能難以復原。

雖然無故墜海啟人疑竇，但警方調查未有結果，加上沒有可疑外傷和目擊證人，便先以意外結案。佟寶駒雖然對此存疑，但在沒有證據的情況下，也只能等待佟守中清醒，才有辦法究明真相。

這些日子神父偶爾會來探視。他會坐在病床邊代禱，但從未強迫佟寶駒加入。佟守中的牌友和酒友也來了幾次，佟寶駒不知道該和他們說什麼，索性離開病房，讓那些人自己和佟守中說話去——如果他們除了喝酒和賭博以外還有什麼可以聊的話。

有幾次副本堂神父提起要帶球隊的孩子們來，佟寶駒一口拒絕。「來幹嘛？比練球還浪費時間。」神父悻悻然地收聲，但他不知道的是，佟寶駒好幾次都會繞路去學校球場，偷偷看他們練球，直到練習結束。

孩子們照慣例最後會聚集在一起跳幾支戰舞，喊幾段隊呼。有些耳熟，有些則全然陌生。佟寶駒聽過幾次以後，便能在心裡跟著默喊，帶著節奏回到醫院，讓陪病的夜晚不那麼單調。

他以前也很會編詞，如果不是教練同意隨他唱，他大概早就放棄練球了。一直到有次輸球，教練教訓他，原住民要有出息，不是打球，就是唱歌，你兩個都會，還不好好珍惜？

就是從那時候開始，他兩個都不想要了。

佟寶駒有天晚上回到海濱國宅，整理要帶去醫院的父親衣物。沒有父親的房間看起來極度陌生。他先是坐在那張古怪的床上，然後躺下來。透過窗戶可以看見半邊夜空，遙遠而微弱的水潮聲從八尺門水道傳來，窗外搖曳的樹影投映在天花板上，房間真的隨之擺動起來。佟寶駒下意識地用手腳抵住床沿，好像自己真的會就這樣漂向大海。

站在陸地上，才知道搖晃的是自己。

Suprianto看起來很冷，他對佟寶駒說，我在海與陸的交界處。佟寶駒驚醒，花了一點時間回神，想起自己在八尺門。

八尺門是座沒有碼頭的島。

佟寶駒回到關愛之家打聽，楊主任說從他們上次來訪以後，Suprianto再也沒有出現過。不過主任終於肯把粽子介紹給佟寶駒。她說粽子一直問起父親，只能騙他爸爸出海去了。孩子一天一天長大，不知道能夠騙多久。

到最後他就不會再問了，佟寶駒說，那就是粽子長得夠大的時候。

佟寶駒說完就後悔。他本來是要開玩笑的。

2

海濱命案二審判決維持死刑，對所有人似乎都是意料中事。

宣判前佟寶駒接獲法院內部通知，要求相關人員不得就判決私自對外發表言論。不用明說，通知是衝著他來，但他並不在意。

他已經決定離職。

判決當晚，佟寶駒一如往常下班，趕回三總照料父親。正當他準備享用從仁愛市場買的鍋燒麵時，電視新聞播出一段總統稍早的發言。

宋承武：「……我一直關注著海濱命案，以我對案情的了解，二審判決確實符合法律規定與人民期待。承審法官承受了很多各界壓力，判死刑既然不可迴避，我們應予司法最大的尊重……。」

這段看似中立的發言，在法律人的眼裡卻充滿蹊蹺。即便身為總統，也不應該對司法個案有所評論，否則即有干預司法之嫌。佟寶駒暗忖，這樣的發言絕非偶然口誤。

果不其然，數日後，宋承武便公開聲明，將死刑存廢問題付諸公投。

然而，懂得內情的人便曉得，此舉並非意在廢死，甚至可以說一點關係也沒有。

近日以來，執政黨立委爆發集體貪瀆，加上對經濟改革的乏力，宋承武的民調不斷探底，嚴重威脅到來年的地方公職人員選情。蔣德仁為了止血，並奪回議題主導權，私下建議宋承武藉由海濱命案判決的討論熱度，將死刑存廢搬上檯面。

「死刑公投？」宋承武問。

「沒錯。按公投法規定，由立法院提出之公投提案，不需經中央選舉委員會之審核。」蔣德仁說：「我們掌握立院多數席次，等於可以自由決定命題。」

「命題？」

「命題非常重要，而且必須是『你是否同意我國不能廢除死刑？』」

「為什麼？」

「只要按照這樣的命題付諸公投，無論結果為何，都對我們有利。」蔣德仁放緩語調：「如果這個命題沒有過關，民意就會被解釋為『不同意不能廢死』。然而，現在的主流民意並不贊同廢死，所以多數人一定會出來投票。除了衝高同意票數外，也避免投票率未達門檻。」

「所以呢？」

「高投票率對我們的選情有利，在議題上也能維持高支持率的表象。反對黨沒辦法與我們唱反調，只能跟著我們起舞。」蔣德仁說：「最重要的是，轉移目前輿論的焦點，創造對我們有利的聲量。」

「那我們的立場是什麼？廢死？」

「訴諸民意就是我們的立場。」

宋承武短暫沉默後說：「如果是這樣的話，陳青雪要留著。」

蔣德仁反而有點困惑。

「民意需要出口，」宋承武說：「我們需要箭靶。」

宋承武很快拍板定案，隨即吩咐下去，準備動員黨團，在立法院進行提案。

陳青雪一直到出席行政院會時，才知道這個決定。

這樣的情勢發展對陳青雪而言並非無跡可尋。從國民法官法三讀通過，維持死刑多數決開始，總統一連串的行動與發言，都展現出與她分道揚鑣的態度。

如今她連死刑公投都是事後才得知。宋承武顯然不在乎將彼此的矛盾檯面化，而這也成為媒體討論的焦點之一。

當毫無準備的陳青雪面對記者追問時，她只能堅守立場：「我尊重執政團隊的想法，但國家既然已經將兩公約內國法化，就應該堅定地實踐。基於個人理念，我支持廢死，願意為死刑政策辯論，也願意承擔政治責任。如果必須執行死刑才能保有權位，我不會戀棧。」

記者接著問，這是否與她的宗教信仰有關？

「我沒有宗教信仰。」

「有消息指出，您的住處設有佛堂，還掛著一幅帶有反對死刑意象的菩薩畫像，請問這是真的嗎？」

陳青雪一時之間說不出話來。知道這件事的只有一個人。

「信仰是我的個人自由，與我的政治理念無關。」

「佛教不殺生的戒律，是否影響您不執行死刑的決定？」

陳青雪明白這個問題帶有偏見，而且不可能解釋得清楚，便逕自轉身，在維安人員的護送下離開現場。

數日後，執政黨挾著在立法院的多數優勢，通過公投提案，為整個政局以及輿論投下震撼彈。

3

Leena 離開得很倉促，但她並沒有失去工作。

一切都要歸功於許奶奶。

開庭當天，當 Leena 在法庭上要求作證時，老許才剛睡醒走出房間。他看見仲介和母親坐在客廳裡，發覺事情有些奇怪。

「怎麼回事？Leena 呢？」

「老太太申請了養老院。」仲介模樣侷促，將手上文件遞給老許：「她說不需要外勞了，請我幫 Leena 轉換雇主。」

沒有人知道許奶奶什麼時候做的決定，或其中原因為何，又為什麼選在這個時間點上？她以沉默面對老許和仲介，淡然地看著窗外。

仲介將 Leena 帶走時，也沒有對她多做解釋。她只知道自己沒有因為擅離職守而受到處罰，反而在安置所獲得幾天休養，並且順利地轉換至新的雇主。

Leena 離開那天，許奶奶因為身體微恙，被留在醫院觀察。她沒來得及說再見，想到就此永別，再也忍不住眼淚。最後她決定將客廳一幅相框偷走。照片上的許奶奶笑得很開心，像是記得所有快樂，又忘卻所有悲傷的事。雖然老許也在照片裡，但 Leena 寧可接受部分痛苦，也不想承受更多失去。

佟寶駒和 Leena 保持著聯繫。兩人都有共識要繼續合作。佟寶駒請 Leena 接著完成筆錄翻譯，因為他認為，要應付第三審，什麼蛛絲馬跡都不能放過。

雖然 Leena 不知道能幫忙多少，但翻譯筆錄已成為一種習慣。她漸漸體會，傾聽才是程序的意義。當然，也是她在悲傷裡唯一能做的事。

4

宣告死刑之案件，不問被告意願，法院均應依職權為被告之利益上訴。因此海濱命案勢必將進入最高法院審理。由於公設辯護人是法院按審級輪派，佟寶駒的職責在二審判決時便已結束。若他要在第三審繼續為 Abdul-Adl 辯護，就必須離職，並申請免試資格，以便取得律師執照。

如果佟寶駒能取得免試資格的話。

公設辯護人申請律師免試，必須向考選部繳驗相關證明文件。其中服務證明書及服務紀錄良好證明，必須向所屬的法院提出申請。就在佟寶駒提出申請後沒多久，院長秘書便來電，請他過去一趟。

院長將剛泡好的茶遞上，普洱香氣撲鼻而來：「公辯，怎麼突然要轉任律師？」

「院長，這是生涯規劃。」

「是因為海濱命案嗎？」

「有什麼問題嗎？」

「你也知道，這個案子的過程，民眾對法院的誤會很深。不能說與你沒有關係。」

「我們本來就不能按照輿論辦案，不是嗎？」

「你說的沒有錯。我知道你很認真，但是有時候不是認真就可以了。對於司法而言，值得信任的判決是最首要的目標。如果參與其中的人不被信任，就算判決再公正，也難杜悠悠之口。」院長喝下一口茶，繼續說：「為了被告的利益，我認為你不應該再涉入太深。」

「只因為我是原住民，我爸曾是罪犯？」

「你能不能明年再申請呢？算是為了維護司法的形象。更何況，公辯的傳承，也需要倚重你的經驗。」

「我沒有義務這樣做。」

院長嘆了一口氣，朝茶壺裡斟滿熱水：「你申請的服務紀錄良好證明，我認為也不是全然沒有問題。寶駒啊，做事容易，做人難。這次就聽我的吧。」

院長說得很絕。佟寶駒明白轉任律師這條路恐怕是行不通了。當然他不會知道，院長也是中華司法治喪委員會的成員之一。連正儀為了促成這個決定，可是費了不少口舌。

連正儀的理由很單純。佟寶駒越快離開公眾視線，連晉平的事就會越快被遺忘。當然，其中還是有些私心。他就是無來由地討厭佟寶駒這個人。

不論如何，無法取得律師執照，佟寶駒便不可能成為海濱命案第三審的辯護人。

一切紛擾就理當在此結束了。

5

連晉平退伍那天，沒有什麼事忙。在司法行政廳服役只有兩三個月，離開稱不上感傷。他一早便將座位上的私人物品收拾乾淨，才正愁不知如何打發時間，一個學弟探頭進來，說廳長找他。

廳長似乎已經久候他的到來，親切地請他坐下，並表達關心：「雖然日子不長，但希望你有學到一點東西。」

「有，謝謝廳長的照顧。」

「之後有什麼打算？」

「我會參加今年司訓。」

「好，很好。未來司法就要靠你們這些年輕人啦。」廳長很滿意地點點頭：「以後有經過的話，歡迎回來喝杯茶。」

「好的。謝謝。」

「記得幫我跟爸爸打聲招呼。」廳長不忘提醒。

連晉平點點頭，畢恭畢敬地退出辦公室。

下午五點，連晉平準時打卡，結束役期的最後一天。他離開辦公室，走向大門時，經過佟寶駒說的那個鬧鬼中庭，突如其來的回憶和情緒湧上心頭。

連晉平向上望，花了點時間才辨識出公辯室的窗台。他想起曾經與佟寶駒打賭，要在公辯室過夜，破除鬧鬼的傳聞，但事情發生得太多太快，玩笑終究只是玩笑。

就在前幾天，連晉平聽聞佟寶駒的申請轉任律師碰壁。他有些感嘆，卻不覺得意外。海濱命案究竟會怎麼發展？他不知道，也不想再花心思。在他的未來規劃裡，還有太多事情要操心。

公辯室的窗戶突然打開，連晉平趕緊閃進拱廊的陰影裡。他沒有再探頭出去確認是誰，頭也不回地離開。

反正也無話可說。

當晚，連晉平哪也沒去。一個人在房間裡，把從辦公室和宿舍帶回來的個人物品整理妥當。大部分的東西都丟了，只留下退伍令和一疊海濱命案的資料與筆記。這些檔案本應在離職時繳回或銷燬，但他還是夾帶回來。他掂掂那份資料，許多案件的細節和過程又自然浮現。任憑思緒蔓延，回過神時已經十點多。

連晉平坐在房間窗邊望出去，大安森林公園像是即將睡去的巨獸，在夜幕之下緩慢起伏。他看看時間，拿起電話和李怡容視訊。

「總算退伍了。」李怡容帶著好不容易的口吻：「週末我們去哪裡慶祝一下？我請客喔。」

「哪裡都好。」連晉平感性地說：「跟你就好。」

「我們好久沒有吃生魚片了。」

「啊，生魚片嗎？」連晉平猶豫了一下：「還是，鐵板燒好了？」

「當然好啊，你想吃什麼都好。」李怡容爽快答應。

連晉平的手機突然震動，並發出提示音。一則臉書訊息跳出來，竟然是Leena。

「誰呀？」

「呃，替代役弟兄啦，恭喜我退伍。」

「替代役也不是特別辛苦，幹嘛搞得好像出獄一樣。」李怡容打趣地說。

兩人又聊了一會，才甜蜜地互道晚安。掛上電話後，連晉平將 Leena 的訊息點開。

「Congrats for your retirement.」（恭喜退伍。）

連晉平不知道自己該不該回。事發至今兩個多月，他沒有再與 Leena 有任何形式的聯繫。這是他答應李怡容的條件之一：彼此不可以再有隱藏。

如果再和 Leena 聯繫，李怡容不可能會再原諒自己吧。兩人關係好不容易漸漸復原，確實不該再挑弄這個疙瘩。

然而連晉平轉念一想，如果 Leena 遇到了什麼困難呢？聽說 Leena 因為執意開庭，而被迫離開原有雇主。如果她真的需要幫忙，自己也不該那麼無情吧？

連晉平掙扎著，最終決定回傳訊息。

「Thank you. How are you doing? I heard you left.」（謝謝。你過得好嗎？我聽說你離開了。）

「I work in a new family now.」（我現在在新的家庭工作。）

「How is everything?」（一切順利嗎？）

「It's fine.」（都好。）

連晉平不知道該接著聊什麼。如果沒什麼要緊事，對話就該結束。雖然有些冷淡，但或許這樣對彼此都好。

沒想到，Leena 接著傳來訊息：「I am still translating the records.」（我還在翻譯筆錄。）

還在翻譯筆錄？案件不是結束了嗎？連晉平有些疑惑。

「Why?」（為什麼？）

「Bao can use it.」（寶哥可以用。）

「He is taking advantage of you. He pays much less than average.」（他在利用你。他付你的錢非常少。）

「I don't do this for money.」（我不是為了錢。）

「He forced you to the court and messed up your job.」（他逼你去開庭，讓你丟了工作。）

「He didn't. It's me. I wanted to go.」（他叫我不要去。是我自己要去的。）

「Why?」出庭竟是 Leena 自己的決定？連晉平感到意外。（為什麼？）

「Because I am capable. If I am not, then that would be it. But I am. Then I have to. I need to.」（因為我有能力。假如我沒有，那就算了。但是我有，所以我必須這樣做。我需要這樣做。）

連晉平反覆讀著 Leena 的文字，感受她將「I have to」和「I need to」並列的意義和力量。

我必須這樣做，我也需要這樣做。

是啊。

6

禮拜六傍晚出發餐廳前，李怡容提醒連晉平，穿著正式一點，因為那是一間高級的鐵板燒料理。

連晉平在預定的時間抵達餐廳外。李怡容穿著黑色小禮服出現。她小小的鵝蛋臉上帶著清新的妝容，搭配精心吹燙的短髮，更顯俏麗有神。若要說起來，她更像是外商公司的白領族，完全讓人無法想像她當起法官的模樣。

連晉平禮貌性地親吻李怡容臉頰。她挽起連晉平的手走進餐廳。

這間高級的餐廳沒有開放式空間，而是在隱蔽的包廂內，獨立配置半圓形料理臺與專屬廚師。圍繞著檯子的座位非常有限，每間至多只能有六位賓客。

窗戶外是華燈初上的中山北路。週末夜的南西商圈，人潮正開始聚集。居高臨下看著行人與車流在蔥鬱的林蔭中無聲往來，讓人感覺好像掌握了這個城市最精緻的秘密。

今晚菜色經過李怡容精心挑選。前菜是明太子輕蔬沙拉、鱈場蟹茶碗蒸還有鮮蒸北海道干貝，主餐是南極圓鱈以及和牛排佐乾蒜，甜點是烏梅酒梨果凍，佐餐則是勃艮第白酒。

連晉平沒有預期到這樣排場，對於李怡容的安排受寵若驚，卻總有一種說不上來的惆悵。

「恭喜退伍，」李怡容舉起酒杯，瞇著眼微笑：「總算要朝下一個階段邁進了。」

連晉平回敬，微笑以對。

李怡容用湯匙輕輕撈起一口茶碗蒸：「司訓前有什麼計畫？」

連晉平歪著頭思考。他心中早有想法，但不想讓李怡容覺得自己那麼無趣，所以假裝有些遲疑：「我想寫一篇論文。」

「什麼論文？」李怡容顯然對這個答案很詫異：「你接下來要搞法律一輩子，不趁機會休息一下嗎？」

「我想研究公投的違憲爭議處理機制。」

李怡容一聽便知道連晉平的想法所為何來。近期死刑公投議題沸沸揚揚。死刑既然是連晉平研究最深的主題，有這番想法不足為奇。只是其中包含著多少對於海濱命案的執著，李怡容則無法肯定。

「死刑公投已經成定局了吧。」李怡容直接點出連晉平的目的。

「人權怎麼能夠付諸公投？」連晉平說：「剝奪生命權是憲法層次的問題。」

人權議題能否付諸公投一直是極度爭議的問題。過去的公投審議委員會對公投提案擁有實質審查權，經常以違憲為由駁回提案。然而因其任命規定違憲，蒙上政治干預、箝制言論的陰影，加上沒有制衡機制，因此於民國一〇六年修法時被裁撤。

自此之後，公投法主管機關改為中央選舉委員會，對於公投提案僅剩形式審查權力，即便認定有違憲疑慮，也不能駁回提案。然而又產生問題，如果公投結果勢必違反憲法，為何允許交由民意決定？此種公投有無意義？

「由中選會審查有無違憲，違反權力分立吧？」李怡容多少理解這個議題的核心爭論。

「所以才需要一個爭議解決機制。」連晉平說：「司法本來就具有抗多數性[1]，與民意互相衝突。在我看來，違憲的公投提案只是加深分化與裂痕，甚至給那些保守大法官卸責的藉口。」

「我記得上次公投修法的時候，有討論過新增人權條款，後來怎麼了？」

「不知道，沒有人為此作過解釋。就這樣在三讀時被刪除了。」

李怡容點點頭。茶碗蒸已經差不多吃完，她將鮮嫩的鱈場蟹腳留到最後一口。

「也好。司訓時每個人都要交一篇法學研究報告，你之後可以直接拿這篇改一改，也不算浪費時間。」李怡容說。

浪費時間？連晉平覺得這四個字有些刺耳，卻了解李怡容並非有心嘲諷。他硬擠出一絲微笑。

「你未來想出國念書嗎？」李怡容問：「我那天查規定，要轉實任[2]以後才能申請留職停薪出國進修。這樣算算最快也要六年時間耶。早知道限制這麼多，應該先出國念書才對。」

「你想念 JD？」

「也不是一定要念到JD，LL.M就可以了。主要是想出國看看，體驗不一樣的生活。」

美國大學教育並沒有法律系，只有在研究所設置三種法律學位：LL.M、JD、SJD。對於非母語的外國學生而言，LL.M學制僅一年，是門檻最低的學位；JD學制為三年，除必須已有學士資格外，尚需法學院入學考試（LSAT）成績；SJD為法學博士，需先取得前述兩種學位之一後，方能繼續攻讀。

連晉平並非沒有想過出國深造，但他嚮往出國念書唯一的理由，就是希望更精進自己的學術涵養。LL.M不到一年的學習，頂多只能說是一種生活體驗，並不能滿足他。他要念，當然是以JD，甚至是SJD為目標，但如果最終不是待在學術界做研究，那樣的意義也不大。

此外，外國學歷對於法官工作或升遷並沒有什麼太大幫助。司法實務講求的是經驗與技術，而非跳脫現實脈絡的學理論述與外國法例。因此父親連正儀對此也不甚鼓勵，總是評論那些出國念LL.M的年輕人：「還不如花時間累積自己的年資。」

李怡容直白地表明自己的想法，連晉平反而覺得說出心裡實話並不恰當，便咕噥兩聲作為

1 「抗多數性」係指司法與多數民意對立之特性，最明顯例子便是司法違憲審查權得以推翻代表多數民意之立法者所制定之法律。此種情況尤其在「弱勢群體」、「少數族群」的議題上最常發生。

2 新進司法官通過司法官訓練後，將分發至法院成為候補法官，此後必須再通過兩次書類送審，才能轉為實任法官，獨立承擔審判職務。

回應，假裝勤快地吃起剛送上來、兩面煎得金黃的南極圓鱈。

李怡容接著分享許多朋友出國念書的經驗與趣事。她認為學校以南加大（USC）或加州大學洛杉磯分校（UCLA）為首選。因為美國東岸冬天會下雪，氣候不如西岸那樣四季宜人。「出國不能只有念書，到處玩也很重要啊。」

連晉平靜靜聽著她說，手裡擺動著刀叉，心思卻漸漸被其他想法所佔據。終於在李怡容說話的一個空檔，他沒頭沒尾地脫口而出：「你覺得，如果我暫緩司訓，先去擔任海濱命案的辯護人怎麼樣？」

李怡容先是一怔，然後簡單地答：「那也不錯啊……。」

連晉平聽出李怡容的錯愕，但他沒有安撫的說法。

短暫沉默後，李怡容試探地問：「那你有想要出國念書嗎？我本來想說我們可以一起出去念。」

「當然有，我們……總是有時間的，可以安排看看。」連晉平說完，刻意加大笑容：「跟你說個笑話，想聽嗎？」

李怡容的笑容恢復自然，點點頭。

「臺灣民眾有將近七成對司法公平性缺乏信心，七成五認為臺灣法律只保障有權有勢的人，將近八成的人認為窮人比有錢人更可能被判死刑……，」連晉平刻意停頓，準備拋出笑點：

「但是有八成五的民眾支持死刑。」

「唉，我們不要聊這個了好不好。」

連晉平忍不住笑出來，旋即意識到自己非常無禮。他低下頭，盤中的圓鱈已經支離破碎，嘴裡卻沒有嚐到一點味道。

他終於明白，自己當初追求李怡容的真正原因。

7

退伍後的第二個週末，連晉平應父親要求出席禮拜。這天清早天空降下磅礡大雨，臺北衛理堂門前塞滿接送的車輛，成群的教友撐著傘，快步走入教堂。

連晉平為父親撐傘。兩人西裝筆挺，又刻意保持步伐穩健，在眾人之中姿態顯得特別不凡。步上臺階後，連正儀不慌不忙地拍去袖子上的雨水，親切問候迎面而來的眾多教友。大家看見連晉平隨侍在側，也不忘幾句讚美之詞，畢竟這樣才貌出眾的父子檔並不多見。

距離連晉平上次來到臺北衛理堂已經好幾個月。這之中他多以公忙為藉口缺席，實則因為投入全部心力在海濱命案上，對於與現實無關的教會活動已然失去熱忱。

連正儀明白他開始有自己的社交與生涯，也就沒有太過要求。不過這禮拜比較特別，因為他受邀以優秀教友的身分上台分享信神的改變，當然希望家人都能一起見證。

按照工作人員指示，連正儀提早進入後台準備。連晉平則繼續跟在他旁邊，維繫社交熱度，扮演稱職的兒子角色。距離上台莫約十來分鐘，連正儀等待主持人介紹進場之際，突然對連晉平說：「你還想要出國對嗎？那天老李才跟我提到怡容也想出國念書。我想有機會的話沒什麼不好，也算增加一個資歷。」

「嗯，我還在想。」

「別想了，結訓後我就幫你們安排，你們可以一起出去。」

「不是要實任以後才能申請留職停薪嗎？」連晉平想起李怡容說過的話。

「經司法院遴選送，就沒有那樣的限制。」連正儀意有所指地微笑：「而且兩個人都能帶職帶薪喔。」

連晉平覺得困惑：「那要經過遴選的吧？按照年資，不是實任應該很難爭取。」

「這你就不用擔心了，審查委員都是你的老學長。」

連晉平這才明白父親的作法。如果這件事真的發生，別人會怎麼看自己？如果司法體系內部能夠容忍徇私，那審判的正當性又是什麼？

連晉平聽見前台的觀眾歡呼，快要輪到父親上台了。他今天分享的題目是什麼呢？連晉平突然發現自己根本沒有印象。

連正儀伸手拍拍西裝，調整領帶，準備登台的表情充滿神采。

「我和怡容分手了。」連晉平突然說。

連正儀怔怔地看著兒子，良久才別開臉：「等等說吧。我也覺得她有問題。」

「爸，我今年不去司訓了。」

「你在說什麼？」

「我要先當律師，我想接海濱命案的三審辯護。」

「你在開什麼玩笑？」連正儀壓抑自己的惱意，低聲地說。

前台傳來聖歌，眾人高聲唱和，氣氛好不歡愉。

「爸，你做了這麼多年的法官，有誤判過嗎？」

「沒有。」連正儀口氣堅定地說：「一次也沒有。」

「即使是死刑，也完全沒有後悔過？」

「我憑神的意志，對得起自己的良心。」

連晉平垂下眼簾：「我一直想不透，為什麼神允許死刑。」

「以眼還眼，以牙還牙。上帝說，不可殺人。」連正儀熟練地引用聖經：「我們做法官的，是神的用人，不是空空的佩劍，是伸冤的，刑罰那作惡的……不能迴避正當的刑罰，要教惡人懼怕，即使是死刑。」[3]

「可是上帝也說，凡殺該隱者，必遭報七倍。」[4]連晉平說：「大衛王犯姦淫、謀殺，上帝也沒把他處死。」[5]

「不要把例外當原則。上帝另有祂的安排，這不是我們迴避死刑的藉口。」

「你們中間誰是沒有罪的，誰就可以先拿石頭打她。」[6]連晉平繼續引用經文：「耶穌還說，饒恕不應止七次，而是七十個七次。」[7]

「那是你沒見過真正的惡。等你站在審判的位置，你就能了解，有些惡必須被最嚴厲地懲罰。」連正儀失去耐心，口氣強硬：「是不是那個姓佟的，對你說了什麼？」

「跟他無關。」

「今天海濱命案有這樣的結果，完全是那個人造成的。他藐視司法，毫無理由地反對一切……你向這樣的人學習，只是自斷前程。」

「可是，如果整個過程，我們都只是在討好那個判斷者，又怎麼能不懷疑他的公正性？」連晉平說：「判決是為了被告而存在……不是法官，不是被害人，更不是神。」

前台傳來主持人的呼喚，連正儀沒能再多說些什麼，繃著臉，腳步僵硬地走向台前。

連晉平看著父親的背影，突然覺得他老了許多。

8

連正儀在嚴永淵的辦公室前來回踱步。秘書端來一杯茶，說院長還要一點時間才回來。他伸手婉拒，表示沒有關係。

連正儀其實早知嚴永淵不在。況且以他倆的交情，大可不必親自跑一趟，有什麼天大的問題，一通電話聯繫便可，但他認為連晉平的事不可小覷，該做的樣子還是要做到。

嚴永淵沒多久出現，很訝異看到連正儀在門外等：「學長，站在這幹嘛？怎麼不裡面坐？」

連正儀一臉愁容，看得嚴永淵也緊張起來，隨即引他進入辦公室，並吩咐秘書勿擾。連正儀快速將兒子的事情交代一番，嚴永淵皺起眉頭：「年輕人就是這樣，熱忱過了頭。」

「這次真的要請你幫忙。」連正儀的眼神不容反駁。事實上，他從未懷疑嚴永淵會拒絕他。這樣的信心除了來自多年同窗的情誼外，還與嚴永淵欠他的一份人情有關。

---

3 羅馬書13：3－4。
4 創世紀4：15。
5 撒母耳記下11：1～15。
6 約翰福音8：7。
7 馬太福音18：22。

嚴永淵有個小兒子叫作嚴哲仰，也是法律系高材生。多年前曾開車與行人擦撞後逃逸。雖然事後馬上與被害人達成和解，但仍被檢察官以肇事逃逸罪起訴。由於罪證確鑿，一審判決有罪。

案件上訴至二審後，正巧由連正儀擔任合議庭審判長。嚴永淵十分擔心留下不良紀錄，將影響兒子未來報考司法官的前途，因此拜託連正儀幫忙。嚴哲仰算是連正儀從小看到大的孩子，他當然一口答應。

肇事逃逸罪是否成立，關鍵在於行為人有無故意，亦即是否認識肇事致人死傷的客觀事實而執意離去。然而，行為人的主觀故意，不可能直接證實，僅能由客觀證據推斷。對於老練的法官而言，便有解釋操作的空間。雖然該案的受命法官無法苟同，但最終在連正儀強力主導下，無罪定讞。

多年來，連正儀再未提起此事，畢竟也不是太棘手的事情，但對嚴永淵來說，那是不可能忘懷的恩情。

「你希望我怎麼做？」嚴永淵毫不遲疑地問。

「把案子分到我的庭。」連正儀說。

將案件指派給特定法官，在法治國家是無法想像的事情。一旦能夠操縱案件承辦者，也就極易產生人為介入的機會。因此訴訟案件交由何人審判，必須於事前以抽象的法規來規範，這便是所謂的法官法定原則。

一般法院的分案方式，絕對謹守該原則。案件即到即分，並以電腦亂數決定承辦法官，難有人為操作空間。不過最高法院的作法卻迥然不同，一般稱之為「限量分案」。簡而言之，就是控制每個月法官收案數量，將未分案件積壓於卷庫之中。

最高法院對外宣稱，這種作法是為了控制法官承辦案件數量，保持裁判品質。只有熟知內情者才會了解那只是一個藉口。限量分案真正目的在於勞逸均等，也就是公平地均分每個法官的工作量。因此，限量分案，除了限量以外，還必須先以人工分類、獨立輪次、減分抵分停分等複雜的條件設定，最後才交由電腦亂數決定。

這繁複的規則，就連許多最高法院法官都不甚理解。

由於前述程序大部分必須交由人工作業，這個制度素有人為介入、分案不公等疑慮，而迭受批評。雖然最高法院曾經宣示要廢除限量分案，但真正的問題不在限量。只要不是真正的隨機亂數分配，再怎麼樣都有操作的空間。

嚴永淵明白連正儀的要求，但卻顯得有些猶疑。畢竟操作限量分案規則，多少可以調整中籤機率，但並非百分百保證，而且倘若牽連太大，不一定好處理。

「我有方法。」連正儀看出嚴永淵的思緒。他喝了一口茶，緩緩地說：「由於海濱命案原審判處死刑且被告在押，分案日期不受分案實施要點的限制，所以我們可以隨時將它加入抽籤程序。嗯……正確來說，我們必須在下個月將它加入抽籤程序。」

嚴永淵露出困惑表情，但決定讓連正儀繼續說下去。

「首先召開『刑事法官司法事務分配小組』，決議兩件事。」連正儀說：「第一，這個月分案以雜案為主，也就是聲字、抗字這種小案子，用三件抵一件正常案件。雖然案件量變多，但是這種案件簡單，實際上更為輕鬆，不會有人反對，而理由可以很冠冕堂皇，就是清積案。

「第二，既然這個月的案件量較多，下個月大家就停分一次。那麼，就只剩新進法官會參與下個月的分案。」

嚴永淵開始明瞭連正儀的策略。雖然以刑事法官司法事務分配小組之決議，臨時改變分案規則，並沒有法源依據，但確有前例。[8]

「下個月一共有兩個新進法官，其中一個就在我的庭。」連正儀說。

「那也只有百分之五十的機率。」

「如果我們運氣那麼不好，」連正儀語氣堅決：「按照法院組織法，你還是擁有最終事務分配權限，不是嗎？」

嚴永淵點點頭。百分之五十的機率，他想不出比這個更巧妙的作法。

一個月後，海濱命案分案結果出爐，機率站在連正儀這邊。

9

連正儀成為海濱命案的審判長，只是計畫的第一步。要阻止連晉平出任辯護人，只有一個方法，就是在不開庭的情況下，結束這個案子。

然而事情並沒有那麼簡單。

按照刑事訴訟法的規定，除非有言詞辯論之必要而開庭，第三審被告並不受強制辯護[9]的規定保障。也就是說，只要合議庭認定沒有開庭必要，海濱命案可以在沒有律師辯護的情況下逕行判決。

顯而易見的，這個規定對於被判處重刑的被告而言，保護並不周全。曾有死刑犯於九十八年對此提出釋憲，卻經大法官不受理決議駁回。雖然許多人權團體仍倡議修正，司法院也曾為此提出草案送交立法院，但最終均不了了之。

然而這樣的情形在一〇一年十一月十六日有了改變。最高法院於當日以新聞稿對外公開宣佈，從同年十二月起，死刑案件一律行言詞辯論，以示對死刑的慎重，並彰顯司法對於生命的

8 最高法院鄭玉山院長曾先後於一〇六年九月、一〇七年四月及五月，召開刑事法官司法事務分配小組，未經法官會議，擅改既有分案順序及分案類型，導致楊絜雲法官控訴分案罷凌事件發生。

9 強制辯護，即不論被告意願，均強制配給律師為其辯護之情形。

尊重。

如此一來，等於間接解決了第三審死刑案件不需強制辯護的問題。因為只要是死刑案件，就都必須開庭進行言詞辯論，而一旦開庭，就必須要有辯護人在場。

因此，該怎麼在不開庭的情況下結案，讓連晉平沒有機會出任辯護人，便是連正儀接下來必須處理的問題。

週日午後，老推事們一如往常前來連家聚會。

連晉平揹起球袋，不想待在家裡。他有一股說不上來的情緒，覺得自己格格不入。他不願再面對那些貌似關心的睥睨神態，和忍受相互加乘的權勢連結。他從未像現在一樣，對於看見那些人而感到痛苦。

他走出房間時，連正儀剛好在門口迎接一位從未見過的客人。

「晉平，這是蕭名倫，蕭法官。」連正儀相互介紹：「蕭法官，這是我兒子，晉平。」

蕭名倫法官頂著西瓜般的肚子，一手用手帕擦拭半禿的頭頂，另一手則扶著龜裂明顯的皮帶，靦腆地說：「我聽說公子也是法界菁英，馬上要司訓了對吧？有其父必有其子啊。」

連正儀點點頭，沒有說破。

連晉平假意微笑，心裡卻有種古怪的直覺。蕭法官既不體面，也沒有當官的底氣和城府。

試著想像他和父親的其他客人站在一起，畫面極不協調。

「蕭法官是我們新進的同仁，正好分發在我的庭。」連正儀補充道：「以後公事上還需要他多協助呢。」

蕭名倫連連欠身，表示不敢當。連正儀擺手示意，邀請他入內。連晉平便抓緊機會走出門。

蕭名倫一走進「會議室」，嚴永淵和章明騰便熱情地站起來招呼他。這兩號人物都是司法界有頭有臉的耆老，蕭名倫頓時有些錯愕。沒多久嚴永淵遞上一杯紅酒，然後招他上麻將桌。

「以後你就是中華司法治喪委員會的一員啦。」嚴永淵坐在下家的位置，親切地說。

「謝謝，謝謝，真不好意思。今天沒帶什麼東西來。」

「連學長的朋友，就是我們的朋友，客氣什麼。」對家的章明騰補充道。

連正儀坐在上家，拍拍他的肩膀，表示肯定。

蕭名倫對這般熱情不知所措，紅潤的笑容竟有些僵硬。

連正儀一推手，麻將發出細碎的碰撞聲，賭局開始。

蕭名倫雖然外表遲鈍，但從麻將技法來看，確實有他靈光之處。不僅平平穩穩地贏了幾次，在局勢不利的時刻，也能保險守成，還沒放槍過。

「工作上沒什麼問題吧？剛上來要適應一下，分量都不輕啊。」嚴永淵貌似無意地提起。

「沒問題，沒問題，比高院輕鬆多了。」

「海濱命案你打算怎麼辦？」連正儀問完後打出一張，蕭名倫正好吃下。

蕭名倫雖然覺得在這種場合談公事有些古怪，但又想或許只是習慣問題。連正儀是這個案子的審判長，應該也沒什麼不能說的：「那個……初步看覺得證據方面確實有些值得非議之處，量刑也……總之，先開庭看看被告說法。」

「還需要開庭？」連正儀盯著牌面，語氣有些轉變。

審判長提供辦案意見並不奇怪，但蕭名倫感覺他的態度沒有討論空間，更像是在下指令。蕭名倫怎麼說也是一名資深法官，對於事態的發展開始有些警覺：「現在不是一律要求死刑必須言詞辯論？」

「如果卷內資料充足，又明顯沒有違法，為何一定要開辯論？現在的政治正確，好像已經侵入了司法系統，難道沒有影響法官獨立嗎？如果認為死刑有必要開辯論，那為什麼不修法？司法不應該承擔立法的怠惰吧。」連正儀說完，靜靜地望著蕭名倫。

「更何況，那只是一個新聞稿，能夠凌駕法律嗎？」章明騰搭腔：「沒有必要卻非要開庭，難道不是違法嗎？」

「話雖是這樣說，但是謹慎點也不是什麼壞事……，」蕭名倫迴避眾人目光，看著牌面：「就怕判決有什麼瑕疵。」

嚴永淵大笑：「蕭法官，你忘記你在最高法院啦？最高啊，誰還能指摘你？」

連正儀又打出一張，正是蕭名倫需要的牌。他下意識喊吃，卻在取牌時猶豫。事情甜美得不正常。

「最高還是有送閱制度的[10]，連學長說得那麼清楚，也是想節省你的麻煩。」章明騰好意提醒。

「其他陪席法官呢[11]？」蕭名倫保持著姿態。

「他是審判長，你是受命。其他陪席的你擔心什麼？」嚴永淵一副不可思議的樣子。

章明騰像是打抱不平，對著嚴永淵假意說情：「不過海濱命案案情複雜，確實有些壓力，結案後你幫蕭法官減分幾件如何？」

「那有什麼問題。」嚴永淵聳聳肩，接著打牌。

蕭名倫明瞭這些老狐狸話說得漂亮，實際上不容一點餘地。他低下頭，還堅持著不置可否。

10 「送閱制度」係指承辦法官需事先將判決交庭長、院長過目後方得宣判。此制度原意在維持判決品質，卻使有心人士得藉此干預判決內容，因而為人詬病，最終於八十五年廢除。然按最高法院處務規程第二十五條第一項規定：「法官應就主辦案件先行審查，將審查結果報由審判長定期交付評議。」可知最高法院於評議前仍有事前送閱制度的影子。

11 最高法院合議庭係由一位受命、一位庭長（審判長）、三位陪席法官所組成。案件需經五人評議後，以投票方式決定該案之法律見解與判決主文。

「就不開庭吧。」連正儀保持著一貫的淡然態度。

蕭名倫沉默了一會，突然說：「這事和令郎有關吧？」

聽見這句話，眾人心裡多少有些驚訝。蕭名倫靠著所知的新聞報導和零星線索，就能猜到這個份上，顯然也是機伶的人。

嚴永淵和章明騰頓時不知該如何回應，盯著牌面不發一語。

蕭名倫嘆口氣，緩緩地說：「天下父母心啊……。」

連正儀感到一股強烈的倦意襲來。他勉強撐著，停下洗牌的動作，眼睛都紅了。其他人見狀，也漸漸放緩動作，直至靜止。

連正儀突然心疼兒子那股熱忱。他從未見過連晉平如此堅定地反對自己。起初他很氣憤，但反抗並不是一件壞事。他自己也年輕過，怎麼會不懂。

他只是無法接受，為什麼兒子不理解他的用心。

對於這一切，連正儀並不後悔。或許，這是他能為兒子所做的最後一件事。

一個月後，海濱命案三審判決出爐。

死刑定讞。

10

佟寶駒看見三審定讞的新聞後，離開病房，一路走向山坡上的那座小教堂。

這間教堂僅供病友禱告靜思，沒有設置神職人員，當然也沒有固定教友。佟寶駒走上臺階，看見門敞開著，四周一個人也沒有。裝設簡樸的講堂，一眼便可望穿。佟寶駒盯著牆壁上的十字架，最終還是沒有踏進去。

繞到教堂背面，佟寶駒靠著牆壁不發一語。從這裡俯瞰基隆港，可以看見夕陽在虎仔山的後方閃耀最後的光芒，和平島這邊卻烏雲密布，雨正從海面上襲來。

佟寶駒知道最後的機會，只剩下一個。

陳青雪料到佟寶駒早晚會來找她，但海濱命案已經三審定讞，兩人不再有密會的必要，也就約在辦公室裡相談。

陳青雪記得佟寶駒不喝酒，還是故意替他準備了一杯。

佟寶駒一如預期伸手拒絕。陳青雪沒有勉強，輕輕地將酒杯放下。

「我要提再審。」佟寶駒直接了當地說。

「你有什麼理由？」

「還在想……我需要時間。」

「為什麼找我？」

「只有你能暫緩執行。」

「我有什麼理由？」

佟寶駒沉默下來。

陳青雪笑著補充道：「喝了這杯我就答應你。」

佟寶駒不囉嗦，拿起來就乾。

「逗你玩的。」陳青雪待他喝完，露出微笑：「我其實本來也打算這麼做……我有絕佳的理由。」

佟寶駒顯得困惑。

陳青雪露出狡黠笑容：「《死刑執行規則》剛剛修訂完成，受刑能力的標準已經大幅放寬。」

《執行死刑規則》是法務部的內部規則。雖非法律，但實質限制著執行死刑之程序事項。由於部長擁有絕對的主導權，加上修訂過程單純，不容易引起公眾注意，陳青雪便在最近一次修正中，加入「受刑能力」的規定，成為死刑審核的要件之一。

「受刑能力」係指被告接受刑罰的能力，依據刑事訴訟法規定，如果死刑犯心神喪失，國家便必須暫停執行死刑，因為刑罰對這種人而言不具意義。然而，在司法實務上從未有援引本規定而暫停死刑的成功案例。

其中很重要的原因在於，心神喪失的定義莫衷一是，導致法院在認定上相當保守，多引用最高法院二六年渝上字第二三七號判例，主張死刑犯必須全然缺乏知覺理會的判斷功能，才符合心神喪失之定義。

亦即，除非是無意識狀態，或者是完全無法辨識外界事物之極嚴重精神病狀態，幾乎不可能符合上述標準。

陳青雪在爭取死刑一致決失敗後，便積極暗中規劃修訂《執行死刑規則》。雖然新的規則表面上只是重申刑事訴訟法的規定，實際卻別有玄機。仔細研讀，便會發現在修正理由中，法務部打破前述最高法院的見解，採用聯合國人權事務委員會的意見，將「心神喪失」之判斷標準大幅放寬。

這種不透過條文用語，卻迂迴地利用修正理由去變更判例見解的作法非常罕見，道盡了陳青雪的極細心思。果不其然，在層層隱藏下，這樣的修正並未引起關注。

「法務部有權力可以重新鑑定死刑犯的精神狀態。」陳青雪補充解釋道：「只要被告因精神障礙無法理解懲罰之理由或後果，就不可以執行死刑。」

佟寶駒熱切的眼神讓陳青雪頗為自得。

「再一杯？」陳青雪問。

佟寶駒咧開嘴笑。為什麼不呢？

11

即使可以暫停執行死刑，要突破三審定讞的案件，還是得透過再審。

佟寶駒沒有料到，第一個機會很快地就出現了。

Anaw 出現在佟守中病房時，佟寶駒正嗑完一條營養三明治。Anaw 形色凝重，請佟寶駒至病房外聊聊。

「我是不會、絕對不會去豐年祭跳舞的喔。」佟寶駒不放棄任何碎嘴的機會。

Anaw 遞給佟寶駒一張電腦列印的銷貨清單：「封箱膠帶、鋸子、清潔劑、漂白水、行李箱……。」，上面還列有日期、時間以及品項價格。

「Lekal……我懷疑他和 Looh 落海的事情有關。」Anaw 先下結論，然後開始講述他的推理。

那次彭正民在文化會館前發飆，Anaw 後來追上彭正民，想說些什麼緩頰。當時彭正民正打開後車箱，將肩上的黑色提袋塞進去。Anaw 靠近時，瞥見後車箱裡有一個嶄新的行李箱，和數個某賣場的塑膠袋。他原以為彭正民是為出海做準備，多問了幾句，但彭正民卻支吾其詞，並兇惡地要他不要多管閒事。

當晚，佟守中就出事了。

「我後來調監視器畫面，發現那天深夜，他們兩個在社區的街邊說話，看起來氣氛不是很好。Lekal 好像很不高興 Looh 接近後車箱。」Anaw 嘆口氣：「然後隔天……那個證人，沒有出庭。」

「Suprianto？」

「嗯，我始終覺得不對勁。Lekal 後車箱裡的那個新行李箱，還有他買的這些東西……。」Anaw 補充解釋：「這個清單是我透過關係，從大賣場取得的資料。」

佟寶駒看著銷貨清單裡的品項，明白 Anaw 話中的含意。他回憶起拜訪彭正民的那晚，氣氛確實有些古怪，他原以為是宿怨使然，但……那個棕色背包，在哪裡看過？還有……那是古蘭經嗎？是那本古蘭經嗎？

佟寶駒漸漸拼湊出事實。

「Takara，根據通聯記錄，那天晚上，Looh 有打給你，對嗎？」

「我沒接到。」

「我知道，他有留語音嗎？」

「有，但我聽不懂他要幹嘛。」佟寶駒想起和父親在麵攤的最後一次對話，竟感到一股無名火：「那個白痴，打給我做什麼？有事幹嘛不報警？」

「這是在他落海處附近找到的。」Anaw 從口袋掏出一個證物袋，裡面裝著一張照片，就是那張 Leena 替父子倆在主普壇前拍的合照：「我猜測，他不是要通知你。他應該是以為在後車箱裡的人，是你。」

「我爸這種人……，」佟寶駒將銷貨清單還給 Anaw，別過頭不願看照片：「講不聽！老是在做沒有意義的事情！」

Anaw 默默收起證物，等待佟寶駒的情緒過去後，緩緩地說：「你有沒有什麼線索？這樣的證據還不夠，我想繼續調查，然後……」

「走走走！發神經啦！」佟寶駒突然大罵：「你電視看太多，當自己神探啦？沒見過你這麼無聊的人！亂猜亂辦案，哪有人這樣當警察？走啦！」

Anaw 面對突如其來的謾罵，感到灰心，悻悻然地離開。

佟寶駒走回病房，在父親身邊坐下，看著他日漸萎縮的臉頰，想起母親死前的模樣。

彭正民有理由殺 Suprianto，父親的落海或許也和他有關。如果一切能夠證實，就會是再審的契機。但是，海濱命案已經傷害太多人。

奇浩部落還能承受另一起命案嗎？

佟寶駒就這麼坐著，一動也不動，直至太陽下山。

12

由於第三審判決來得又快又急，加上執政黨前不久拋出的死刑公投話題，政治干預司法的議論不脛而走。

總統宋承武並未親自回應，僅透過公共事務室發了一篇聲明稿，強調執行死刑沒有時間表，不會考量公投或其他任何因素，交法務部依法處理。

陳青雪受訪時，再度強調依法執行：「雖然死刑仍存在，但法務部會用最嚴格的標準執行。由於本案被告始終有精神狀況的爭議，我們會特別檢視他的受刑能力……。」

受刑能力？什麼時候修正的？

蔣德仁這才意識到自己完全低估陳青雪的城府。

宋承武更是大動肝火，畢竟對於危機中的政府，當法律適用失去操作空間，便是一種威脅。他質問蔣德仁：「如果大家都想要死刑，我卻不能給他們。公投還有意義嗎？」

蔣德仁無話可說。他知道自己必須讓陳青雪澈底了解這件事。

陳青雪正在批改公文時，秘書送來一份文件。

「這是什麼？」

「總統府來的公文，不過……」秘書顯然也很疑惑。

陳青雪翻開來讀，發文者是總統府第一局，主旨寫著：「總統府確認未收受 Abdul-Adl 之特赦請求。」

按照新修正的執行死刑規則，執行前必須確認總統府有無收受被告的特赦請求。也就是說，倘若總統府收受特赦請求，在准駁之前，死刑便應該暫停。

然而，法務部尚未開始審核 Abdul-Adl 的死刑，總統府為何憑空函覆？實在令人費解。

陳青雪的電話響了。蔣德仁沒有自我介紹和寒暄，劈頭就問：「收到公文了？」

「這是什麼？我們還沒有開始審核他的死刑。」

「那是草稿，我只是先讓你知道。我們隨時準備好了。」蔣德仁直接了當地說。

陳青雪聽得懂。他們需要有辦法隨時槍決 Abdul-Adl。

「死刑不是我一個人說了算，最高檢必須先陳報，然後還要通過死刑執行審議小組的決議。」陳青雪反駁。

「死刑執行審議小組？那種沒有法源依據的東西，處理起來不是那麼困難的吧？」[12]蔣德仁說。

短暫沉默後，陳青雪冷冷地說：「就等公投結果了，是吧？」

「給群眾他們想要的，就沒有人會記得他們應得的。」蔣德仁說：「古老的方法還是最有效。」

「我不會簽執行令。」

「你知道為什麼你還在這個位置上嗎？因為把你換掉也是取悅群眾的一部分。」

蔣德仁沒有道別便掛上電話。

所有的民調全無例外地顯示，死刑公投將會過關。這意味著陳青雪將無法迴避執行死刑。這已經不是原則問題，而是去留問題。陳青雪明白，不能留任，心中有再多抱負也無濟於事。

陳青雪已經用盡全部籌碼。

13

三審定讞隔天，彭正民驅車前往雄豐船業大樓。副駕駛座的 Suprianto 一直在對他說話——至少他是這麼認為的，因為他根本聽不懂。彭正民將收音機開到最大聲。他知道溝通並沒有用，那只是幻覺，或者 Suprianto 的鬼魂，不管怎樣，他都沒有理會的必要。

12 法務部前部長曾勇夫於九十九年設立死刑執行審議小組，由部內相關主管組成，共同審查並准駁死刑之執行。然其設立並無法源依據，不但召開會議時間不一，主席及參加人員偶有更動，審議程序、審酌資料與決議標準均無明文規定。

今天他要向洪振雄攤牌。海濱命案的結果，已經證明他的能力與忠誠。「平春十六號」和它所包藏的血腥，都將隨著死刑被掩蓋。洪振雄已經沒有理由拒絕他。

彭正民甚至還帶來一個好消息。

他在古蘭經裡發現的記憶卡。

他查看過，確認裡面是 Kenny Dowson 的檔案紀錄。

當初阿豆仔落海時，搜遍了船艙，除了紙本文件外，什麼也沒找到。雖然懷疑還有其他備份，但也只能作罷。如今看來，阿豆仔果然有警覺性。那張記憶卡裡什麼都有。除了漁獲以及作業的側拍外，還有洗魚、走私，甚至是處罰漁工的密錄影片，更別提各種紀錄文件。

彭正民不知道為什麼這張記憶卡會在 Abdul-Adl 手上，或許那個白痴根本不知道這件事。那都已經不重要。他會交給洪振雄，然後一切到此為止。

洪振雄對於彭正民的出現顯然有些不耐煩。他正在講電話，揮手示意彭正民坐下，然後對著電話大吼。

彭正民等待洪振雄掛上電話，簡單地問：「我什麼時候可以出去？」

洪振雄敷衍地說：「還沒結束，人還活著。」

「時間早晚的問題而已，我又不能控制槍斃的時間。」彭正民說：「當初說的不是這樣。」

洪振雄翻出彭正民的健檢報告：「阿民，幹嘛那麼堅持？討海那麼艱苦。我看到你的健康報告了，糖尿病……又看精神科。你甘會堪得[13]？我這邊有一筆錢，雖然沒有出海多，但比退休金好。你可以做點小生意。」

彭正民覺得頭頸發麻。他必須回到海上，狹隘的陸地、複雜的爭鬥，快將他逼瘋。他惡狠狠地說：「你不要逼我，大不了同歸於盡。」

「你敢？」

「我什麼證據都有。」

「證據？什麼證據？」

「那個阿豆仔的東西在我這裡。」彭正民一字一句說得清楚明白：「董仔，我們在同一艘船上。」

洪振雄觀察彭正民的眼神，便知道這不是玩笑。山地人的野性，他見得很多，尤其在沒有退路的時候，特別兇險。

「好，很好。」洪振雄忍下脾氣：「最近有一艘要出去，你等我通知。」

「董仔，我問你最後一次。」彭正民的眼神瞬間冰冷：「阿群，那天晚上打給你，到底說了什麼？」

13 臺語，ē-kham-tit，承受得住。此句為問句「你承受得住嗎？」

「我在法庭上都說了。」

彭正民點點頭，露出似笑非笑的表情：「我等你的通知。」

彭正民走回停車場時，Suprianto 已經不在座位上。

一個月後，彭正民搭上一艘名為「萬順興六〇二號」的遠洋漁船。陳嬌來港邊送行。他在船舷邊交給她一份寫好收件人的包裹，並告訴她，如果這趟我沒有回來，把它寄出去。

彭正民走上梯架，登上船艄。鮮紅的鞭炮在岸邊炸開，白色煙霧拂過送行的男女老少。彭正民沒有看見鄭峰群和 Suprianto，也沒有其他認識的人。陳嬌臉上看不出是擔憂還是怨恨，但手裡緊緊抓著那個包裹。

汽笛聲響。一切又可以從頭來過。

14

Leena 從中央廣播電台的印尼語新聞中得知死刑定讞的消息。當時她正在公園陪新的阿公曬太陽。聽完新聞後，她關掉收音機，卻沒有拿下耳機，望著石磚上游移的光點與樹影，想起印尼老家外也有這麼一棵大樹。

她的思緒越飄越遠，直到李怡容在她身邊坐下。

「你知道通譯作偽證，要關多久嗎？」李怡容冷冷地問。

Leena搖頭。

「最重七年喔。那你知道，不同審級，要算數罪嗎？」

Leena搖頭。她聽不懂。

「這樣也想跟人家當翻譯？」李怡容好像在笑。

Leena低著頭。不知道自己是羞愧，還是委屈。

「跟你說一個秘密喔。你和蓮霧的事情，是我說出去的。」李怡容一派輕鬆地說：「不可以跟別人說喔。」

Leena搖頭，表示不會。

李怡容不再說話。兩人陷入長長的沉默。

Leena突然伸手，環抱住李怡容。她溫柔而適當地施力，直到確認李怡容能夠感受，雖然語言不通，但她都理解，她都知道。

李怡容顫抖地說：「你們是不可能的……你假如和那個人在一起，就是全天下最笨的笨蛋。」

「我知道。」

李怡容轉向 Leena，將臉埋在她的肩膀裡，輕聲啜泣。

15

幾天後，Leena 終於將筆錄全部翻譯完成。時間已經午夜，她伏在桌面上，重重地吁了一口氣。接著她決定一鼓作氣，將檔案按日期歸類整理，讓佟寶駒能夠方便使用。

她發現有一些多餘的錄音檔。

這些多半是測試或誤按時所產生的檔案。裡面通常充滿無意義的噪音與對話，時長不過數秒。然而法院給的錄音光碟裡並不會將之排除，用意在於避免連續錄音中斷的爭議。

Leena 聽過其中幾個，但很快地便懂得如何篩選掉這些無意義的檔案，把力氣放在正式的錄音上。她才在思考是否保留這些檔案，一個念頭上來，既然都很短，為什麼不把它們聽完？

經歷一整天的工作，Leena 已經相當疲憊。她試著讓精神集中，幾次都差點闔上眼。正當她要放棄時，突然有一句話傳進她的腦袋裡。

#「等一下照著那本護照說。」聽起來是陳奕傳的聲音，他用爪哇語說：「不要說錯（錄音中斷）」

Leena 不確定自己為什麼在意這句話。按照檔案日期，這是第一次警詢的錄音。警員似乎在測試錄音機，環境很吵雜，很多人在說著不同的話，然後陳奕傳的聲音突然出現，錄音隨即中斷。

為什麼他要這麼說？

Leena 打開下一個正式錄音的檔案來聽。警察最先詢問出生日期，然而當 Abdul-Adl 正要回答時，陳奕傳又插話：#「照著護照說。」

第一次聽，Leena 並未發現異狀。然而這次重聽，她驚訝地發現，雖然被陳奕傳的話掩蓋而有些模糊，但 Abdul-Adl 最先的回答是二〇〇二年。在陳奕傳插話後，Abdul-Adl 的答案卻變成筆錄上的最終記載：二〇〇〇年。

為什麼？為什麼要強調「那本護照」？

突然一陣電流竄過胸膛。

Leena 想起 Suprianto 曾說過，印尼的仲介會為了賺錢而偽造證件。如果 Abdul-Adl 的護照是偽造的，陳奕傳的行為便不難理解，但這其中埋藏著另一個重大的法律問題。

如果 Abdul-Adl 是在二〇〇二年出生，那麼，二〇二〇年案發時他根本未成年。

Leena 驚訝地說不出話。

爪哇語。

這就是所謂的責任能力，連晉平曾經對她說過，沒有責任能力，就不能處罰。

Abdul-Adl 根本不應該被判死刑。

Leena 拿起電話，她不能等到明天才讓佟寶駒知道。

16

佟寶駒在機要秘書的帶領下，穿過法務部的重重迴廊，進入陳青雪的辦公室。

「Abdul-Adl 在案發時未成年。」佟寶駒將譯文放在陳青雪面前：「他不能被判死刑。」

陳青雪拿起資料看，思索其中的意義。

佟寶駒激動地說：「這個案子可以再審。」

陳青雪看著佟寶駒堅定的神情，覺得他老了許多。取代原本孤傲氣質的，是一份不適時的熱忱，內內外外地煎熬著這個大半輩子都在躲避抗爭的原民之子。她為佟寶駒感到既可惜又可悲。身為原住民，總有一天要為逃避付出代價。

陳青雪倒了一杯威士忌給佟寶駒：「交給我，但先不要聲張。」

從法務部回家的路上，佟寶駒不斷思考著下一步該如何走。

聲請再審不是問題。就算Abdul-Adl沒有請律師，地檢署檢察官也可以為他的利益提出。這件事陳青雪絕對能幫得上忙。問題是，再審通過後，如果沒有辯護人協助，仍難保證可以爭取到更有利的判決。

佟寶駒暗忖自己短期內不可能取得律師執照。那到底該找誰幫忙呢？他想著各種可能性，卻沒有定論。一直到掏出鑰匙要開門時，才發現家門旁站著一個人。

「你家還有空床嗎？」連晉平問。他肩上斜掛著替代役大黑包，手上還拎著電腦包以及另一個塞得鼓鼓的背包。

佟寶駒看著他打算自立門戶的裝備，不用說也知道為什麼。他冷冷地說：「你最好有帶球鞋。」

「不穿鞋也能電你。」連晉平將背包丟到佟寶駒手上。

心領神會，兩人咧開嘴笑出聲。

連晉平安頓好，天色已暗。佟寶駒叫了滿桌外賣。炸蚵仔酥、高粱香腸、椒鹽溪蝦、三杯大腸還有客家小炒，全是下酒菜。

「還有這個。」佟寶駒賊笑著，手上端著那瓶連正儀送他的紅酒：「來自令尊的善意。」

連晉平看著那瓶酒，表情複雜糾結，笑不出來——他是在判決出爐時才發現父親竟然列名審判長。從這種絕決的審判速度，以及毫無懸念的判決結果來看，連晉平有充分的理由相信，父親是為了不讓自己有機會擔任辯護人才這麼做——他甚至為此公然違背最高法院要求言詞辯論的政策。

Abdul-Adl 是因為自己而死的。連晉平深信不疑。

「不關你的事，誰沒有爸爸？」佟寶駒看出連晉平的心念，遞上酒杯：「我們還沒慶祝你退伍。順便，預祝再審順利。」

連晉平露出困惑眼神。

佟寶駒指著他手上的酒杯，示意先喝完才肯說。連晉平毫不猶豫，一飲而盡。

佟寶駒接著將 Leena 的發現，以及陳青雪的承諾告訴他。連晉平聽完，被 Leena 微小的堅持所感動，也為事態的逆轉感到激動，緊抓著酒杯說：「我可以當他的辯護人。」

佟寶駒未置可否，繼續勸酒。

連晉平看著滿桌的台式熱炒：「這紅酒能配嗎？」

「我山胞耶，沒有配不配，只有醉不醉哈哈哈哈哈哈。」佟寶駒再將兩人酒杯斟滿。

連晉平露出久違的笑容。

酒過三巡，兩人都有了醉意。連晉平才終於有勇氣說：「寶哥，對不起。」

「什麼？」

「之前……那樣子離開。」連晉平垂下眼簾，呼吸因酒精而顯得沉濁，他再度展現決心：

「這次交給我，我可以當 Abdul-Adl 的辯護人。」

佟寶駒明確地否定：「你應該去當法官。」

「為什麼？」

「因為你想要改變的東西，在體制裡面。」佟寶駒說：「反抗不是拒絕合作，而是拒絕同化。」

連晉平看著杯中殷紅的酒，思考其中的意義。

「因為他是你的父親。」佟寶駒說完，胸膛裡也湧起一股情緒。他太晚理解這個道理。

兩人都安靜下來，不再說話。

突然佟寶駒的電話響了。他接起來，是 Leena。

「監獄打電話給我。」Leena 顫抖的聲音，在寧靜的夜晚裡聽來甚為詭異。她明顯壓抑著情緒，直至冷漠：「他們要我過去……他們準備要殺死 Abdul-Adl。」

佟寶駒張開嘴，不知道要說什麼。呼吸的節奏混亂，一口氣差點接不上來。酒精在胃裡翻騰，腦袋中思緒爆炸，一股噁心的痠麻襲捲全身。

17

完成《執行死刑規則》的七項審核項目，原來並不花時間。

佟寶駒離開後沒多久，陳青雪便命令秘書以傳真方式，針對Abdul-Adl的死刑，向各主管機關詢問職掌事項。隨後，函覆陸續傳回陳青雪辦公室。在中午以前，Abdul-Adl的死刑審核便順利完成，就差陳青雪簽發執行命令。

陳青雪對此感到相當驚訝。過程中沒有一個單位質疑其用意，函覆出奇地有效率。原本被她視為重要武器的受刑能力，臺北看守所僅簡單表示「受刑人查無心神喪失情形」，判斷方法與理由均未交代。

陳青雪的午餐是水煮蛋與蘆筍。她邊吃邊撰擬死刑執行命令。如果今天就執行，距離三審定讞剛好二十天，只比歷史最速紀錄的鄭捷多一天。說起來也稱不上草率。

午休過後，陳青雪將執行命令交秘書繕打校對。下午兩點，用印完成，以最急件方式送出。

陳青雪在電話中確認臺北看守所簽收後，為自己倒了一杯酒，但不能喝太多，因為她決定親自出席晚間的記者會。

她非常平靜，依舊是那個反對死刑的陳青雪。不過她終於明白反對死刑和不殺生是兩回事。真正邪惡的是平庸，是不願為正道放棄執念的人。唯有勇敢犧牲，才能超越光明與邪惡，獲得最終的正義。

大法官早就同意生命權並非至高無上，表示所有權利都有其極限。法律從來就是權衡和妥協的產物。殺一人，救萬人，難道不能說是這樣精神的延續嗎？

不殺，就無法阻止繼續殺。如果必須殺，就必須殺在最好的時刻。陳青雪明白，理盲的臺灣人期待的正是這樣的殘忍展演。在她精心設計的這場大戲中，他們終將發現繩索的另一端不是正義，然後他們才能了解，死去和活著的本質沒有不同。

就是荒誕。

18

Leena 在雇主錯愕的目光下離開家，坐上計程車直奔土城。梅雨季的天空暗得很快，下午五點多抵達時，看守所前庭院內的白色觀音像已經隱沒在月影之中。

監所管理員帶 Leena 通過重重關卡，最後引導至一間沒有對外窗的房間，請她在裡面稍候。管理員離去後，Leena 拿出手機撥給佟寶駒，但沒有人接。管理員回來後，拿出紙袋，請她將手機以及鑰匙等違禁物品放入。

「你是回教徒嗎？時間來不及找宗教老師。如果可以，你等等可以幫他禱告嗎？」管理員問。

Leena 點點頭，其實她不知道還能怎麼回答。管理員再度離去，留下一個素食便當在桌上。失去手機的她，現在被澈底地孤立。寂靜慢慢地包圍，直至她喘不過氣。她多麼希望時間流逝能有聲響，藉此確認等待終有盡頭，但轉念一想，現在的分分鐘，卻是Abdul-Adl所餘不多的機會。

她甚至幻想等等開門的是佟寶駒。他會帶著微笑說，事情已經解決，一切不過是玩笑。

六點半左右，門打開。剛才的管理員身旁多了一位同事。他們交給Leena一本中文版的古蘭經：「我們只有這個。」又看向桌上的便當：「你不吃嗎？等等沒有時間吃了喔。」

Leena搖搖頭，她連拿著古蘭經的力氣都沒有。

「那我們走吧。」管理員說。

Leena跟著他們走出房間，這才發覺外面天色已經全黑。陰暗的長廊上，逃生指示燈的綠色光芒分外刺眼。他們經過一道道鐵柵門，不知道藏在何處的人控制著這些門鎖。每當他們走近，門便發出通電以及金屬斷開的噪音，指示燈由紅轉綠，示意著他們繼續前進。

終於他們進入舍房。所有的房門緊閉，沉默是一種默契。即使看不見，但門後的一隻隻耳朵們，都知道最後的時刻已經到來。

管理員們帶Leena走向其中一間牢房。門外聚集著兩位管理員，都在等待她的到來。門拉開，冰冷的日光燈有些眩目。Abdul-Adl一個人坐在牢房中央的椅子上，身邊站著另外兩名管理員。

Abdul-Adl看向Leena，露出慘白微笑：#「你好嗎？」

「跟他說，我們現在要依據中華民國法律，以及確定判決，對他執行死刑。」看起來最資深的管理員對Leena說，並拿出一紙公文：「這是法務部的執行令。」

Leena 告訴自己不能哭。她盯著 Abdul-Adl 的眼睛，死命盯著，直到他的形狀失去現實意義：

#「他們現在要執行死刑。」

Abdul-Adl 的微笑依舊：#「然後呢？」

#「他們要執行死刑。」Leena 維持語調，像機器一樣重複地說。

#「可以回家了嗎？」

「問他要不要穿自己的衣服。」資深管理員對 Leena 說。

#「他們要執行死刑。」Leena 這次說得更順了：#「你要穿自己的衣服嗎？」

Abdul-Adl 像是發覺了什麼，笑容消失，顫抖地問：#「可以回家了嗎？」

「現在，禱告。」資深管理員發覺 Abdul-Adl 的情緒變化，便提醒 Leena：「現在！」

Leena 沒有準備，也沒有經驗，腦袋嗡嗡作響，她只能想起一個最接近的段落。起初她說得很小聲，但眼淚開始無法控制。於是她放大音量，嘗試不讓眼淚流下：#「我們的主啊！我們確已聽見一個召喚的人，召人於正信：『你們當確信你們的主。』我們就確信了。我們的主啊！求你赦宥我們的罪惡，求你消除我們的過失，求你使我們與義人們死在一處。」[14]

爪哇語。

14 古蘭經3：193。

Abdul-Ad發出乾啞的哀鳴。他伸手向Leena要求擁抱，管理員見狀，馬上將他壓制在椅子上，卻惹得他奮力掙脫。更多管理員加入，喝叱他不許亂動。Abdul-Adl瘦小的身軀無力抵抗，像痙攣一般扭動，哀鳴轉為哭號。

「拖出去。」資深管理員大喊，眾人一齊加大力量。

「落屎啊！」突然一個人叫喊，隨即臭味撲鼻而來。混濁的屎尿從Abdul-Adl的褲子中滲出來。他還在哀號，但管理員們咒罵得更大聲。他們不能停止，一路將他拖出牢房。排泄物在地上留下拖曳的痕跡。

Leena瑟縮在牢房一角，不住地發抖，嘴裡還喃喃念著經文。

Abdul-Adl被架到中央控制台，準備辦理離所手續。慘白的燈光下，四名高檢署的法警排開陣勢準備接收人犯。Abdul-Adl突然一仰，面向天花板，表情像是已經死了一樣。

19

佟寶駒和連晉平大約在七點半時抵達法務部大門。門口警衛阻止他們進入。佟寶駒推開警衛的手，要他聯繫陳青雪，說是佟寶駒要和她說話。

「你把這裡當什麼了？你以為上酒店點檯嗎？」警衛揶揄他。

佟寶駒作勢要衝，連晉平緊跟著在後。更多警衛聚集過來，截堵他們的去路，將他們推離現場：「先生，請你現在馬上離開，不然我要依法以現行犯逮捕你。離開！」

佟寶駒瞥見幾台ＳＮＧ車出現在街角。陳青雪放出消息了吧。接下來會有更多記者和攝影機出現。佟寶駒見警衛已經擺出陣型，不可能硬闖。雖然連晉平沒有退卻的意思，佟寶駒決定先帶著他離開現場。

「記者要來了。」佟寶駒說。

「那不是正好？」

佟寶駒緊抿著嘴唇沒有回答。待走遠以後，他對連晉平說：「你先回家。」

「什麼？」

「蓮霧，回家去。」

「為什麼？」

「從今天開始，不要再管這件事了。」佟寶駒推了連晉平一把：「放下吧。」

連晉平望見採訪車從四面八方聚集而來，漸漸不那麼肯定：「為什麼？」

「你是要做法官的人，法官不語，記得嗎？」佟寶駒抓住連晉平的肩膀，繼續把他推向更遠的地方：「放下這個案子。你還有機會，做更多事。」

連晉平不願屈服，噙著眼淚問：「為什麼？」

佟寶駒將連晉平拉近，抱住他，在耳邊說：「等一下會有記者問你，你要記得否認，說你只是路過，不認識我，也不知道發生什麼事。知道嗎？」

佟寶駒說罷，最後一次用力推開連晉平。

連晉平搖搖晃晃地，朝著反方向踏出步伐。他試著控制自己的情緒，不敢回頭再看佟寶駒。只能繼續向前走。

連晉平走遠後。佟寶駒轉回法務部，在路邊撿了一顆石頭，趁警衛沒注意，翻過矮牆，直闖守備最弱的缺口。

警衛慢半拍才發現佟寶駒已經突破。追上去時，佟寶駒正爬上窗台，旋即奮力敲破窗戶，一躍而入。

幾名記者經過連晉平身旁，朝著法務部快步走去。他繃著臉，眼淚已經收斂。更多記者經過，突然有一位攔住他：「你們在這邊抗議嗎？」

連晉平裝作無知，搖搖頭，什麼也沒說。

記者見狀，覺得無趣，便不再追問，朝著人潮聚集的方向跑去。

連晉平繼續往下走，不再有人注意到他。遠方傳來警笛。他堅持到下一個街角才敢流出眼淚。

佟寶駒在宛如迷宮的法務部走廊上奔馳。警衛還未能掌握他的行蹤，但是他也不可能躲藏太久。憑著上次造訪的印象，他找到通往部長辦公室的路徑。就在距離門口五公尺的地方，被提早防備的警衛逮個正著。

此時，部長辦公室門打開。陳青雪從裡面走出來。她打扮得宜，手上拿著記者會講稿，神情自若。

「陳青雪，等一下！」佟寶駒看見她，便放聲嘶吼：「等一下！」

陳青雪停下腳步，轉身看他。

「陳青雪，你在幹嘛？」佟寶駒看著陳青雪，驚訝地發現她一點也沒變，恐懼油然而生：「青雪，這是殺人啊……。」

陳青雪的神態沒有透露一點情緒與意念。她只是確認了佟寶駒的存在，然後轉身離開。

佟寶駒再也無法控制情緒，激動地掙脫警衛的束縛。在近乎扭打的混亂中，他用盡最後的力氣大喊：「青雪！如果這是正義，為什麼遮遮掩掩？難道你的正義，毫無人道可言？」

佟寶駒被警衛們推倒，最終壓制在地。他們銬住他的手，再摀住他的嘴，但他一直到被押上警車前，都沒有放棄抵抗。

準時八點十五分。陳青雪登台，Abdul-Adl 則被送上囚車。

20

臺北看守所舍房距離刑場不過百來公尺。即使都在園區範圍內，但為求戒護效率，這不足一分鐘車程的距離，按例仍需用囚車押送。

Leena 跟在囚車後頭走，越靠近刑場，風中某種鬼魅般的細語就越清晰。如絲的雨在水銀路燈下狂舞，映出刺眼的光暈。囚車最後停在一座紅色棚頂前。

Leena 跟上後，才看見棚頂下是一尊真人大小的地藏王菩薩，而那風中細語，來自於菩薩腳邊那台播放著佛經的廉價音箱。

法警忍受著屎尿惡臭，攙扶 Abdul-Adl 下車。他似乎確信自己已然來到地獄，發出絕望的呻吟。

地藏王菩薩手持錫杖，危坐藏青色的神獸之上，面目凜然栩栩如生。在鵝黃色的聚光燈下，盯視著即將踏入刑場的眾人，好似眼前只是一隊遊魂，而祂才是這人間地獄裡唯一的活物。

然而在 Leena 眼裡，祂與惡鬼無甚差異，嗡嗡作響的佛音更像是魔咒。如果古蘭經中有對地獄的極致描述，那肯定是不足的。

他們走進刑場旁的簡易法庭。高檢署執行科檢察官已經高坐台上，書記官隨侍在側。周圍等待的還有典獄長、戒護科長、數名監所當值人員以及法醫。眾人雖未言談，但各種細碎的動作化為聲音，在簡陋的斗室中低吟迴盪。

Leena 朗讀證人結文並簽名後，檢察官命她開始翻譯。

「姓名？出生年月日？」檢察官問。

Leena 看著 Abdul-Adl 的眼睛，語氣懇求又像是命令：[#]「聽我說，這是最後的機會，告訴他們，你真實的生日。」

Abdul-Adl 抬起頭望向 Leena：[#]「二〇〇二年七月二十六日。」

Leena 激動地對台上揮舞手臂：「他說二〇〇二年，是二〇〇二年！法官，是二〇〇二年！他說二〇〇二年！那個責任能力，沒有。」

檢察官翻看卷宗資料，搖搖頭，請書記官記明筆錄後，便忽略這微小的明顯錯誤。

「對於自己的案件有無其他意見？」檢察官緩緩地問，好像那已經是他最大的恩惠：「有無最後的留言？我們可以幫你錄影下來，傳給指定的親友。」

Leena 絕望地掃視周圍無動於衷的眾人。他們報以柔情感慨的眼光，但沒有人移動分毫。她聽見錄影機啟動的聲音，卻什麼話也說不出來。

「通譯，請你配合。」檢察官散發著冰冷的威嚴。

爪哇語。

Leena 顫抖地望向 Abdul-Adl，意識到這是他們之間最後的對話。

21

陳青雪走上台，原本低語紛紛的會場頓時安靜下來。她攤開說稿，不動聲色地調整呼吸，然後看向眼前的成群記者，快門像掌聲般響起。

「本次執行之死刑定讞者印尼籍 Abdul-Adl，犯下海濱命案，造成鄭峰群、鄭王鈺荷夫妻以及其幼女鄭少如等三名無辜人民死亡。歷審法院均認定其罪證明確，犯行符合公民與政治權利國際公約第六條所稱最嚴重之罪，判處死刑定讞。

「法務部按最新修正之執行死刑規則，詳細審酌全部卷證，認定沒有不得執行之情形。由於本案影響社會層面甚廣，非依法執行，無法彰顯社會公義、維護秩序安定，故法務部於本日簽署執行令，交臺北分監依法執行。」

「總統知情嗎？」記者問。

「我們依法取得總統府的書面確認。Abdul-Adl 沒有請求特赦。」

「您原本堅定廢死政策，不願執行。為何突然轉彎，是否受有政治壓力？」

「正義是什麼？本來就是一個政治問題，死刑也是。」

「請問何時執行？」

「受刑人將於八點半伏法。」

記者們紛紛低下頭看手錶，發現已經八點半過五分鐘。遠方的槍決，在眾人還未回神時，早已悄悄展開。

22

麻醉後的 Abdul-Adl 癱軟在椅子上。濡濕的褲襠沾惹塵土，半開的眼睛上吊，像是在最後環顧他死前的場所。

臺北刑場是一座五十坪見方的長形空間，四周由慘白的隔音牆圍繞。刑場地面鋪滿鐵灰色細沙，中央的隆起土坡覆有一床棉被，那便是死刑犯的旅程終點。

檢察官命管理員收拾地上遭 Abdul-Adl 掙扎打翻的素食便當和高粱酒瓶，然後指示法警為他套上頭套，並將他從角落的椅子上扶起，撩起上衣至胸口，以趴臥姿勢安置於土坡棉被之上。法醫隨後量測 Abdul-Adl 的心臟位置，用鮮紅的奇異筆在他背部畫出一道圓後，退下土坡。

槍手從腰間取槍、裝彈、上彈匣，完成預備動作，簡短有力地答：「好！」

就剩下扣板機而已。

23

「哐噹！」最後一道鐵柵門在 Leena 身後用力關上。

她在 Abdul-Adl 被拖進刑場前便被管理員帶離。她不知道消音手槍加上隔音牆的作用，即使站在刑場外也幾乎難辨槍聲。她摀著耳朵，走過幽暗的看守所前庭，穿過大門，蹣跚地回到現實世界。

她倚著街邊路燈，好一會才回神，發現剛剛慌亂中，管理員塞到她手上的，是一只鮮紅的紅包。緊握的手掌，全沾染了廉價的紅色染料。她甩開紅包，跌坐在地上，用手掌在身上來回摩擦，近幾瘋狂的焦慮襲來，好像那固著的殷紅是鮮血一般令人作嘔。

電話響起。Leena 從紙袋中倉皇取出手機。是連晉平。

她接起來，還未等連晉平說話，便語無倫次地放聲大哭：「沒有人認領，他們要把他燒掉，他不能燒，他是穆斯林呀，他是泥土做的……。」

24

警察將佟寶駒移交至臺北地檢署，準備進行複訊。法警確認人別後，換上新的手銬，並問：

「寶哥，你要通知哪位親友？」

佟寶駒沒有回答，一臉木然。法警也不再追問，手搭著他的肩膀，將他帶往拘留室。

在拘留室門口，法警拿出鑰匙開門。透過柵欄，佟寶駒看見裡面坐著佟守中。

走進拘留室，佟寶駒在佟守中的對面坐下。佟寶駒問：「死了嗎？」

法警暫停動作，想了一下，拿出手機確認死刑的新聞，然後淡淡地說：「死了。」

佟守中對他聳聳肩，表情依舊輕蔑不遜。佟寶駒笑著哭了出來，他大聲發出哈哈的笑聲，像是聽到這輩子最幽默的笑話一樣，表情扭曲，雙手用力拍著大腿，軀體因為過於激動而彎折。

淚水之中他什麼也不想，一種旋律從喉嚨間擠出來，手打起節拍，歌詞自然而然地浮現腦海，接著腳也加入擺動行列。

他改編起球場上的青春戰歌。

「殺了他，一槍殺了他。殺到底，沒有人會在意。龜山島沒有龜，和平島上沒有和平。殺了他，一刀殺到底。送他回老家，他的老家有千座島，我的故鄉是殺人島——」

「殺了他，一槍殺了他。到底，沒有人會在意。龜山島沒有龜，和平島沒有和平。殺了他，一刀斃了他，到底。送他回老家，他的老家有千座島，我的故鄉是殺人島——」

他站到椅子上，奮力地舞動起來。又唱又唸，放聲嘶吼，像是要蓋過他聽不見的槍聲。

像是他最終贏得了勝利。

25

地檢署的複訊很快便結束。佟寶駒涉犯的傷害、毀損公物以及侵入住宅罪嫌都不是重罪，也沒有產生什麼實際危害，但檢察官還是裁定命五萬元交保候傳。其最重要的理由在於，他不認罪，或者精確一點說，檢察官不知道他到底認不認罪。

他全程使用阿美語應訊。

法警大約在午夜時打開拘留室的門，叫醒呼呼大睡的佟寶駒。

「有人來保你了。」

「*現在幾點了？」佟寶駒問。

「寶哥，不要這樣，我聽不懂。」

「*我想喝水。」

法警滿臉問號，僵在原地。

佟寶駒用手做出喝茶的動作：「*水啊，水！」

法警無奈地端了杯水來。佟寶駒慢條斯理地喝完以後，才搖搖擺擺地走出拘留室。他對沿途遇見的人微笑，然後用阿美語詛咒他們的母親。

簽收被扣留的個人物品後，佟寶駒走出法警室，看見 Anaw 還有副本堂神父在外面等候。

「Takara……我們可能要先去醫院一趟。」Anaw 凝重地說。

佟寶駒點點頭，他早已經知道。

走出臺北地方法院，佟寶駒看見臺階下黑壓壓的一群人。他們一見到佟寶駒便微微向前靠攏。透過路燈的光，他勉強辨認出一些熟面孔。佟守中的那群酒友和鄰居、幾位幼時的舊識、讀書會的孩子，還有很多沒什麼印象的，但推測都是八尺門的族人。

「他們都說要來接你。」神父輕聲地說：「我倒是沒讓他們出保金。」

佟寶駒走入人群，族語的安慰與鼓勵此起彼落，有人伸出手拍拍他的肩膀，或者輕撫他的手臂。一時之間他不知該如何回應。

突然，背後傳來一句嚴厲的斥責：「走走走，別在這邊鬧事。」

回頭看，竟是幾位法警。他們高高在上地站著，背著光看起來甚有威脅性。

幾名族人爆出粗口，情緒蠢動。

「長官！」佟寶駒打斷眾人動作，像拔地而起的巨人，發出駭人低鳴：「我們還沒開始鬧呢。」

法警站在原地，氣勢有些鬆動。

佟寶駒哼起一段阿美族旋律，歌聲逐漸高亢，隨著步伐，迴盪在空蕩蕩的博愛特區。

26

死刑隔天下午，法務部再度召開記者會。忙碌了一整夜的媒體，臨時接到通知，拖著疲憊的步伐回到法務部，都面面相覷。

陳青雪首先向大眾致歉。

她聲稱在執行後，才收到 Abdul-Adl 未成年的情資，所以昨夜的執行「不論形式上或實質上都是無法避免但令人難以忍受的錯誤」。

在場記者一片譁然，更別提稍後新聞播出時輿論的全面混亂。

當然這一切都是陳青雪的算計。記者會掐在晚間新聞截稿前召開，不僅延續昨夜的討論熱度，還澈底打臉所有隱然形成的民意風向。

「雖然被告已經死亡，但我們將會以最快的效率，責令該管檢察官提出再審，希望給大眾以及死者一個交代。」陳青雪沒有忘記表揚佟寶駒，她補充道：「最後，法務部必須表揚公設辯護人佟寶駒，若非他鍥而不捨地調查事實真相，此事將永難為人所知悉……。」

她的態度懇切得宜，一切聲明合情合理，但實際上卻是對這個不可逆轉的結局，下了最諷刺的註解。

佟寶駒對於所有的採訪一概拒絕。雖然他大可拆穿陳青雪的說詞，但是他知道陳青雪為什麼這麼做，所以更不可能讓這一切犧牲白費。為此他痛恨陳青雪，痛恨體制，痛恨民意，但他最痛恨的是自己。

總統府在整起事件中的角色也令不少人質疑，但嗅到風向正在改變的蔣德仁，一改過去態度，反而對陳青雪多所迴護，並表明死刑應更加「審慎」——沒有什麼比這個更政治性的用語了。

蔣德仁畢竟是聰明人，陳青雪手上握有確認未研議特赦的公文，總統要能置身事外幾乎是不可能的事，況且他們並不是真的在意公投結果，而是這場大戲中的能見度，所以和女主角一起演下去才是最好的選擇。

當然，陳青雪還沒使出最後招數。那個要稍候一下，要等大眾對於誤殺的驚駭麻木後，再次激起他們更恐怖的印象，然後才能確實地將之轉化為對死刑不信任的選票。

公投前兩個禮拜，一段影片開始在網路上流傳。那是行刑前 Abdul-Adl 在簡易法庭的最後遺言。原始影片長約一分鐘。裡面沒有別人，只有 Abdul-Adl 和圍繞在他身邊的死亡氣息。

Abdul-Adl 先是盯著鏡頭，什麼也沒做，讓人誤以為是慢動作特效。那種直視將死之人，而他也直視著你的體驗，很快地讓觀者產生不適。接著他發出粗糙乾啞的聲音，問什麼時候可以回家。此時如果仔細聽，可以聽見 Leena 在旁邊顫抖地提醒他：[#]「你的名字，還有生日。」

爪哇語。

Abdul-Adl 照實回答，二〇〇二年便是他的答案，他的真相和他的故事。

「向安拉禱告，向安拉懺悔。」Leena 又說。

Abdul-Adl 開始哭著重複語焉不詳的經文，直至檢察官制止，法警進入畫面，影片中斷。

這段影片最早出現時即配有字幕，顯然是有計劃所為。但原本應該是非公開的檔案，究竟為何流出，無人知曉。法務部發出聲明要追究行政、甚至是刑事責任，但大家對這種調查能辦到哪裡都心照不宣。最高法院也曾遺失整份卷宗[15]，而沒人受到懲處。連最超然公正的審判機關都這樣搞，又能期待一個行政機關能自我揭露到什麼程度？

無論如何，這段影片非常有效地在民意中製造了恐懼，成功地為公投廢死方創造了正面聲量，並首次在民調上反超前，取得些微領先。

廢死方能取得這樣的進展，必須完全歸功於陳青雪的洞見。她清楚地明白，理性與恐懼並非決然對立——不，正好相反，它們相輔相成。如果一直以來支持著死刑的是恐懼，那麼反對死刑的也應該有相同能量。

簡單來說，廢死成敗的分野，並不在支持與反對的數量比拚，而是理性與恐懼的加乘。

陳青雪這麼堅信著，並且利用一切機會，將這場恐怖大戲搬上公投舞台。

她幾乎就要成功了。

兩個禮拜後，公投結果出爐，民意還是選擇了死刑。

這次的同意票佔總投票權人數三〇・六%，超過反對票之十九・二%。然而，最令人意外的是，廢票竟佔了九・八%，創下史上最高廢票紀錄。

這樣的數據意味著有相當程度的民意，在兩者間掙扎，無法做出決定。公投命題太過簡化或許是一個原因，但影響最大的，應該是海濱命案所造成的遺憾，以及那段影片在人們心中留下的恐怖印象。

有論者認為，若將反對與廢票的數量加總，幾乎與堅定支持死刑者數量旗鼓相當。這已經是廢死運動以來最大的突破。雖然公投結果贊成死刑，但在解讀上，卻不能如此絕對看待。甚至可以說，廢死的終極目標仍然值得期待。

這樣不令人意外卻充滿希望的結果，也為那些檯面上的人物帶來始料未及的好處。

以總統為首的執政黨藉由超高投票率贏得了面子，也成功移轉施政不力和集體貪瀆的焦點。陳青雪則因為堅持個人理念的同時，仍能不亢不卑的處理危機，獲得大多數人的肯定。

一場風波過去，大家都好好的。一切好像有了結果，卻又什麼也沒改變。不過陳青雪仍堅

爪哇語。

15 最高法院曾遺失一〇七年台上字第三六三八號案卷證共計十五宗，截至一〇九年八月仍未尋獲。經監察院調查屬實後，要求司法院督飭所屬確實檢討改進。

信這一切有其意義。她並不氣餒，也還沒放棄。

她知道總有一天時機會再出現。

27

半年後，佟寶駒在臺北萬華區租了一間簡陋辦公室，作為他律師生涯的起點。

他以自己的名字作為事務所名稱：「佟寶駒律師事務所」，招牌下還註明「刑事專門」，而且「原住民與新住民有特別優待」。連晋平曾經質疑招牌形式以及裝潢太過老氣，佟寶駒則嫌他煩，認為自己有自己的市場。

佟寶駒只對了一半，實際上雖然有市場，但沒利潤。

他請不起助理。整間辦公室就他一個人，偶爾帶粽子來玩的時候，才會熱鬧一點。

佟寶駒已經提出收養粽子的聲請，有很多法規和程序的問題要克服，他不知道要花多少時間，但至少可以確認這個才四歲的孩子不會流落街頭。他常常對人戲稱他們是原住民與新住民的結合，應該有一個新的分類，叫做超住民。

超級住民，很厲害的意思。

總之他的幽默感還是很奇怪。

這天下午的一通來電，佟寶駒覺得聲音非常耳熟。

「請問您是？」

「我芳語啦，寶哥，當律師整個人都不一樣了，還您呢！卑躬屈膝呀。」林芳語顯然傳承了他的挖苦功力。

「你要幹嘛，不要打擾我做生意。」

「法院這邊有一份你的包裹，你要來拿還是我寄給你？」

「寄過來啦。」

「不常跑法院嗎？生意不好喔？」

「再見！」

「好的，順頌商祺嘿。」

「沒有人會這樣講話。」

「因為那是諷刺啊。」林芳語笑著掛斷電話。

佟寶駒看看時間也差不多該下班。今晚得趕回基隆練球。社寮高中球隊教練前陣子掛病號，孩子們都推著說要他代班，結果竟成慣例。

他換上球衣，戴好鴨舌帽。一切準備就緒後，便叫醒沙發上的粽子，然後將他抱上車。佟寶駒突然想到，粽子應該去學踢足球。他有天賦，也長得像踢足球的。不過在那之前，得先把阿美族語和印尼語學好。

當一個孩子還真累人。尤其在臺灣，尤其是當一個超住民。

28

連晉平決定參加司法官訓練，以成為法官為目標。

連正儀對此十分滿意，還送一部新車給他表示支持，但連晉平心裡並未真正原諒父親。不過既然是家人，還能怎麼樣？

開訓典禮時，連晉平驚訝地發現學習司法官袍也是滾綠邊的。跟公設辯護人有八七分像。

受訓的日子雖然課業繁重，但他不覺得苦。心裡對未來有著期待，眼前的磨練便只是過程。他在宿舍的桌上放著那張中元祭與佟寶駒、Leena 還有李怡容的四人合照。

有同學說那位大叔有些眼熟，連晉平通常會回答學長，但實際他覺得更像是一個朋友，或者，也許可以說是父親吧。

連晉平後來和 Leena 見過一次面。兩人一樣約在便利商店的用餐區。他雖然提早到了，但沒有先幫 Leena 買好飲料。他得學著尊重。

連晉平向 Leena 坦承，三審定讞是自己的父親所為。他甚至為此道歉，但 Leena 揮手制止他。

Leena 接著說起自己的父親：「在他還沒有死，他會帶我去在 Tegal 的海邊，漁港，很臭，也很美。他快死掉，叫我再去。他說海很深很大，人的煩惱只有一點點，我們是島的人，去到哪裡，都不要忘記，看海。」

連晉平低著頭聽完，然後問：「你可以跟我多說一點，你爸爸，還有家鄉的事嗎？」那是他們兩個第一次，毫無負擔、毫不勉強地，談著自己。

二年後，連晉平以最高分之姿從司訓所結業。連正儀受邀出席結訓典禮致詞。連晉平事先聽到這消息，便決定要蹺堂。反正成績都已經打好，典禮不過是形式，瞎編個理由蒙混過去就算了。

他並非刻意要讓父親出醜，只是開始懂得享受這種無來由的叛逆。

連正儀或許會覺得受傷，不受尊重，但他終究要認清一件事。

連晉平已經澈底走上與他完全不同的道路。

29

Leena 離開臺灣的那天，在臺北車站大廳與佟寶駒告別。

她勉強地還完欠債，並存了一點小錢後，便決定要離開臺灣。家裡的狀況好轉，意味著她比起很多同鄉都要來得幸運。她計畫半工半讀完成大學學業，想讀法律兼修英文，希望未來能找到跨國的法律工作。或許還會再回臺灣也不一定噢，她這樣對佟寶駒說。

佟寶駒點點頭，你肯定得回來的。臺灣這邊新住民已經比原住民還多，再過幾年說不定法官也得學印尼話。你回來幫我招案子，八二跟你拆成。

他們深深地擁抱後，佟寶駒目送 Leena 離開。她走遠後回頭看，佟寶駒還站在大廳的人群中望著她。

她橫越大廳，周遭的遊人在棋盤式黑白分格的地板上或坐或臥。他們大多有一張熟悉的臉孔，笑語帶有親切的鄉音。有時候一陣食物的味道逸散開來，讓人想起印尼老家的飯廳。

Leena 停下腳步，在原地閉上眼睛，默默向安拉祈求這些人安好。

在臺灣這塊土地上生活，還是需要一點運氣。

30

禮拜一清晨，佟寶駒六點便抵達事務所。不是今天有什麼要緊事，而是他已經到了太陽出來就睡不著的年紀。

他在門口撿起一個包裹，寄件人是林芳語，外部用《司法週刊》嚴實地包著，呈現橢圓形，觸感頗為古怪。

佟寶駒泡好咖啡，嘴裡啃著燒餅油條，坐在桌前檢視包裹。

包裹上《司法週刊》的某篇評論吸引了他，主題是「權勢性交的再論」。佟寶駒猜測應該與前年的補習班師生性侵事件有關[16]，因為事件主角張正煦律師和他也算舊識，頓時浮現八卦樂趣。他一直讀到文字隱沒在皺摺處時，才想起自己本來是要拆包裹。

包裹拆開，裡面是一個未充氣的籃球和另一個書本形狀的小包裹。

籃球上面除了猶他爵士的隊徽外，還有Donovan Mitchell的制式簽名，旁邊附著一張卡片：「人老要多運動，林芳語敬上」。

佟寶駒笑笑，將球丟到沙發上，然後檢視那個小包裹。

沒有寄件人，郵戳也模糊難辨。拆開後裡面是一本破舊的經典。雖然是異國文字，但佟寶駒的直覺告訴他，那是Abdul-Adl的古蘭經。

一張記憶卡從古蘭經中掉出來。

16 民國一〇九年，張正煦律師指控補習班名師湯文華為性侵慣犯，長達三十多年受害學生不計其數。引發社會正視權勢性侵與補教制度等問題。張正煦律師卻因違反律師倫理，並涉犯妨礙秘密、洩密、背信等罪，遭受律師公會停權處分。

佟寶駒打開電腦，戴上老花眼鏡，插上記憶卡。

照片、影片，以及翔實的文字紀錄。內容實在精采。雖然術語和數字看得一知半解，但他知道自己總有一天會弄懂。

節奏又來了，他輕輕地哼起歌，身體開始擺動。

他在辦公室裡陶醉但節制地跳起一支專屬於阿美族勇士的戰鬥之舞。

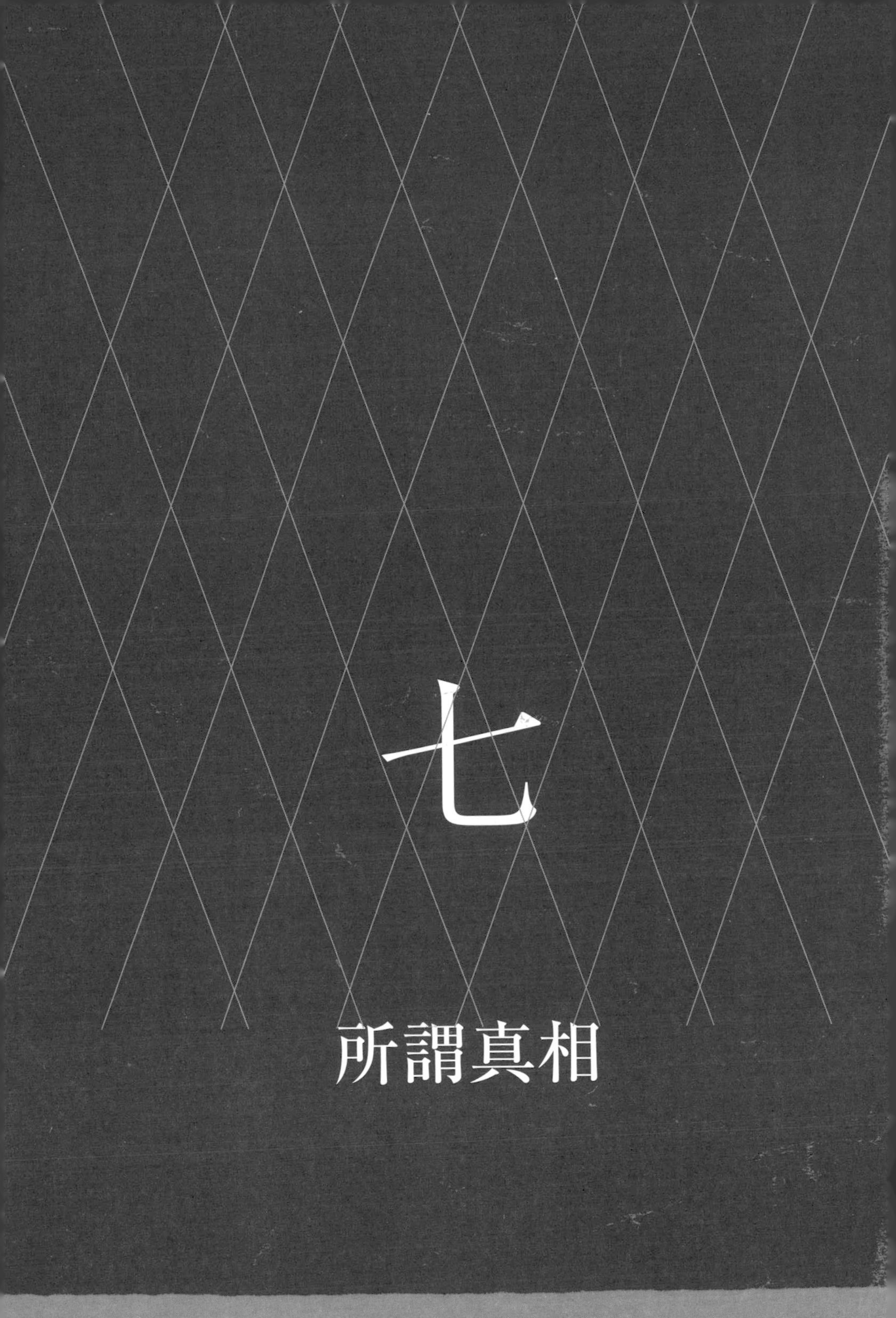

七

所謂真相

尋常的家具，尋常的擺設，尋常的燈光，尋常的晚餐時間。

鄭峰群一人坐在餐廳，聽著客廳電視的新聞報導，用筷子將魚頭解開，挑掉最後一塊肉，塞進嘴裡，然後起身收拾碗盤。

[*]「老婆，我收了。」鄭峰群對著主臥室大喊。

鄭王鈺荷模糊地應答，還伴隨著水聲。她正在浴室裡，準備替兩歲女兒洗澡。她將熱水注入紅色水桶中，一邊調和水溫，一邊對著女兒童言童語。

門鈴響了。

誰呀？鄭峰群碎碎叨叨地從廚房走出來。

鄭峰群打開內門，竟是 Abdul-Adl。他穿著髒舊的紅色足球衣，手上還拎著提袋，一看見鄭峰群，便低下頭，眼神飄向別處。

他更瘦了，鄭峰群想著，趕緊打開外門，示意他進來，並用手勢問吃飯沒。

Abdul-Adl 搖頭。

鄭峰群讓 Abdul-Adl 坐到沙發上，並用手勢請他等一下。

鄭峰群走進主臥室，對正要為女兒脫衣服的妻子說：*「幫我燙份青菜，還有魚，或者雞蛋……反正不要豬肉、豬油。」

*「怎麼了？」

*「有客人來……我要拖延一點時間，把他留下來。」

*「小孩呢？」

*「先放在嬰兒床裡，我會顧。」

鄭峰群轉回客廳，卻被 Abdul-Adl 嚇了一跳。他手上捧著一個長形物，無神地望著鄭峰群。雖然部分用報紙包著，鄭峰群一眼就看出來那是自己的生魚片刀。

鄭峰群用手勢搭配與他溝通：「那把刀，要還給我？」

Abdul-Adl 沒有任何表示，將刀遞給鄭峰群。

鄭峰群接過，順手擺到旁邊，幫 Abdul-Adl 把水杯斟滿。

「Money, passport.」（錢，護照。）Abdul-Adl 幽幽地說。

「Money, passport?」鄭峰群把水遞給 Abdul-Adl：「Money OK. Passport NO. We bring you home.」（錢可以給你，護照不可以。我們帶你回家。）

「Money, passport.」Abdul-Adl 又重複了一遍。

「Money OK. How much?」（錢可以，多少？）鄭峰群掏出皮包，拿出幾張千元鈔給 Abdul-

Adl，然後持續搭配手勢溝通：「Passport NO. We bring you home. OK?」（護照不可以給，我們帶你回家，好嗎？）

「Passport.」（護照。）

鄭峰群見無法溝通，示意 Abdul-Adl 等一下，轉身拿起電話。Abdul-Adl 警戒地看著鄭峰群的背影，瘦小的身軀頓時緊繃起來。

此時鄭王鈺荷從廚房走出來，手上端著一碗飯和小菜，放到茶几上。

「這個你先吃，其他的我再拿出來。」她不確定 Abdul-Adl 是否聽得懂，說完又匆匆走回廚房。

鄭峰群開始對著電話說：「董仔，人來了，要怎麼處理？我先送去公司宿舍好嗎？」

Abdul-Adl 看著桌上的飯菜，吞吞口水，起身朝鄭峰群走去。

「米謝……米謝……。」Abdul-Adl 輕聲地說。

鄭峰群聽懂，這是漁船上的黑話，語源不可考，總之就是上廁所的意思。他點點頭，伸手示意方向，然後繼續講電話：「過幾天有班，就讓他出去。」

Abdul-Adl 經過主臥室門口，聽見裡面傳來孩子的哭聲。

鄭峰群對著電話開始大聲爭執：「他什麼都沒看到，不用擔心……不是啊，我們怎麼可能把他藏那麼久？不可能啦。出去就出去，不是那麼難的事。」

電視新聞、廚房炒菜、孩子哭鬧、電話爭執……各種聲音在 Abdul-Adl 腦海中迴盪。他探頭望進主臥室，孩子的哭聲超越一切，滿室迴盪，嗡嗡作響……突然，全部聲音又同時出現，爆炸性地交疊、加乘。漸漸地，漸漸地，漸漸地，Abdul-Adl 什麼都聽不見。

孩子漲紅著臉，手舞足蹈。波紋在水面散開，然後紊亂，直至一切翻騰。Abdul-Adl 聽見自己呼吸聲，嘴巴吐出的氣泡滾動，帶走他的尖叫。水是鹹的，帶著魚腥味，變成苦的。舌頭麻了，喉嚨流出暖暖的甜味。藍色的天空，還有模糊的笑語，手還有臉，都在波動著。

孩子哭鬧聲漸歇。

水紋漸漸散去，一張扭曲的臉逐漸清晰。那是 Abdul-Adl 困惑的表情。他自己也不明白發生了什麼事。

「你要做這種事，我不要插手。你來把人帶走。這件事我當作不知道，你要怎麼處理是你家的事。」鄭峰群對著電話大吼，沒有注意到 Abdul-Adl 從主臥室走出來，經過他的身後。

「那個阿豆仔？你不要跟我提那個阿豆仔！那是你……」鄭峰群瞥見地板上有奇怪的印跡。

是水。

哪裡來的水？

鄭峰群的目光沿著水痕，尋找來源。

他聽見妻子尖叫，卻來不及回頭。

Abdul-Adl 將那把刀刺進他的後側腹部。

所有的殺戮都相同。

後記

最初構思《八尺門的辯護人》是在美國求學的最後一年。當時我的電影長片劇本《童話世界》，以權勢性侵為主題，甫獲「拍臺北」銀劇本獎。我藉此確認揉合法律專業的創作方向可行後，興奮地開始創作第二部電影劇本。

對於一個自負又自大的法律人而言，挑戰死刑題材是不可迴避的宿命。然而加入移工、原住民議題卻是始料未及。這個想法來自當時駐洛杉磯臺北經文處的陳雅玲組長。在一次餐敘，她向我提及過去承辦移工業務的往事，言談之中對黑戶小孩的問題頗多感觸。後來又陸陸續續地提供我許多資料與想法，使得故事主軸逐漸成形。

受到雇主壓迫而殺人的設定，令我想起湯英伸案。查找原住民資料的過程中，又發現阿美族過去在臺灣漁業中的處境，與如今東南亞漁工極其相似。這才終於敲定主角佟寶駒的身分，還有他的困境與衝突。

決定以八尺門為故事背景，除了符合漁業、原住民漁工等設定外，還有一點鄉愁的意味。我在小學時曾短暫與祖父母生活，同住於基隆信二路一七四巷的省立醫院宿舍裡。基隆是我生命中不屬於任何部分的獨立支線，是一塊神祕又充滿回憶的地方。

關於阿美族的描繪，除了閱讀大量文史資料外，所幸得自大學同窗馬瑋君以及她父親馬賢生的幫忙。出於天意的巧合，他們正是生活於基隆的都市阿美族，與八尺門部落淵源極深。多次跨海視訊討論，終使這些故事人物得以落地生根。

完成《八尺門的辯護人》劇本大綱後，我返臺進行《童話世界》電影拍攝，創作因此延宕半年。後來拾筆再作時，看見鏡文學徵獎的訊息，便開始思考將手上資料轉化為小說的意義。

我最終決定將小說視為一項嘗試，一種法普讀物的可能，也是一份作為導演的功課。梳理龐雜資訊、豐富敘事細節、深化人物歷程，期待未來影視化時，藉此延伸我對於法律戲劇類型的探索。

創作小說過程中，語言漸漸成為一項重要元素。我發現得以從三個觀點切入，加強對主題的辯證。其一，語言的使用標示著權力、文化與認同的動態消長；其二，被告在法庭上的失語困境，尤以精神障礙與外籍人士為最；最後，我將法律視為一種語言。懂得使用法律之人，往往並未察覺他們所掌握的其實是一種特權。當法律被用以描述生活，該如何不被邏輯所挾持，是法律人永恆的課題。

然而必須提及，本書畢竟不是學術論文或紀實文類，出版時為顧及小說讀者的閱讀體驗，我忍痛決定將非中文對白以翻譯方式呈現，輔以語種標示。此舉不僅犧牲臺灣語言紛呈、隔閡的獨特樣貌，也忽略各語言特有的表達方法。對於可能產生的誤解與偏見，我深感不安與缺憾。或許這項艱難挑戰，得留待影視化時完成。

幸蒙鏡文學總經理董成瑜抬愛，小說獲獎後我得以繼續完成未竟的劇本。然為適應不同體裁，故事持續發展變化。編劇時新增的部分情節，我又將之寫進小說之中。如此來回刪節增補，終成各自最後面貌。雖然皆有取捨，也未敢肯定能否使成品更好，但這次創作經驗，對於初次挑戰小說與劇集的我，仍別具意義與價值。

《八尺門的辯護人》能夠成形，還得力於新北地院法官張景翔。他在公忙之餘，鉅細靡遺地提出許多建議指正，補足我對司法實務認識之不足，小說名稱也是出自他的靈感；高等法院高雄分院公設辯護人陳信凱，使我窺知公設辯護人的業務與生活；人類學博士賴奕諭，使我對於原住民族與南島語族的生存狀態有更深入的認識；民族學博士于嘉明，提供我許多伊斯蘭教與在臺信仰實踐的第一手資訊；電影場務連俊福，則無私分享他作為都市阿美族第二代，在遠洋漁船上的見聞，以及獨特的生命經驗；民族學碩士 Yawi Yukex，則針對原住民族的歷史文化，以及故事設定提出關鍵建議。當然還有我的妻子呂詩婷，對於經常神遊作大夢的我，給予無盡包容。

小說前後花費將近一年時間才完成初稿。這期間生活僅靠少許法扶案件稍獲溫飽，但辦案過程中見聞各種小人物無奈困境，使我更堅定自己的初衷。我相信世界上的某些故事，只有我這個人能說。《八尺門的辯護人》還不夠完美，面對當初設定的目標，路也才走一半，但沒關係，因為我出發的時候，連路都沒有。

「我們要的是勞動力，來的卻是人。」瑞士作家 Max Frisch 針對移工議題如是說。這句話本身就是一個完整的故事。有對立的人物，他們各自的慾望、目標，還有事件與衝突。

更重要的是，它點出一個深刻的事實。

我們都是故事中人。

鏡小說

050

八尺門的辯護人

作　　者：唐福睿
爪哇、印尼語顧問：張婧玟
阿美族語顧問：馬賢生
責任編輯：林芳瑀、孫中文
裝幀設計：低低低設計工作室

責任企劃：劉凱瑛
整合行銷：何文君
副總編輯：陳信宏
總 編 輯：董成瑜
發 行 人：裴偉

出　　版：鏡文學股份有限公司
114066 臺北市內湖區堤頂大道一段 365 號 7 樓
電　　話：02-6633-3500
傳　　真：02-6633-3544
讀者服務信箱：MF.Publication@mirrorfiction.com

總 經 銷：大和書報圖書股份有限公司
242 新北市新莊區五工五路 2 號
電　　話：02-8990-2588
傳　　真：02-2299-7900

內頁排版：宸遠彩藝
印　　刷：漾格科技股份有限公司
出版日期：2021年12月　初版一刷
2024年08月　初版十一刷
I S B N：978-626-7054-05-5
定　　價：430 元

國家圖書館出版品預行編目 (CIP) 資料

八尺門的辯護人 / 唐福睿著. -- 初版. --
臺北市 : 鏡文學, 2021.12
面 ; 14.8×21 公分 . -- (鏡小說)
ISBN 978-626-7054-05-5(平裝)

863.57　　110017036